Verloren und gewonnen

Band I aus der Reihe

Halt immer an
der Hoffnung fest

Senselia Blum

 **Die Autorin**

"Schreiben ist für mich ein großes Hobby und das Verarbeiten aller Dinge, die ich täglich erblicke und die mich tief im Innersten berühren."

Senselia Blum wurde, unter dem bürgerlichen Namen Kristina Walter, 1961 in Mecklenburg-Vorpommern geboren und wuchs in der DDR auf. Sie selbst ist Mutter von drei Kindern. Schon frühzeitig entdeckte sie ihre Leidenschaft zum Schreiben. Von einigen besonderen Menschen, die sie auf ihrem Lebensweg kennenlernte, erfuhr sie immer wieder Motivation und Inspiration. So konnte sie endlich ihren persönlichen Emotionen sowie ihrer geistigen Fantasie freien Lauf lassen, Ereignisse und Geschehnisse des täglichen Lebens verstehen und in gefühlvollen Gedichten und Geschichten verarbeiten.

„In uns allen steckt doch der Wunsch nach Liebe, Wertschätzung und Anerkennung."

Der erste Band erscheint mit diesem Buch, dem zwei weitere Bände folgen werden.

Verloren und gewonnen

Bibliografische Information der Deutschen Nationalbibliothek:
Die deutsche Nationalbibliothek verzeichnet diese Publikation in der deutschen Nationalbibliothek; detaillierte bibliografische Daten sind im Internet über http://dnb.dnb.de abrufbar.

2. Auflage 2024

»Verliere nie das Vertrauen in das,
was dich vorwärts bringt.
Verliere nie den Glauben an dich
und die Hoffnung, dass alles gut wird.«

Senselia Blum

Verloren und gewonnen

Die Geschäftigkeit des Seins war allmählich in der Ruhe des anbrechenden Abends untergegangen und erholsame Stille lag über dem beschaulichen Ort Kleinweinhausen. Die Traktoren auf den nahen Feldern waren längst verstummt und die Bauern saßen in der Kneipe des Ortes am Stammtisch und ließen sich entspannt ihr Feierabendbier schmecken. Sie philosophierten über Wetterprognosen und Ernte. Es war ein guter Sommer gewesen.

Nicht für Carla Wildner. Verloren stand sie auf der Terrasse ihres Hauses und wartete seit Stunden vergeblich darauf, dass ihr Mann Tom endlich nach Hause kam. Es zermürbte sie innerlich, denn wieder einmal war es ein Freitagabend, und die Zeit schien wie an jedem Freitagabend stillzustehen.

Carla hatte sich oft selbst belogen und immer wieder Entschuldigungen für das lange Warten auf ihren Mann erfunden.

Müde hob sie den Kopf und blickte innerlich flehend in den Abendhimmel. Die blanke Verzweiflung herrschte in der Tiefe ihres Herzens, und sie klammerte sich, gar wie ein Ertrinkender auf dem Meer an eine aufgeweichte Holzplanke, an die immer mehr schwindende Hoffnung, dass sich vielleicht doch alles zum Guten wenden könnte, dass sie endlich zur Ruhe und auch an das Ziel ihrer Wünsche kam. Doch es schien, als wäre sie noch immer blind vor Liebe und hielt an der Hoffnung von einem glücklichen Leben weiter fest, obwohl sich dieser Wunsch mehr und mehr in Luft auflöste.

»Lieber Gott, bitte hilf mir in dieser schweren Zeit«, bat sie inständig. Kaum hörbar drangen die Worte über ihre Lippen, als hätte sie es nur ihrem Innersten zugeflüstert. Mit verschränkten Armen stand sie da und es sah aus, als würde sie frieren und müsse sich selbst Halt und Wärme geben. Es war alles so schwer für den Moment, für ihr noch so junges Leben.

Und wieder plagte sie ein bohrender Schmerz an den Schläfen, als hätte sie einen zu engen Helm auf, doch sie schob es auf das viele Grübeln. Kopfschmerzen waren in der letzten Zeit ihr ständiger Begleiter. *»Manchmal tut so viel nachdenken richtig weh, nicht nur im Kopf, sondern auch im Herzen«,* dachte Carla in sich horchend. Sie merkte längst, dass etwas nicht stimmte und versuchte sich immer wieder abzulenken.

Betrübt wanderte ihr Blick langsam über die Terrasse. Etwas abseits in der Ecke stand dort ein großer rechteckiger Tisch mit zwei Stühlen und einer Sitzbank, in weiß lackiertem Holz und daneben eine üppig gewachsene Fächerpalme in einem über-großen Steintopf.

Ein leichter Wind wehte und Carla spürte die milde Luft des ver-gehenden Sommers auf ihrer Haut.

Schon im nächsten Moment fuhr sie innerlich zusammen, drehte sich hastig um und lauschte: *»Hatte sie da nicht eben ein Geräusch gehört? Klappte da nicht eine Autotür?«* Doch es blieb still und sie mit sich allein. Nur das laute Zirpen der Grillen in der lauen Sommernacht war zu hören.

Carla litt schrecklich und seufzte beschämt vor sich hin, ging langsam zur Sitzgruppe hinüber und setzte sich auf einen der Stühle.

Sie hatte den Tisch liebevoll für zwei gedeckt, Gläser und eine Flasche Spätburgunder dazugestellt, in der Küche stand das vor Stunden gekochte Menü.

Carla hatte Toms Lieblingsgericht zubereitet. Er liebte es, seit sie hier wohnten:» Maultaschen in Ei gebraten und dazu selbst-gemachter Kartoffelsalat.«

Die Kerzen auf dem Tisch, vom sanften Abendwind berührt, erhellten einen Teil der Terrasse und warfen ein warmes Licht auf Carlas zartes Gesicht.

Für diesen, für sie so besonderen Anlass trug sie ein knielanges, cremefarbenes Kleid mit kleinen aufgesetzten Taschen, und die Pumps, die farblich zum Kleid passten, machten Carla mit ihren Eins fünfundsechzig und den knapp fünfzig Kilo etwas größer. Gerade an diesem Abend wollte sie Tom gegenüber nicht noch kleiner wirken als sie es schon war.

Da ihr leicht kalt war, hatte sie sich eine weiße Stola um die Schultern gebunden. Die Stola war ein Geschenk von Carlas Mutter und verträumt fuhr sie mit der Hand darüber.

Ihr braunes schulterlanges Haar hatte Carla mit kleinen silbernen Spangen elegant hochgesteckt. Sie hatte es vor nicht allzu langer Zeit auf Schulterlänge kürzen lassen, da es so langsam Mühe machte, die fast bis zur Hüfte reichenden langen Haare zu waschen.

Tom war darüber sehr ärgerlich gewesen und obwohl Carla es ihm eigentlich verständlich erklärt hatte, murrte er noch lange Zeit deswegen herum:» *Als hätte er sie nur ihrer langen Haare wegen geheiratet.*«

Um den Hals trug Carla eine silberne Kette mit einem kleinen Diamanten.

Er funkelte fast majestätisch in den Regenbogenfarben, als das Licht der Kerzen auf den Edelstein fiel. Die Kette war ein Geschenk von Tom gewesen.

Trotz des Make-ups auf ihrem Gesicht wirkte Carla müde. Ihre Augen hatten dunkle Ringe bekommen und zeugten von wenig Schlaf in der letzten Zeit, vom Kummer und sehr vielen Tränen.

»War es denn früher wirklich so anders?« fragte sich Carla nicht nur an diesem Abend.

All die schönen Erinnerungen mit Tom schienen so endlos weit entfernt, als lägen mehr als Jahrzehnte dazwischen.

»Ach Mama. Wenn du wüsstest. In Sorge wärst du«, klagte Carla wehmütig vor sich hin. Bei dem Gedanken an ihre Mutter konnte sie ihre Tränen nicht mehr zurückhalten. Sicher würden sich ihre Eltern über die Neuigkeiten freuen. Das wusste Carla. Aber ihnen die neue Situation mit Tom zu erklären, dafür fehlte ihr der Mut. Wieder suchte sie gedanklich Entschuldigungen für Tom und die Fehler bei sich. Sie hatte mittlerweile so viel an Selbstbewusstsein eingebüßt und sich auf ihrem eigentlich gemeinsamen Weg immer mehr verloren.

»Nein!«, dachte sie. *»Reiß dich zusammen!«* Heute wollte sie stark sein. Sie musste es ihm sagen, je früher, desto besser.

Carla seufzte erneut und wischte sich eine Träne fort, die über ihre Wange glitt. Sie kam sich so endlos verloren vor.

So viele Monate hatte sie voller Sehnsucht auf das gehofft, was jetzt ganz winzig in ihrem Bauch heranwuchs. Und nun?

Carla hob den Kopf und ließ noch einmal den Blick über den gedeckten Tisch schweifen und wartete.

So verging Stunde um Stunde und immer wieder hallten von weitem dumpf die Schläge der Turmuhr.

Tom war für Carla gefühlsmäßig bereits seit Monaten unerreichbar, und ihr selbst schien es, egal wie bedingungslos auch ihre Liebe zu ihm war, mittlerweile wie ein innerlicher Kampf. Als würde sie ohne seine Liebe langsam zu Grunde gehen. Sie hatte sich an ihn geklammert. Für ihn so sehr, dass es ihm bereits auf die Nerven ging.

Sie schüttelte sich, wie ein nasser Hund sein Fell nach einem plötzlichen Regenguss, als wollte sie all diese tiefsinnigen Gedanken loswerden. Das Gedankenkarussell drehte sich aber unaufhaltsam weiter und Carla versank erneut darin.

Als sie Tom, damals, vor über zehn Jahren, das erste Mal in der Realschule sah, verliebte sie sich Hals über Kopf in ihn. Sie war ihm schon des Öfteren über den Weg gelaufen, doch fiel sie ihm bis dahin nie auf. Carla war nicht unbedingt schüchtern, eher ruhig und unscheinbar. Tom mit seinen knapp siebzehn Jahren dagegen sah, so fand sie, verdammt gut aus und wurde immer wieder von den Mädchen auf dem Pausenhof umschwärmt. Er fiel gern auf. Bei einem Klassenfest in der Schule erblickte er Carla dann das erste Mal. Sie hatte für viele Mädchen an der Schule beneidenswerte Haare, die ellenlang bis über die Hüften reichten. Sie war wohlgeformt und anmutig, mit einem so unschuldigen süßen Blick, der Tom gefiel. Er hatte sie dann zufällig in der Schule während des Musikunterrichts gehört. Sie sang vor der Klasse und spielte Klavier dazu, und einige der Klassenkameraden beneideten Carla. Tom war beeindruckt und fühlte sich das erste Mal, so glaubte er, verliebt.

Schon kurz nach ihrem 16. Geburtstag fragte er sie, ob sie seine Freundin werden wolle. Natürlich sagte sie »Ja«, und war glücklich an seiner Seite. Sie war mit dem tollsten Jungen der Schule zusammen und irgendwie genoss sie auch die neidischen Blicke der anderen Mädchen, und er die der Jungs.

Sie gingen oft ins Kino und auf Partys. Tom liebte so etwas sehr. Er begehrte Carla, denn sie war mit ihren jungen Jahren schön und anders als all die flippigen Mädels. Tom fand sie bescheiden, klug, nicht so zickig und anspruchsvoll. Sie konnte sich so herzlich freuen. Das gefiel ihm, nur mit dem Sex wollte sie noch warten, was ihm weniger gefiel.

Trotz allem fühlte sich Carla gut bei ihm und so machte ihr Tom am Anfang auch immer wieder Geschenke. Nur so konnte er ihr seine Liebe zeigen. Ansonsten hielt er sich zurück. Er war kein Romantiker und fand es auch albern: *»Eben was für Mädchen«,* wenn man sich an den Händen hielt oder schmuste. Außerdem wollte er sie schließlich rumkriegen.

Kurz vor ihrem 17. Geburtstag waren sie sich nach einer Party nähergekommen und da passierte es. Carla war leicht beschwipst und so hatte Tom nicht viel Überredungskunst gebraucht. Da Carla noch Jungfrau war, tat es ihr besonders weh. Sie konnte nicht verstehen, wie man das unter Schmerzen schön finden konnte. Es war eher ein kurzes verkrampftes Erlebnis. Das Bettlaken war hinterher blutig und Tom schlief kurz darauf ein. Carla legte sich an seine Brust und Tränen liefen ihr über die Wange. So hatte sie sich das erste Mal bestimmt nicht vorgestellt. Aber sie liebte Tom schon damals abgöttisch und ertrug es immer und immer wieder, in dem Glauben, dass er irgendwann liebevoller werden würde.

»Du bist viel zu verkrampft«, hatte Tom ihr vorgehalten. Doch jedes Mal, egal wieviel Mühe sie sich auch gab, entspannter zu sein, tat es weh. Dass Tom nur an sein Ziel kommen wollte und keine Zärtlichkeit kannte, kam ihr nicht in den Sinn. Sie selbst hatte keine Erfahrung, Tom dagegen schon.

Er lebte, bis zur Hochzeit mit Carla, bei seinen Eltern in einer alten Villa außerhalb von Rangsdorf bei Berlin.

Toms Vater, der Bankkaufmann Georg Wildner und seine Mutter Magret, beide Mitte fünfzig, waren selbst seit vielen Jahren in einer großen Landesbank in Berlin beschäftigt und sehr stolz auf ihren Sohn. Toms Eltern waren hochgewachsen und sehr schlank. Die Mutter trug ihre dunklen Haare kurz und hatte für ihr Alter noch immer Modelmaße. Figurbetonte Kleider gaben ihr zudem einen Hauch von Eleganz, und so mancher Mann starrte ihr mit voller Bewunderung hinterher.

Den Vater von Tom sah Carla nur im Anzug, weißem Hemd und Krawatte. Toms Eltern waren ein sehr ansehnliches Paar und wurden in ihrem Freundes- und Kollegenkreis von so manchem innerlich beneidet.

Wann immer Tom und Carla auch seine Eltern besuchten, Carla konnte mit ihnen nicht warm werden. Es war die Art und Weise, wie sie Carla begegneten, und so manches Mal gaben sie ihr das Gefühl minderwertig zu sein, wie es später auch Tom tat. Sie wusste nicht warum, und fand diese gefühlte Unnahbarkeit zu Toms Eltern sehr schade, denn sie selbst kam aus einem Elternhaus, wo es sehr harmonisch zuging, Liebe und Geborgenheit spürbar waren und die ganze Familie prägten. Sie war ebenso wie Tom als Einzelkind aufgewachsen, und trotzdem waren Tom und Carla in allem unterschiedlicher als Tag und Nacht.

Seine Eltern waren an den Wochenenden, selbst wenn sie in den Golfclub fuhren, immer elegant gekleidet, was Carla verwunderte. Für den Garten hatten sie sogar einen Gärtner.

Carla lebte früher bei den Eltern, weit weg von dem Ort hier, knapp 600 Kilometer entfernt, in Hessenwinkel, einem kleinen Ortsteil von Rangsdorf, unweit von Berlin. Sie hatten ein kleines Häuschen direkt am Dämeritzsee und einen wunderschönen Garten.

Carlas Mutter Inge Solberg war Lehrerin an der Grundschule im Nachbarort und mit ihrem Vater Heinz Solberg, Verkaufsstellenleiter in einem größeren Discounter, seit über dreißig Jahren glücklich verheiratet.

Inge hatte das schöne Haus am See von ihren Eltern geerbt und Carla erlebte dort eine unbeschreiblich glückliche Kindheit.

Zudem hatte Carla das große Glück, dass der Nachbarsjunge Andreas Müller in ihrem Alter war und sie mit ihm wie mit einem Bruder aufwuchs. Sie hatten viele Gemeinsamkeiten und waren schon als Kinder einfach unzertrennlich.

Dann jedoch traf sie Tom. Carla hatte nicht mehr so viel Zeit für Andreas, was ihn wiederum sehr betrübte.

Carlas Mutter wirkte mit ihren fünfzig Jahren noch immer jugendlich, hatte dunkle naturgelockte Haare, war nicht viel größer als Carla und trug wie ihre Tochter am liebsten Jeans.

Zum Ulken schön fanden es Mutter und Tochter, wenn man sie charmant *»das Schwesterngespann«* nannte.

Ihr Vater war ebenso alt wie ihre Mutter, aber einen Kopf größer als seine Frau, und Carlas Mutter nannte ihn immer liebevoll Kuschelbär, was Carla in jungen Jahren natürlich nicht verstehen konnte. Ihr Vater war doch kein Bär zum Kuscheln. Wie oft mussten sie darüber lachen.

Da Carlas Geburt für die Mutter sehr anstrengend war und es Probleme gab, wurde Carla mittels eines Kaiserschnittes entbunden. Die Ärzte rieten der Mutter von einer erneuten Schwangerschaft aus gesundheitlichen Gründen ab. Somit war Carla ihr Ein und Alles.

Carla, ihre Eltern und auch der Nachbar Anton Müller trugen in ihrer Freizeit lieber bequeme Sachen, meist Jogginganzug oder Arbeitssachen.

Carlas Vater werkelte oft stundenlang mit Anton am Haus und auf dem Grundstück und beide machten sich unweigerlich auch schmutzig. Der Vater fuhr öfters, wenn es das Wetter zuließ, mit Carla und mit Antons Sohn Andreas zum Angeln hinaus. Wenn sie zurückkamen, nahmen sie zusammen die Fische aus und freuten sich auf ein leckeres Essen.

Mutter Inge hingegen arbeitete begeistert im Garten und hatte nach getaner Arbeit ein schönes Glücksgefühl.

Es gab dann aber auch genug zu waschen. Dementsprechend lang war im Sommer die Wäscheleine auf der Wiese hinterm Haus, die Carlas Vater vom Haus bis zu einer der Pappeln gespannt hatte.

Natürlich gingen Carlas Eltern auch aus, und Carla staunte dann nicht schlecht, wie attraktiv beide aussahen. Es war nicht nur die Kleidung, die sie trugen. Es stand ihnen so viel Liebe ins Gesicht geschrieben und gab ihnen einen ganz besonderen Ausdruck. Welche Gegensätze es doch gab.

Bereits mit achtzehn Jahren hatte Carla ihre erste große Jugendliebe Tom Wildner geheiratet und schwebte lange Zeit im siebten Himmel. Den Antrag von Tom bekam Carla ganz unspektakulär im Auto nach einer Kinovorstellung. Carla war überrascht und hocherfreut. Die Hochzeit übertraf dann alles, was sich Carla je vorstellen konnte. Sie hätte eher den kleinen familiären Rahmen gewählt, Tom dagegen wollte präsentieren.

Beide hatten sich nach der Hochzeit eine kleine Altbau-Wohnung in Berlin Mitte genommen. Das Haus von Toms Eltern kam erst gar nicht in Frage, und obwohl im Haus von Carlas Eltern genug Platz gewesen wäre und es die Eltern auch gefreut hätte, war Tom strikt dagegen. Er wollte sich nicht unterordnen müssen. Es war ihm dort zu öde und sein Verhältnis zu Carlas Eltern eher angespannt.

Das wunderte Carla, aber sie konnte es nicht ändern.

Sie studierte Pädagogik an der Uni in Berlin und Tom begann seine Ausbildung zum Bankkaufmann in einer Bank in Spandau.

In ihrer kleinen Wohnung genossen beide eine für Carla kurze, aber glückliche Zeit bis zu dem Zeitpunkt, als Toms Eltern beschlossen, nach Wendlingen am Neckar in Baden-Württemberg zu ziehen. Die Schwester des Vaters, alleinstehend und wohlhabend, war nach kurzer Krankheit verstorben und hinterließ ein kleines Haus und einiges an Vermögen.

Toms Eltern nahmen nur einmal kurz vor ihrem Umzug die Gelegenheit wahr, Tom und Carla in ihrer kleinen Wohnung in Berlin zu besuchen, schliefen dann aber doch lieber zu Hause und luden am Morgen großzügig zum Frühstück ein. Carla bekam zufällig mit, wie der Vater seinen Sohn zur Seite nahm.

»Junge, meinst du nicht, dass es langsam an der Zeit ist, dass du dir ein eigenes Heim schaffst? Das hier, ist doch nicht das, was du wirklich willst. Komm mit uns hinunter nach Baden-Württemberg. Überleg es dir! Du weißt doch, ich habe da so meine Kontakte, die dich auch beruflich weiterbringen könnten.«

Carla war irritiert, konnte aber nicht sofort mit Tom darüber reden. So fragte sie ihn bei der nächsten Gelegenheit, ob er sich denn nicht in ihrem gemeinsamen zu Hause wohl fühlen würde.

Ihr war schon klar, dass die Wohnung nichts für die Dauer sei, denn spätestens, wenn ein Kind unterwegs wäre, müssten sie sich nach einer größeren Wohnung umschauen.

War es Carla im Nachhinein tatsächlich zu dieser Zeit bewusst gewesen? Für sie wäre ein Umzug in ein anderes Bundesland, so viele Kilometer von zu Hause entfernt, zu dieser Zeit undenkbar gewesen.

Tom wusste längst, dass die Entscheidung bald fallen musste, denn der Abschluss seiner Lehrzeit stand bevor.

Er wollte einen guten Job und so antwortete er ihr nur ausweichend: *»Doch Carla, schon. Wir werden sehen, wie es weitergeht. Mach dir doch nicht immer solche Gedanken.«*

Bei Toms Eltern waren die Begegnungen kühl und sehr auf Distanz. Carla empfand es immer wieder so für sich und litt darunter. Waren sie zu Besuch, sah Carla es als ganz selbstverständlich an, in der Küche oder beim Tisch decken mitzuhelfen, so wie sie es auch von zu Hause her kannte, wurde aber ständig von ihrer Schwiegermutter gemaßregelt, wenn sie etwas verkehrt hingestellt oder sich anders ausgedrückt hatte.

Toms Mutter fand Carlas Kleidungsstil langweilig, sie selbst reizlos, die Kommunikation sinnlos. Carla ignorierte es und versuchte, die richtigen Worte zu finden und in ihr wuchs immer mehr der Druck, es allen recht machen zu müssen.

Sie wollte sie selbst bleiben. Tom sah es nicht oder wollte es nicht sehen, dass sie schon damals begann, sich zurückzuziehen und innerlich litt. Die Harmonie, die in Carlas Familie wichtig war, spürte sie bei den Schwiegereltern nicht. Eher hatte sie das Gefühl, dass sie für Tom nicht gut genug, eben nicht die Richtige war.

Als sie Tom nach dem Besuch bei seinen Eltern fragte, warum diese sie nicht mochten, und ihr eher immer wieder ablehnend und kühl gegenüberstanden, winkte er wie so oft nur gleichgültig ab. Diese Art, mit ihr zu reden, als wäre sie ein dummes Mädchen, spiegelte sich mehr und mehr auch in Tom wider.

»Sie sind halt so und was du dir immer so ausdenkst. Nimm sie doch so, wie sie sind.« Carla dachte sich aber nichts aus.

Sie fühlte es doch und war froh, wenn sie einen Grund fand daheim zu bleiben und Tom allein zu seinen Eltern fuhr. Toms Mutter schien über diese Entscheidung ebenso froh zu sein. Sie hatte einfach keinen Draht zu Carla.

Auch der Kontakt zwischen Carlas Eltern und Tom stand unter keinem guten Stern, denn Carlas Vater war nicht unbedingt von Tom und seiner Art zu reden angetan. Wenn sie miteinander sprachen, war immer eine gewisse Spannung in ihren Gesprächen spürbar. Es ging um Werte im Leben, der Blick gerichtet auf die Welt und die Hungersnot in vielen Ländern.

Symbolisch gesehen waren ihre Ansichten bei politischen Aspekten ein Pro und Kontra und oft Lichtjahre voneinander entfernt. Carlas Mutter versuchte mit Humor, Gefühl und Apfelkuchen einzulenken, was ihr zum Glück immer gelang.

Tom war aus einem anderen Holz geschnitzt als ihre Carla.

Ein besonders heikles Thema zwischen Carla und Tom war die Arbeit. Er schätzte ihre Arbeit als Lehrerin eher minderwertig ein, da sie ja, so seine Worte: *»Den ganzen Tag nur von kleinen tobenden und schreienden Kindern umgeben und ihr Verdienst eher lächerlich sei.«*

Waren sie aber bei Carlas Eltern, erwähnte er davon nicht eine Silbe. Er wusste, dass Inge ihm gewaltig ins Gewissen geredet hätte und darauf wollte er es nicht ankommen lassen.

Als Tom am Anfang ihrer Beziehung Carla von der Schule abholen wollte und unbeobachtet in den Klassenraum blickte, spürte er etwas in sich, dass er anfangs nicht so recht deuten konnte. Da sprangen keine Kinder, wie wild schreiend, im Klassenraum herum, wie er immer die Vorstellung hatte, sondern saßen still auf ihren Stühlen um Carla herum und hörten ihr aufmerksam zu. Er sah, wie geduldig Carla mit den Kindern sprach und die Kinder ihr Wohlwollen entgegenbrachten.

Tief in seinem Innersten spürte er etwas ungeahnt Neues, sich verstanden und geborgen zu fühlen und er beneidete Carla um diese Gabe, diese Einfachheit, und doch wollte er sich sein eigenes Ego nicht nehmen lassen.

Als es zur Pause klingelte, stürmten die Kinder aus den Klassenräumen an ihm vorbei, hinaus auf den Schulhof.

»Du musst doch vollkommen k.o. sein von den Kindern, von dem Krach und überhaupt«, meinte Tom provozierend, als beide zu Hause angekommen waren.

Doch Carla sah ihn nur erstaunt an, lachte und drehte sich um.

»Nö. Wie kommst du darauf, wo war denn da Krach? Du bist doch selbst einmal zur Schule gegangen. In den Pausen ist es dann eben halt lauter. Aber die Kinder machen mich sehr glücklich und das weißt du doch längst,« rief sie mit einem Lächeln im Gesicht und ging in die Küche, blieb aber kurz darauf stehen, als überlegte sie und drehte sich mit festem Blick entschlossen zu ihm um. Da stand er nun vor ihr. Der Traum von einem Mann, mit seinen himmelblauen Augen und obwohl er so gebildet war, schien er eine Sache nicht zu verstehen.

»Weißt du, Tom. Liebe und Vertrauen sind Geschenke, kostbarer als alles Geld und Gut auf dieser Welt. Entweder man bekommt sie, weil man so ist, wie man eben ist, oder eben nicht.«
Das hatte gesessen, denn Tom war kurzzeitig sprachlos. Ob er das aber auch verstanden hatte, bezweifelte Carla, denn er konterte im nächsten Augenblick zurück.

»Ich habe doch den Traumjob gefunden und kann irgendwann bestens leben und mir alles leisten und auch dir ein schönes Leben bieten«, prahlte er überschwänglich.

Wenn man einmal davon absah, dass bisher seine Eltern mit ihrer Großzügigkeit alles Mögliche mitfinanziert hatten. Es war klar. Er hatte Carlas verbalen Angriff nicht verstanden.

So gab es immer wieder Diskussionen über Geld, wenn Carla auch einmal Anschaffungen tätigen wollte. Zwar hatte jeder sein eigenes Konto, trotzdem wollte Tom immer wissen, wofür sie ihr Geld ausgab. Irgendwann ignorierte sie es.

Sie brauchte nicht ständig neue Klamotten und Schuhe in Massen. Sie war recht sparsam und legte sich stets etwas von ihrem Geld beiseite.

Wofür sie aber gern Geld ausgab, waren Blumen. Die mochte sie in allen Farben und Variationen. Damit holte sie sich ein Stück Garten von daheim zu sich, was Tom wiederum mit seiner Abneigung gar nicht gefiel.

Carla dachte oft über Tom und seiner eher aufgesetzten Überheblichkeit nach als schwebe er über den Dingen. *»Wollte sie wirklich so einen Mann? Warum hatte er sie dann geheiratet? Er wusste doch schon am Anfang ihrer Beziehung, wie sie war und was sie werden wollte.«*

Mit einem Mal hielt Carla inne.

Warum nur kamen ihr gerade jetzt wieder all die Dinge in den Sinn. All das, was sie so runterzog, und nur das.

Sie blickte oft aus dem Fenster hinaus auf ihr Auto. Der kleine dunkelblaue Polo vor dem Haus reichte ihr vollkommen.

Sie hatte ihn als günstigen Gebrauchtwagen mit wenigen Kilometern gekauft und fuhr ihn bereits seit sechs Jahren. Mit ihm kam sie überall hin und sparsam im Verbrauch war er noch dazu. Bisher war sie ohne nennenswerte Mängel, Kratzer und Beulen durch jeden TÜV gekommen. Carla hatte sich in ihrer Studentenzeit mit kellnern in einer Bar so ihr Auto verdient.

Am liebsten fuhr sie aber mit den öffentlichen Verkehrsmitteln wie S-Bahn, U-Bahn oder Bus zur Arbeit.

Es war viel entspannter und oft auch interessanter. Außerdem bekam sie viel mehr von ihrer Umwelt und den Menschen mit. Im morgendlichen Gedränge mit verschiedensten Leuten, sozusagen fast auf Tuchfühlung zu gehen war zwar nicht immer angenehm. Aber oftmals entschädigte sie dann der eine oder andere unbekannte Musikant auf den Stufen des Bahnhofes oder in den Unterführungen mit seinem Instrument und seinem Gesang.

Carla liebte so etwas. Das war echt, das war einfach schön. Hin und wieder blieben einige Leute stehen, hielten kurz inne und lauschten verträumt. So mancher nahm mit einem Lächeln im

Gesicht diesen kostbaren Moment in sich auf, warf ein paar Münzen in den Hut und ging entspannt weiter.

Das war auch etwas, wo beide nicht eins waren. Tom mochte das Gedränge in den Bahnhöfen und Zügen überhaupt nicht.

Er ließ ja so schon keine Nähe zu. In dem Gedränge schien er fast zu kollabieren, und wenn Carla dazu lächelte und es entspannt ertrug, wurde er noch ärgerlicher.

Die Musikanten bezeichnete er abfällig als Penner und Nichtskönner und drängte Carla zum Weitergehen.

Dafür war er stolz wie Oskar auf seinen neuen roten Porsche, wenn er damit fuhr. Sein Vater hatte ihm den teuren Wagen nach dem erfolgreichen Abschluss seines Studiums der Volkswirtschaft, mit etwas Glück und natürlich Beziehungen, wieder einmal mitfinanziert. *»Solche Statussymbole zeigen sehr genau, wer man ist. So einen Wagen leiht man sich nicht aus, so einen besitzt man«,* so Toms Worte.

Leider waren die Vorstellungen von den materiellen Werten bis hin zur Philosophie des Lebens, bereits zu Beginn ihrer Beziehung von Grund auf verschieden.

Tom war schon damals klar, dass er >**Banker**< wie sein Vater werden wollte. Geld spielte schon frühzeitig für ihn eine große Rolle. Er hatte bisher, dank der Eltern, die selbst aus wohlhabenden Verhältnissen stammten, gut profitiert, und das wollte er nicht mehr missen und seine Freiheit auch weiterhin genießen. Das war sein Ziel.

Jeder Mensch hat Ziele und Träume.

Es war ja im Grunde genommen auch nichts Verwerfliches daran. Aber spielte Carla in Toms Leben überhaupt eine Rolle?

Sie hatte andere Vorstellungen vom Zusammenleben als Tom.

Carla war der Ruhepol, Tom genau das Gegenteil.

Er war früher ein überdurchschnittlich guter Handballspieler gewesen. Er war immer unterwegs, nahm an vielen Wettkämpfen teil und stand stets im Mittelpunkt des Geschehens. Etliche Pokale und Urkunden zierten sein Zimmer. Er hatte nur selten Zeit für Carla. Den Handball-Sport hing er aber beizeiten an den Nagel, weil ihm die Zeit und immer mehr die Lust dazu fehlte. Lieber ging er abends mit seinen Kumpels feiern und Carla blieb wieder einmal allein zu Haus.

Damals machte es ihr noch nicht so viel aus. Wenn er keine Zeit für sie hatte, unternahm sie etwas mit ihrer besten Freundin Doris oder auch mit Andreas, was Tom dann aber wiederum störte. Vielleicht war er nur eifersüchtig auf das, was alle glücklich machte und er von daheim nicht kannte.

Wenn Tom zurückkam, sah er, wie zufrieden Carla war. Hatte sie doch Menschen um sich, die sie von ganzen Herzen liebte, und die ihr ebenfalls Liebe und Vertrauen schenkten.

Tom war ein Schönling. Mit seinem schwarzen Lockenkopf und dem fast südländischen Aussehen, seine strahlend blauen Augen sah er blendend aus, und so manche Frau himmelte ihn auf der Straße an. Carla sah schweigend darüber hinweg und fühlte sich oft neben ihm wie eine graue Maus. Er selbst schien es nicht zu bemerken, genoss aber die Blicke auf sich sehr.

Tom war in all den ganzen Jahren ihres Zusammenseins nie sehr liebevoll und zärtlich mit ihr umgegangen. Selbst im Bett war er eher grob und besessen. Carla ertrug seine Männlichkeit so manches Mal unter Schmerzen und Tränen und glaubte felsenfest an diese große Liebe. Sie hoffte inständig, dass es vielleicht irgendwann besser werden würde.

Wurde es das? Nicht wirklich.

Tom hatte sich auf erneutes Drängen der Eltern entschlossen, ebenfalls nach Baden-Württemberg, in die Nähe von Stuttgart zu ziehen. Er sah in Berlin und Umgebung, nach dem Abschluss seiner Ausbildung, trotz vieler guter Möglichkeiten, nicht wirklich die Chance, ohne seine Eltern in der Nähe, seinem Lebensziel näher zu kommen. Er suchte voller Neugier wohl eher die Abwechslung und ein aufregendes Leben in der neuen Heimat.

Er nahm sich nach kurzer Wohnphase im Haus der Eltern, ein kleines Appartement in der Stuttgarter Innenstadt. Die Eltern wohnten nur zwanzig Autominuten von Tom entfernt.

So hatte er seine Freiheit und die finanzielle Unterstützung war ihm trotzdem gewiss. Tom redete tagelang auf Carla ein und erklärte ihr, dass ihn sein Vater beruflich sehr unterstütze, es doch nur eine Trennung auf Zeit sei und sie sich doch jederzeit besuchen konnten.

Dort unten angekommen, meldete er sich von sich aus ein bis zweimal die Woche. Das war Carla aber viel zu wenig, doch musste sie es hinnehmen. Wenn sie ihn anrief, hatte er meist nur wenig Zeit zum Reden. Immer hatte er irgendwelche Sitzungen oder war mit neuen Kollegen abends unterwegs. Carla freute sich für ihn, dass er so schnell Anschluss gefunden hatte. Dass sie ihn vermisste und einsam war, auch das schien er nicht zu merken.

Carla konnte und wollte ihre Lehrerstelle nicht gleich aufgeben und so blieb sie vorerst, wo sie war.

Die Entscheidung, doch irgendwann umzuziehen, konnte sie nur schwer akzeptieren. Vielleicht lag es daran, dass sie in Berlin, aber vor allem in ihrem kleinen Ort Hessenwinkel zu Hause und auch sehr glücklich war. Sie konnte sich nicht vorstellen, ihre Eltern und Freunde zu verlassen. Aber sie sehnte sich auch nach Tom.

In der Zwischenzeit war Carla wieder mehr bei den Eltern zu Hause als allein in ihrer Wohnung, worüber Ihre Eltern natürlich froh waren. So manches Mal schlief sie dort und fuhr dann morgens mit der Bahn zur Arbeit. Carla überlegte, ob sie die Wohnung aufgeben und wieder ganz nach Hause ziehen sollte.

Doch es kam anders.

Als Tom nur noch selten nach Berlin kam, zog ihre Freundin Doris bei ihr ein. Diese Mädels WG war einfach herrlich. Carla fuhr mit Doris regelmäßig zu den Eltern oder besuchte Andreas. Oft musste Carla auch an die Zeit zurückdenken, als Tom und sie noch hin und her von Berlin nach Baden-Württemberg fuhren. Da es immer nur kurze Besuche waren, war der Zauber für Carla wie am Anfang erneut entfacht. Bis Tom und Carla aber wieder richtig zusammenleben würden, sollten noch einige Monate vergehen.

Tom hatte Glück und konnte, dank der Beziehungen seines Vaters Georg Wildner, in der gleichen Bank wie sein Vater anfangen und: *»Um die Suche nach einer geeigneten gemeinsamen Wohnung abzuwickeln«,* wie er betonte, um Carla zu beruhigen. Tom liebte trotz allem sein Berlin und vermisste vor allem seinen großen Freundeskreis.

Das Nachtleben von Stuttgart genoss er ausgiebig und hatte schnell einen neuen Freundeskreis um sich geschart. Er fühlte sich in den angesagten Lokalen bestätigt, wurde bewundert, und war dann auch immer sehr großzügig.

Carla fuhr meist nur dann zu Tom, wenn er versicherte, wirklich Zeit für sie zu haben und sie auch nicht zu seinen Eltern fuhren. Sie hatte diese endlosen Konflikte mit seiner Mutter satt. Toms Mutter war darüber ebenso froh.

Wenn Tom übers Wochenende zu Besuch kam, unternahm er mit Carla lieber Ausflüge, als bei ihren Eltern zu sein. Tom mied beharrlich die Konfrontation zu Carlas Eltern. Carla nahm es hin. Hauptsache, sie war mit Tom zusammen. Wenn sie aber ihre Wünsche anbrachte, gab Tom oft erst nach langen Diskussionen nach. Carla akzeptierte es still.

Besonders hartnäckig musste Carla auf ihn einreden, als es darum ging, bei ihren Eltern mit dem Boot hinaus auf den See zu fahren.

Er fand es langweilig, das gab er schließlich offen zu. Er konnte der Ruhe auf dem See und der beschaulichen Natur einfach nichts abgewinnen.

Carla hatte ihm vorgeschwärmt, wie sie früher mit dem Nachbarsjungen rausgefahren war oder ihr Vater sie mit zum Angeln nahm. Tom verzog sein Gesicht.

»Bitte verschone mich mit sowas!«

»Aber Tom. Du hast es doch noch nie probiert, trotzdem lehnst Du es rigoros ab.«

Carla war enttäuscht. Hatte sie doch so schöne Erinnerungen.

Tom wollte absolut nichts davon hören und lehnte immer wieder ab. Vor allem, wenn Carla so von Andreas sprach, wurmte ihn diese Vertrautheit zwischen den Beiden. Er war maßlos eifersüchtig, schließlich ging Andreas in die gleiche Klasse wie Tom. Tom und Carla blieb keine Zeit, miteinander den täglichen Trott des Alltags zu durchleben. Beide gingen weit voneinander entfernt ihrer Arbeit nach. Doch Carla wollte richtig mit Tom zusammen sein, obwohl es ihm selbst nicht viel ausmachte, dass sie getrennt wohnten und sich unregelmäßig an den Wochenenden sahen.

Da Carla diejenige war, die überwiegend hin und herfuhr, störten sie mit der Zeit natürlich die nervigen Fahrten, vor allem die ewigen Staus und Baustellen auf den Autobahnen.

Carla trug ihren Wunsch sehr oft am Telefon vor, doch Tom vertröstete sie immer wieder, dass er noch nichts Geeignetes für beide gefunden hatte und das Appartement für beide ja viel zu klein wäre. Bis er dann irgendwann endlich zustimmte.

Zu Carlas Überraschung hatte sich Tom in der Zwischenzeit statt für eine geräumige Wohnung für ein Haus in einer kleinen Ortschaft entschieden, ohne mit Carla vorher noch einmal darüber zu reden. Auch das betrübte sie sehr.

Carla bewarb sich bei mehreren Schulämtern im Umkreis seines Arbeitsplatzes und hatte dann auch wirklich Glück.

Ihr bot sich schon im nächsten Schuljahr die Möglichkeit, in dem idyllischen Ort Kleinweinhausen, der auch ihr zu Hause werden sollte, an der Grundschule zu arbeiten.

Mittlerweile war es Herbst geworden.
Carla konnte sich drei Tage frei nehmen und war an einem verregneten Mittwoch, nach einer anstrengenden Autofahrt endlich in ihrem zukünftigen Wohnort angekommen.
Sie freute sich auf Tom, denn sie hatten ein ganzes langes Wochenende für sich.
Tom wollte sich mit Carla am Mittag vor der Schule treffen, nachdem sie alle Formalitäten dort geklärt hatte.
Leider war die Rektorin plötzlich erkrankt und wurde durch eine Konrektorin vertreten, die aber gerade an diesem Tage verhindert war. Man hatte Carla noch angerufen, aber da war sie längst schon auf der Autobahn. Ihr Handy hatte sie während der Fahrt nicht an. So konnte sie fahren, ohne abgelenkt zu werden.
Dafür entging ihr der Anruf.
Das Wetter war ohnehin so schlecht und sie musste sich beim Fahren sehr konzentrieren.
Carla hatte in Berlin ihren Versetzungsantrag beizeiten eingereicht und nach einiger Zeit des Wartens die Zustimmung des Bildungsministeriums von Baden-Württemberg erhalten.

Sie war überglücklich und hatte alle Zweifel von sich geschoben, als sie aus dem Schulhaus trat und Tom erblickte.

An diesem Tag goss es wie aus Kannen. Sie bekam von der
Schule und der Umgebung an sich nichts mit, weil sie mit dem
Schirm aus ihrem Auto sprang und ins Schulgebäude rein und
später ebenso schnell in den Porsche zu Tom zurückhuschte.
Nach einer kurzen Umarmung und einem innigen Kuss bat er
Carla, ihr Auto auf dem Parkplatz nahe der Schule stehen zu
lassen. Bei dem Wetter und dem Verkehr in Stuttgart wollte er
Carla nicht mit ihrem Auto hinter sich her lotsen. Sie wäre ihm
sicher irgendwo verloren gegangen. Außerdem schien er in
Zeitdruck zu sein. Sie lud ihre Reisetasche beim ihm ein und
dann fuhren sie los. *»Der Verkehr hier ist ja fast so furchtbar
wie in Berlin, stöhnte Carla, an jeder Ampel Stau. Hätten wir
nicht auch mit der Straßenbahn fahren können?«*

Tom schien irritiert.

»Nein!« rief er erschrocken und dieses Nein klang so, als hätte
sie ihm etwas Schreckliches, wie angeln vorgeschlagen.

Carla war sehr aufgeregt und gespannt auf seine Wohnung.
Diese lag direkt im Zentrum. Mit Tiefgarage und Lift im 5. Stock
und hatte einen unsagbar ernüchternden Ausblick, denn sie
blickte auf die Nachbarhäuser der gegenüberliegenden Seite.
Das war dann auch schon alles. Die Möbel klar und strukturiert

in das Appartement eingefügt, ohne jegliches Beiwerk oder Grün. Etwas anderes hatte Carla auch nicht erwartet.

»Welch ein Ausblick…«, fuhr es Carla ernüchternd über die Lippen.

»Weißt Du, Carla, da ich ja viel arbeite und abends spät noch unterwegs bin, stört mich das nicht. Die Wohnung ist so, wie ich sie für mich brauche.«

Es wurde nur ein kurzes Aufeinandertreffen. Während er sich umzog, gestand er Carla überraschend, dass er leider schon am nächsten Tag zu einer wichtigen Sitzung reisen müsse, und erst am späten Freitag wieder zurück sei.

»Aber Tom. Was soll ich denn hier, wenn du nicht da bist.«

Carla war enttäuscht, und mit einem Schlag war all die Freude verschwunden, die sie bis dahin in sich getragen hatte.

»Ach Carla, jetzt komm schon. Es sind doch nur zwei Tage. Du kannst trotzdem bleiben, auch wenn ich nicht da bin. Schau dir Stuttgart an, geh doch mal shoppen. Es wird dir gefallen, Freitag bin ich doch wieder da. Samstag schauen wir uns dann das Haus an«, schwärmte Tom und wollte diplomatisch sein. Carla schaute ihn verdutzt an. Da war sie so viele Kilometer gefahren! Natürlich war es in erster Linie wegen der Schule gewesen, aber dass er ihr das nicht schon vorher am Telefon gesagt hatte, ärgerte sie maßlos.

Tom konnte ihr nun erklären, was er wollte, Carla blieb betrübt.

»Komm, lass uns Essen gehen«, schlug Tom vor, *»und genießen wir erst einmal diesen Abend.«*

Carla war enttäuscht und still verließen beide die Wohnung. Sonderlich harmonisch war der Abend dann auch nicht. Carla schwieg und Tom war gedanklich schon bei seiner Reise, so aßen beide nahezu schweigend und genauso fuhren sie auch zurück in Toms Wohnung.

Carla versuchte dann doch noch einmal mit Tom zu reden, doch er war müde und das Diskutieren leid. Kurz war der Beischlaf und versöhnlich legte er ihr dreihundert Euro auf den Tisch.

»Du kannst dir ja was Schönes kaufen, was du dir schon immer gewünscht hast. Vielleicht geht es dir dann besser.«

Doch so hatte Carla sich das ganz und gar nicht vorgestellt.

Mit Geld konnte er sie nicht beeindrucken und damit seine Abwesenheit ausgleichen. Sie lag noch lange wach in Toms Armen, während er längst eingeschlafen war. Sie hoffte trotz allem auf eine bessere Zeit und schlief nach langem Grübeln irgendwann ein.

Der nächste Tag begann ebenso verregnet.

Carla hatte am Morgen das Geld in einen Umschlag getan und mit den Worten:*» Zeit und Liebe kann man nicht kaufen«* wieder auf den Tisch gelegt.

Für sie war es viel Geld, aber sie hatte ihre Prinzipien. Schon immer.

Tom nahm es kopfschüttelnd zur Kenntnis. *»Und sag hinterher nicht, ich hätte dir das Bleiben nicht angeboten«,* versuchte er sich zu rechtfertigen.

Carla kämpfte mit den Tränen, als Tom sie kurz darauf zurück zum Parkplatz an der Schule fuhr. Sie schüttelte nur stumm den Kopf, als sie nach kurzer Verabschiedung von Tom noch immer gedankenlos auf der Straße stand und dem roten Porsche betrübt hinterher sah. Er war längst schon um die Ecke gebogen. Carla stand noch immer starr.

»Wir sehen uns ja Weihnachten,« hatte er noch beiläufig gerufen, bevor er rasch in seinen Wagen stieg und davonfuhr. Er wollte jetzt keine nervigen Diskussionen.

»Weihnachten?«, kreiste es in ihrem Kopf. *»Das waren noch knapp zwei Monate!«* Carla war niedergeschlagen.

Ihr Haar war mittlerweile vom Regen durchtränkt und die Tränen, die ihr haltlos über die Wangen kullerten, spülte der kalte Regenschauer wieder weg.

Bei dem schlechten Wetter und von Tom allein gelassen, wollte Carla einfach nicht länger bleiben. Auch die Neugier auf das neue Haus war verflogen. Enttäuscht setzte sie sich in ihr Auto und fuhr zurück nach Berlin.

Als sie dann am späten Abend wieder zu Hause ankam, waren die Eltern schon überrascht, aber auch froh sie wiederzuhaben.

Es folgten Tage und Wochen, in denen Carla nach dem anfänglichen Kummer auch wunderschöne Momente erlebte, ob sie in der Schule bei ihren Kindern war oder zu Hause bei den Eltern. Leider blieben die Tage grau und verregnet.

Carla schaute jeden Tag auf den Kalender und sehnte die Zeit herbei, an dem sie Tom wieder bei sich haben würde.

Wenn Wünsche unerfüllt bleiben, stirbt immer ein kleines Stück Hoffnung. So erging es auch Carla.

Tom hatte ihr drei Tage vor Weihnachten am Telefon mitgeteilt, dass er doch nicht kommen könne, da seine Mutter ziemlich krank sei und ihn gebeten hatte, über die Feiertage bei ihnen zu Hause zu bleiben.

Als hätte es Carla längst geahnt, nahm sie es hin. Doch die Enttäuschung darüber, legte sich wie ein düsteres Band um ihre Seele. Sie war deprimiert. »Warum«, dachte sie, »passiert ausgerechnet mir so etwas.«

Dank ihrer Eltern und Freunde, die sich liebevoll um Carla bemühten, konnte sie Weihnachten trotzdem genießen und die Kraft der Familie und den Zusammenhalt spüren.

Tom kam nach den Feiertagen und entschuldigte sich mit einem beeindruckenden Geschenk.

In trauter Zweisamkeit überreichte er Carla eine kleine Schatulle, darin eine kostbare Kette mit einem kleinen Diamanten. Carla deutete die wertvolle Kette als Symbol seiner Liebe zu ihr und akzeptierte seine Wünsche.

Er blieb zwei Tage, hatte aber für Carla nur einen Tag Zeit, da er seine Kumpels unbedingt besuchen wollte. So fragte sie nicht, ob er zu Silvester kommen würde, denn irgendwie ahnte sie schon die erneute Absage. Doch Tom schien ihre Gedanken zu erraten und meinte, sie könne ja Silvester zu ihm kommen.

Es gäbe eine mega Party, zu der er eingeladen sei. Jede Menge Leute aus der Bank und seinem neuen Freundeskreis. Sie könne es sich ja überlegen. Carla schwieg. Vor ihrem inneren Auge sah sie den Freundeskreis, zu dem sie ganz und gar nicht passte. Was sollte sie machen?

»Weihnachten schon ohne Tom und nun auch Silvester?«

Sie versuchte noch, Tom umzustimmen, wusste aber nur zu gut, dass das aussichtslos war.

Carlas Eltern spürten, wie hin und hergerissen ihre Tochter war. Doch zu ihrer großen Überraschung entschied sich Carla für Silvester zu Hause. Das war, seit sie denken konnte, immer der schönste Abschluss des Jahres.

Die Mutter wollte wieder Bowle mit allerlei Früchten aus dem Garten ansetzen und Hilde von nebenan brachte Kartoffelsalat und den Wein für die Bowle mit. Es gab knackige Würstchen und Bouletten, und der Vater besorgte jede Menge Raketen und Tischfeuerwerk.

Carla hatte mit Andreas wie jedes Jahr das Wohnzimmer mit etlichen Papierschlangen und Luftballons dekoriert. Die Harmonie im Hause Solberg war unbeschreiblich.

Alle saßen beieinander und erzählten von Erlebnissen aus vergangenen Zeiten.

Carla und Andreas bekamen hochrote Köpfe und grinsten dann verlegen, wenn die Eltern von ihren Streichen erzählten. Sie konnten nicht glauben, dass die Eltern so viel mehr mitbekommen hatten. Es gab viel zu lachen und wenn der Vater den alten Kassettenrecorder bediente, wurde nach Oldies getanzt.

Kurz vor Mitternacht zogen sich alle warm an und gingen hinaus vor das Haus. So manches Mal hatten sie Glück und es lag Schnee.

Da standen dann auch die anderen Nachbarn vor ihren Grundstücken, und beim Läuten der Glocken riefen alle erfreut und jubelnd Prosit Neujahr und prosteten sich zu.

Doch es hielt keinen lange vor seinem Haus. Die Nachbarn gingen aufeinander zu und nahmen sich kurz darauf in die Arme. So manch einer war leicht beschwipst und sie wünschten sich gegenseitig ein gesundes neues Jahr.

Die Männer traten zusammen und steckten ihre mitgebrachten Raketen in die mittlerweile leeren Sektflaschen und ließen sie unter lautem Zurufen der anderen in die Lüfte steigen. *»AAAAHH, OOOHHH«,* war zu hören und leiteten das neue Jahr ein.

Carla wurde mit einem Mal beim Anblick des Feuerwerkes melancholisch, hätte sie doch Tom jetzt am liebsten bei sich gehabt. Die Mutter nahm Carla in den Arm und drückte sie liebevoll an sich.

»Alles ist eine Frage der Zeit. Du wirst sehen, wenn die Liebe ehrlich und aufrichtig ist und siegt, wird alles gut.«

Auch wenn Carlas Mutter nach außen hin stark und sicher schien, machte sie sich innerlich große Sorgen um ihre Tochter. Mit ihrem mütterlichen Instinkt spürte sie, dass die Ehe der Beiden alles andere als harmonisch und liebevoll war.

Sie wollte ihrer Tochter aber nicht dazwischenreden und hoffte auf Besserung im neuen Jahr. Noch war Carla bei ihnen.

Doch schon in ein paar Monaten würde sie zu Tom ziehen, viel zu weit weg. Für Carlas Mutter noch unvorstellbar.

Es war Frühling geworden. Das Osterfest hatte Carla zu Hause bei den Eltern gefeiert. Dieses Mal war auch Tom dabei. Carla lebte sichtlich auf. Tom bemühte sich und war entspannter als sonst. Vielleicht lag es auch nur daran, dass der Nachbarssohn Andreas arbeiten musste und nicht dabei war. Tom mochte ihn nicht. Irgendetwas war damals in der Schule vorgefallen. Doch keiner der beiden sprach je darüber.

Carla gab die Hoffnung nicht auf, dass mit dem Umzug zu Tom ihre Liebe endlich Halt und vielleicht auch Beständigkeit bekommen würde. Mit diesen Gedanken konnte Carla die ihr verbleibende Zeit bis zum Umzug überstehen. Und diese Zeit schien für Carla viel zu langsam zu vergehen.

Die Sommerferien hatten begonnen und Carla blieb noch ein halber Monat bis zum endgültigen Umzug. Sie konnte in Ruhe packen und organisieren, und auch leb wohl sagen.

Es fiel ihr nicht leicht, die Zelte, so zusagen, abzubrechen, um ihrer großen Liebe zu folgen.

Sie liebte das Haus der Großeltern, in dem sie aufgewachsen war. All die Menschen wie ihre Eltern, Andreas, Doris, die Nachbarn, Schulkameraden und Freunde, die ihr so sehr ans Herz gewachsen waren, für eine unbestimmte Zeit zu verlassen.

Es bedrückte Carla sehr, und es schien ihr, als würde sie gedanklich eher nach Timbuktu auswandern als in ein anderes Bundesland von Deutschland zu ziehen.

Andererseits spürte sie eine ungeahnte Vorfreude, ähnlich wie als kleines Kind zu Weihnachten, bevor es zur Bescherung ging.

Als Carlas Urlaub und auch die Sommerferien fast vorbei waren, verstaute sie ihre Habseligkeiten ins Auto und fuhr dorthin, wo sie sich das große Glück erhoffte.

Es war mitten in der Woche und obwohl sie sehr früh am Morgen losgefahren war, erreichte sie nach mehr als neun Stunden anstrengender Fahrt, zahlreichen Staus und Unfällen endlich ihr Ziel. Noch bevor Carla aus dem Auto stieg, rief sie ihre Eltern an um ihnen Bescheid zugeben, dass sie gut angekommen sei und sich am nächsten Tag noch einmal in aller Ruhe melden würde.

Nun kam sie aus dem Staunen nicht heraus. Das war kein einfaches Haus, es war eine Villa.

Tom hatte sie am Telefon immer wieder mit einem Bild des Hauses hingehalten. Er wollte ihr Gesicht sehen, wenn sie kam. Das war ihm wahrlich gelungen.

»Aber war das nicht eine Nummer zu groß?« dachte Carla bei sich.

Tom stand am Eingang seines Hauses und wartete. Er sah umwerfend aus. Carla spürte eine Armee von Schmetterlingen in ihrem Bauch und wusste, sie würde sich immer wieder in diesen Mann verlieben. Sie stieg aus und war trotz der ermüdenden

Fahrt froh, endlich bei ihm zu sein. Freudestrahlend fiel sie ihm in die Arme und küsste ihn liebevoll.

»Hallo Schatz. Du, ich freu mich so, endlich hier zu sein«, und in ihren Augen standen Tränen der Freude. Tom schaute sich um. Das wiederum wollte er auf der Straße nun doch nicht und machte sich los von ihr. Carla bemerkte es, dachte sich aber im ersten Moment nichts dabei.

Tom drehte sich um, ging zum Auto und öffnete den Kofferraum.

»Komm, ich helfe dir bei den Sachen.«

Er holte zwei Reisetaschen heraus und blickte ins Auto.

Auf der Rückbank standen noch einige Taschen und auch Kartons mit Grünpflanzen.

Tom schüttelte schweigend den Kopf.

»Wir bringen das erst einmal hinein und dann zeige ich dir das Haus, du wirst staunen. Das andere können wir später holen«

Carla nickte und war innerlich so aufgewühlt wie schon lange nicht mehr. Sie wischte sich die Tränen aus dem Gesicht und schnappte sich einen Karton, aus dem die Blätter von Efeu und Grünlilie rankten. Schnell griff sie noch nach einer großen Einkaufstasche mit verschiedenen Blumentöpfen darin.

Tom schaute Carla entgeistert an.

»Carla, was soll das denn! Was hast du denn bloß noch alles mitgeschleppt. Wir haben hier auch Blumenläden. Ach, Carla.

Das hätte doch auch dableiben können.« Es klang wie ein Vorwurf und Tom schien enttäuscht zu sein.

Carla blickte irritiert zu Tom.

»Aber Tom, diese Blumen habe ich doch schon so lange, die wollte ich jetzt nicht zurücklassen. Außerdem ist davon noch jede Menge in der Wohnung bei Doris zurückgeblieben.«

Carla schluckte und schob dieses komische Gefühl, das sich nun bei ihr einstellte, augenblicklich wieder beiseite.

»Bloß nicht nachdenken. Ich will jetzt keinen Streit. Nicht gleich am ersten Tag« spukte es Carla durch den Kopf.

Sie drehte sich mit Schwung herum und gab ihrer Autotür mit dem Knie einen kleinen Schubs, dass sie zuflog.

»Sei doch froh, dass ich keine Möbel mitgenommen habe«, erklärte Carla versöhnlich und trottete still mit ihrem Karton unter dem einen Arm und der Tasche unter dem anderen Arm, hinter Tom her und staunte noch immer.

Aber es war nicht dieses: *»Wow großartig«,* sondern eher ein verhaltenes: *»Schön.«*

Sie dachte an ihr Elternhaus, welches auch nicht gerade klein war, aber das hier war ganz anders.

Das hier war für Carlas Begriffe eben eine Villa, keine Frage, und so groß.

»Sollte das jetzt wirklich mein neues zu Hause werden?«

Sie konnte es noch nicht auf sich wirken lassen. Aber was ihr sofort auffiel, war das Fehlen jeglicher Bäume und Pflanzen. Nur ein sorgfältig angelegter Edelrasen begrenzte die Wege und das Haus. Sie schluckte abermals.

So manche Frau wäre beim Anblick des Hauses sicherlich in größte Euphorie verfallen, gedanklich von einem geräumigen Ankleidezimmer mit riesigem Schuhschrank träumend, doch Carla war eben anders, und auch das Haus war ganz anders als sie es sich vorgestellt hatte.

Es lag am Ende der Ortschaft, von den nächsten Häusern gute Hundert Meter entfernt, unweit eines Baches, dessen seichtes Flussbett neben einem kleinen Wanderweg hinter ihrem Haus vorbeiführte. Von hier aus hatte man einen unbeschreiblich schönen Blick auf die hügelige Landschaft mit ihren vielen Weinbergen, die in dieser Gegend typisch waren.

Die anderen Häuser im Ort waren zum größten Teil einfach und nach und nach erbaut worden.

Nur wenige hatten Wetter, Krieg und Zerfall überstanden und waren, je nach Mitteln der Ansässigen und der Gemeinde in-standgesetzt und modernisiert worden.

In den meisten Vorgärten blühten zahlreiche Rosenbüsche und hohe Pappeln säumten die Straßen im Ort. Die Straße bis zu ihrem Haus war bereits vor einiger Zeit asphaltiert worden.

Das Haus von Tom und Carla sollte nicht das einzige in dieser Art bleiben.

Es waren bereits Bauplätze vergeben und Land abgesteckt. Ein großes Schild war unweit von ihrem Haus entfernt aufgestellt worden und pries eine malerische Eigenheimsiedlung mit allen Raffinessen an: »Dem Alltag entfliehen und die Idylle der Natur pur genießen« konnte man darauf lesen.

Der Lärm der Großstadt drang zum Glück nicht bis hier her, und die Natur sollte Carla tatsächlich Ruhe und Entspannung bringen. Natur pur gab es hier wirklich.

Nur etwa hundert Meter von ihrem Grundstück entfernt begannen schon die zahlreichen Felder der ansässigen Bauern. Hier wuchsen Mais, Raps, Kartoffeln und Rüben je nach Jahreszeit. Diese Felder würden mit der Zeit nach und nach dem Bau der Häuser weichen müssen.

Nach Besichtigungen einiger anderer Häuser in verschiedenen Ortschaften hatte Tom auch dieses Haus, zusammen mit seinen Eltern und einer Maklerin in Augenschein genommen und war über alle Maße begeistert gewesen.

Der Preis war Verhandlungssache, und da die Eltern den Makler gut kannten und man sich mit dem Preis einig wurde, war der Hauskauf schnell gemacht. Zwar störte Tom, dass das Haus in diesem kleinen unscheinbaren Ort lag, und dass es dort keine großartigen Bars oder Freizeitaktivitäten gab, aber beim Anblick des Hauses würde so mancher seiner Freunde und Kollegen vor Neid erblassen. Nur das zählte.

Es könnte mal richtig gefeiert werden, ohne dass sich Nachbarn beschweren würden. Nach Stuttgart war es ohnehin nicht weit. Da gab es dann genug Trubel, wenn Tom es brauchte. Außerdem lag der Golfclub, den seine Eltern für sich entdeckt hatten und regelmäßig mit Tom besuchten, nicht allzu weit entfernt.

Das Haus unterschied sich durch seine exklusive Bauart deutlich von all den anderen Häusern des Ortes und bot den Ortsansässigen fortwährend genügend Gesprächsstoff. Gabionen, diese modernen, aber tristen wetterfesten Mauern aus stabilem Drahtgeflecht und mit Steinen befüllt, umfassten das gesamte Anwesen. Sie schützten durch ihre Höhe von etwa zwei Metern das Haus und den Garten vor neugierigen Blicken. Großartige Bepflanzungen suchte Carla selbst am Haus vergebens.

Auf dem Dach schimmerten glänzend dunkelblaue Dachziegel. Dicke Säulen, im gleichen weißen Anstich wie das gesamte Haus, protzten vor dem Eingang und um das Haus, als würden sie das Dach und die darüberliegende Etage tragen.

»Hätte man das Haus gelb gestrichen, die Ziegel in alt Rot gewählt und Palmen oder meterhohe Zypressen davor gepflanzt,

wäre ich mir wie in der Toskana vorgekommen, doch das hier wirkte eher kühl«, kam es Carla in den Sinn.

Die großzügig angelegte halbrunde Auffahrt, die wiederum eher in amerikanischen Filmen zu sehen war, erregte schon so einiges Aufsehen bei Vorübergehenden.

Der Vorbesitzer, selbst Amerikaner, war nach nur kurzer Wohndauer wieder nach Amerika ausgewandert. So stand das Haus bereits seit geraumer Zeit leer und war zum Kauf angeboten worden. Doch den vielen Interessenten war es einfach zu groß, zu teuer und zu abgelegen.

Die Erschließung der geplanten Eigenheimsiedlung war bei so manchem Ortsansässigen ohnehin nicht gern gesehen.

Der Ort würde sich verändern. Es würde laut werden und diese verträumte Idylle, das einfache Kleinstadtleben dem Fortschritt weichen. Noch kannte hier jeder jeden. Einige Beschwerden diesbezüglich lagen bereits auf dem Schreibtisch des Bürgermeisters.

Schon beim Betreten des Hauses spürte Carla eine gewisse Extravaganz, die sich überall durch eine präzise Auswahl an Stoffen, Farben und Möbeln widerspiegelte.

Neben der Eingangstür hing das große Portrait eines jungen Mannes, der neben seinem roten Sportwagen posierte.

Tom stellte sich stolz daneben und grinste.

»Typisch Tom«, dachte Carla, *»so ein Angeber«* und lächelte.

Nur wenige Schritte weiter standen beide im hellen, elfenbein-
farben gefliesten Wohnzimmer. An der gegenüberliegenden
Wand ein weißer offener amerikanischer Kamin.

Carla staunte nicht schlecht. Sie freute sich augenblicklich auf
kuschlige Abende mit Tom am Kamin. Sie sah sich schon gedanklich die Weihnachtsstrümpfe der Kinder dort aufhängen.
Wie beseelt war Carla mit einem Mal. Wurde doch alles gut mit
diesem Haus?

Auf dem Sims des Kamins standen einige gerahmte Bilder der
Familie. Sie entdeckte sogar ihr Hochzeitsfoto. Doch als sie daneben ihr erstes gemeinsames Foto vom Abschlussball sah,
hüpfte ihr Herz vor Freude. Das entschädigte Carla für den
dummen Spruch von Tom vorher am Auto und machte sie zufrieden. Sie drehte sich zu ihm und beide nahmen sich in den
Arm. *»Wir müssen uns erst wieder aneinander gewöhnen«,*
kam es Tom fast tonlos über die Lippen.

»Ja, ich weiß. Du hast mir so gefehlt«, entgegnete Carla leise
und lehnte ihren Kopf an Toms Schulter. Natürlich war sie froh,
endlich bei ihm zu sein, trotzdem war alles noch so fremd. Tom
schwieg und strich ihr wie abwesend mit der Hand über ihre
langen Haare.

Wohin ihn seine Gedanken trugen, blieb sein Geheimnis.

Die wenigen Designermöbel in Naturfarben sowie der beeindruckende amerikanische Teppich mit der sandfarbenen Ledergarnitur und dem schweren Rauchglastisch darauf, verliehen diesem Raum das gewisse Etwas. Das waren einige der wenigen Möbelstücke, die Tom vom Vorbesitzer mit übernommen hatte. Der Vorbesitzer lebte hier seinen amerikanischen Traum.

Doch warum, fragte sich Carla, war er mit seiner Familie wieder ausgezogen?

Alle Fenster im Haus waren komplett durchgängig bis zum Boden und durchfluteten den Raum mit Tageslicht. Sie gaben den Blick frei auf die Terrasse, den Pool, den Rasen und wiederum auf die grauen Steinmauern.

Es gab im ganzen Haus keine Gardinen, dafür aber an den Fenstern elektrische Rollläden mit Fernsteuerung.

Das Haus verfügte über eine weitere Etage, welche durch eine stilvolle Treppe erreichbar war und auf der sich zwei Schlafzimmer mit jeweils angrenzenden Bädern befanden.

Beeindruckend war vor allem die Galerie mit dem weißen Geländer davor, das sich über die gesamte Etage zog, über dem Kamin prunkte und von der aus man einen großartigen Blick auf das gesamte Wohnzimmer hatte. Das war schon etwas Besonderes. Carla fehlten die Worte

Sie kannte keinen Einzigen aus ihrem Freundes und Bekanntenkreis, der annähernd so wohnte.

Seitlich der Treppe im Erdgeschoß zeigte Tom ihr das eigentliche Bad und sie betraten einen hellen Raum mit schwarzen Bodenfliesen und einem großen Kristallspiegel über dem doppelten Waschbecken. Die Badewanne am Fenster war zum Teil in den Boden eingelassen und wirkte mit den goldfarbenen Armaturen sehr luxuriös. Neben der Badewanne glänzte die vergoldete Skulptur einer wassertragenden Frau als einzige Dekoration.

Carla war sprachlos. Solche Bäder hatte sie bisher nur in Prospekten von Luxushotels gesehen. Nun besaßen sie selbst so eins. Staunend nahm sie in sich auf, was ihr noch wie ein Traum vorkam.

Tom zeigte ihr die zwei Gästezimmer. Hier war sehr viel Platz für Besucher und später auch für die Kinder. In jedem Zimmer ein schlichtes Ehebett und Einbauschränke.

Carla war augenblicklich beruhigt, denn so konnten ihre Eltern und Freunde sie jederzeit besuchen.

Tom bot Carla an, ihre mitgebrachten Dinge in einem der beiden Zimmer zu lagern, bis vielleicht ein geeigneter Platz für das eine oder andere gefunden sei. Carla nahm es wortlos hin. Was sollte sie auch sagen. Noch war sie beeindruckt.

»Die Blumen stellst du dann doch lieber vor die Garage oder auf die Terrasse?«

Carla war nun doch ein bisschen sauer und den Tränen nahe.

»Tom bitte. Es wird Herbst draußen, und die Temperaturen tun den Blumen nicht gut,« kam es Carla über die Lippen.

»Also gut. Meinetwegen ins Gästezimmer, aber ich will hier keine Viecher im Haus, hast du verstanden?« versuchte Tom bereitwillig einzulenken. Carla nickte erleichtert.

Auf übermäßige Dekoration hatte Tom im gesamten Haus anscheinend bewusst verzichtet. Er erzählte Carla, wie es im Haus vorher aussah, er so einiges ändern ließ und dass seine Mutter ihn in der Auswahl und Gestaltung sehr gut beraten hatte.

Sie wusste wohl, was modern und zeitlos war, obwohl sie in ihrer alten Villa in Friedrichshain auch früher eher bieder eingerichtet waren.

»Machte ein Umzug in ein anderes Bundesland so viel aus?«

Carla erinnerte sich schlagartig daran, dass Toms Mutter die Wohnung von beiden in Berlin Mitte nach nur einem einzigen Besuch: *»Unsortiert und vollgestopft mit Blumen und allerlei Kram«* beurteilt hatte. In diesem Haus war alles genau durchdacht und geplant. Keinerlei persönliche Erinnerungen, wenn man mal von den Fotos absah. Dafür hing über dem Kamin ein großes modernes Kunstwerk. Von welchem Maler es stammte, konnte Carla nicht erkennen. Viele Farben kreuz und quer durcheinander erzeugten ein buntes Chaos, als wären dem Maler seine Farben darauf verkleckert. Ja, auch das schien große Kunst zu sein. Sie kannte sich auf dem Gebiet der abstrakten Kunst nicht aus, mochte sie auch nicht unbedingt.

Tom hatte es bei einer Versteigerung auf einer Vernissage für nicht unerheblich viel Geld erworben. Carla stand davor und versuchte in dem Bild Ausdruck oder Thema zu finden, vergebens. Sie mochte eher Naturbilder und Gemälde alter Meister. Davon gab es im Haus bis später in ihrem Zimmer leider keine. Tom hatte da seinen eigenen Geschmack, wollte es nicht, weil sie ihm zu »schwer« und zu »alt« waren.

Vom Wohnzimmer aus traten beide durch eine große Schiebetür auf die Terrasse, die fast so groß wie das Wohnzimmer war und in der Breite über die gesamte Fensterfront verlief.

Über der Terrasse befand sich ein Glasdach, eine stabile Konstruktion mit elektrischer Schaltung, dass sich ähnlich einer Markise ausfahren ließ. Beidseitig der Terrasse waren an den Wänden Halterungen verankert. Auf dem Steinfußboden der Terrasse war eine Schiene eingelassen, um bei Bedarf die miteinander verbundenen Glastüren zu bewegen. Diese Technik fand Carla ausgesprochen einfallsreich. Durch das Schließen des Glasdaches und dem Herbeiziehen der beweglichen Türen konnte man die Terrasse an kalten Tagen mit einfachen Hand-griffen in einen behaglichen Wintergarten verwandeln. Da es noch recht mild war, blieben die Türen an den Seiten.

Dabei dachte Carla an ihre Kindheit zurück und wie es wohl wäre, wenn die Regentropfen laut auf das Glasdach prasselten. Sie liebte es, wenn es regnete.

»Man kann also auch bei schlechtem Wetter und bei Regen auf der Terrasse sitzen, einfach genial. «

An die Terrasse grenzte der Edelrasen, der auch den großzügig angelegten Pool umschloss.

»Ein so großer Pool, wie herrlich«, fand Carla und sah sich schon mit Tom darin plantschen.

Sie sah sich um und hegte mit einem Mal den Wunsch, nicht nur innen das Haus, sondern später auch den Garten zu ver-schönern.

Statt perfekt angelegtem Rasen, auf dem nur noch das Schild: »Betreten verboten« fehlte, so kicherte Carla in sich hinein, dachte sie auch an einige Gemüse und Blumenbeete. So wie zu Hause bei ihren Eltern.

Leider war das für Tom nicht annehmbar, da es nach seiner Meinung: zusätzliche unnütze Arbeit sei, dem Pool und dem Edelrasen seine Besonderheit nehme, und die Zeit dafür zu schade sei.

»Carla, wir gehen beide arbeiten. Wann willst du das machen?«

»Dann wenigstens im Wohnzimmer ein bisschen Grün? « fragte Carla vorsichtig. Tom schaute sie entgeistert an.

»Weißt du Carla, ich halte nicht viel von Blumen. Sie müssen regelmäßig gepflegt und immer gegossen werden. Zudem haben die oft widerliche Schädlinge an sich, machen viel Arbeit und stören mich eigentlich. Ich hoffe, du nimmst mir das nicht übel. Aber du kannst sie gern in den Gästezimmern verteilen.«

Carla verschlug es für einen Moment die Sprache.

»Was? Ich glaub das jetzt nicht!« rief sie gedanklich in sich hinein. Über ihre Lippen kam nur ein tonloses »O.k.«, mehr wollte sie vorerst dazu nicht sagen.

Sie sah sich mit Tom gedanklich wieder in ihrer alten Wohnung. Er hatte bei ihr zu Hause oft belächelnd gemeint, sie wohne in einem Gewächshaus, weil sie einige Pflanzen besaß. Carla war enttäuscht und obwohl es langsam in ihr zu brodeln begann, mahnte sie sich zum Schweigen. Es war der erste Tag und sie spürte einfach nichts von Vertrautheit an Tom, die es vielleicht leichter gemacht hätte, all das Neue so in sich aufzunehmen.

Wieder zurück im Wohnzimmer führte ein kleiner Gang in die Küche. In der Mitte des Raumes präsentierte sich die Kochinsel. Die Küchenschränke an den Wänden waren aus blankem Edelstahl und mit Scheiben aus Milchglas perfekt integriert.

Das einzige Küchengerät, dass Carla erblickte, war ein großer kostspieliger Kaffeevollautomat, der neben dem Fenster auf der Arbeitsplatte stand. Tom war leidenschaftlicher Kaffeetrinker. Carla musste wohl ziemlich fragend geschaut haben, denn Tom erklärte ihr, dass bei Feierlichkeiten so ein geringerer Aufwand bestünde und die Auswahl für jeden groß sei.

»Und du weißt ja, ohne Kaffee bin ich unausstehlich.«

Carla nickte nur stumm und Tom holte demonstrativ zwei Tassen aus dem Schrank.

»Cappuccino, Carla?« fragte Tom grinsend, während die Kaffeemaschine den Kaffee produzierte, schaute sich Carla neugierig um. Die Küche hinterließ den Eindruck, als sei hier bisher nichts zubereitet worden. Sie wirkte nagelneu und unbenutzt, wie eine Vorführküche in einem großen Möbelhaus.

Der einzige farbliche Akzent in dieser glänzenden Edelstahlkollektion war der große Obstkorb mit einigen exotischen Früchten. Tom reichte Carla wortlos die Tasse und ließ sich einen Kaffee Crema durchlaufen. Es gab in der Küche keinen Tisch und keine Sitzgelegenheiten.

So stand Carla unschlüssig neben Tom und schlürfte ihren heißen Cappuccino.

»Die Küche passt nun gar nicht zum amerikanischen Flair. War die hier schon drin?«, fragte Carla neugierig.

Tom nippte kurz an seinem heißen Kaffee und lieferte prompt die Antwort: »*Weißt du Carla, diese Küche ist zeitlos und immer im Trend. Die weiße Küche vorher im Landhausstil, war für deine Verhältnisse, sorry wenn ich das so sage, sicherlich wunderschön, für mich aber einfach zu altbacken und unmodern. Diese Küche hier wurde erst letzte Woche eingebaut und ich finde sie einfach gelungen.*«

»*Komisch. Unsere Küche ist auch im Landhausstil, und sie ist zwar schon alt, aber immer noch schön*«, empfand Carla und so fasste sie ihre Gedanken kurz darauf in Worte.

»*Weißt du, gerade die Küche war bei uns zu Hause immer so eine Art zentraler Treffpunkt für Familie, Freunde und Nachbarn. Wir haben miteinander gebacken, gekocht und unsere selbst gefangenen Fische gebraten und dabei immer Freude und diese Verbundenheit gespürt. Ob ich dich dazu bringen könnte, mit mir gemeinsam mal zu kochen?*« fragte Carla fast schelmisch mit einem Lächeln. Diesen darauffolgenden, verstörten Ausdruck in Toms Gesicht würde sie wohl nie mehr vergessen. Er schüttelte so vehement den Kopf, als hätte Carla ihn zum Angeln eingeladen und er müsse die Fische selbst ausnehmen. Dann kam die niederschmetternde Antwort.

»*Nein, Carla. Ich glaube nicht, dass ich das wirklich machen will. Und Fisch schon mal gar nicht. Diesen Gestank kriegt man doch kaum mehr aus dem Haus raus. Du musst das auch nicht machen. Fisch isst man im Restaurant. Wir werden eine Haushaltshilfe haben, die einmal die Woche putzt und auch für uns kochen wird. Keine Widerrede, ich habe bereits alles organisiert!«*

Dabei kochte Carla so gern! In ihrer kleinen Wohnung in Berlin hatte sie Tom ständig bekocht und erinnerte sich daran, dass er es immer genoss und gern zuschaute, selbst aber nicht im Stande war, sich eine leckere Mahlzeit zu bereiten.

Er zeigte auch von Anfang an keinerlei Interesse dafür und ließ sich von Carla bewirten. Er selbst schaffte es gerade einmal, Spiegeleier zu braten, aber selbst die ließ er anbrennen.

Tom fuhr lieber mit seinem Porsche ins Restaurant, um dort zu essen. Doch das war für Carla auf die Dauer viel zu kostspielig, für ihn waren es jedoch Peanuts.

Tom lächelte nur darüber.

»Warum machst du dir Gedanken? Ich bezahl es doch. Also.«

Carla schämte sich.

Es war nicht die Tatsache, dass Tom bezahlte. Sie fühlte sich durch seinen Ausspruch eher minderwertig. *»War es damals schon so? Und nun das.«*

Carla wusste nicht, ob sie sich darüber freuen sollte. Ihr war mit einem Male eher zum Heulen zu Mute.

Warum nur wollte er ihr alles abnehmen? Sie war doch nicht krank und kam sich nun eher vor wie ein Besucher.

»Es ist doch jetzt eigentlich auch mein zu Hause«, konterte sie. Doch Tom nahm ihr gleich am ersten Tag dieses Gefühl und schwieg.

Carla trat ans Fenster. Der Blick hinaus fühlte sich ebenso leer und trostlos an wie das Gefühl, welches sich schleichend in ihr aufbaute. Verdeckten doch die kargen Mauern die Weitsicht auf die umliegenden Felder und auf die schöne Gegend.

Selbst von den hohen Pappeln, die an der Straße, entlang des Weges zum Ort standen und sich leicht im Wind wiegten, sah Carla nur die Baumwipfel. Das störte sie schon.

Als Tom ihr in der oberen Etage das Schlafzimmer präsentierte, ging Carla zu einem der zwei Fenster und lächelte wieder. Von hier aus hatte sie endlich eine wunderschöne Aussicht auf die Gegend.

»Kann man denn nicht die Mauern verkürzen. Es ist so schade, dass ich die schöne Gegend nur von hier oben richtig sehen kann. Außerdem ist es gleich viel heller und freundlicher«, fragte sie Tom vorsichtig.

Verwundert schaute er Carla daraufhin an.

»Fändest du es denn gut, wenn die Nachbarn ständig zum Fenster hereinschauen würden? Wie oft stehst du schon am

Fenster, um rauszuschauen? Was dir so in den Kopf kommt, Carla! Nein! Das wird so bleiben!«

Tom blickte Carla mit ernster Miene an, schüttelte den Kopf und ging an ihr vorbei, wieder hinunter ins Wohnzimmer.

»Hatte sie sich das so vorgestellt? Bisher war sie bei Tom nur auf Ablehnung gestoßen. Aber warum? War der Umzug so eine gute Idee? Sie waren seit sechs Jahren verheiratet. Da zieht man doch irgendwann mal richtig zusammen«, grübelte Carla.

»Nein Carla, denk nicht schlecht. Gib ihm etwas Zeit und dir auch«, rief es zögerlich in ihr. Doch so sehr sie auch darüber nachdachte, ihr blieb nichts weiter übrig, als auf ihre innere Stimme zu hören.

Carla verweilte noch einige Zeit am Fenster, drehte sich dann um und begutachtete die Einrichtung. Modern in dezentem Grau gehalten waren Bett und Schränke. Nichts Persönliches. Wieder kein Grün und keine Bilder. Hier knallten die Gegensätze nur so aufeinander. Das war Toms oder doch vielleicht auch der Geschmack der Mutter aber nicht ihrer und sie musste es akzeptieren. *»Hatte sie bisher überhaupt Mitspracherecht?«* Carla schüttelte sich und ging fast lautlos aus dem Zimmer.

Sie öffnete die Tür des anderen Schlafzimmers und ließ ihren Blick schweifen. Eine wunderschöne Kommode und ein riesiger dreitüriger Kleiderschrank standen auf der einen Seite.

Ein Himmelbett prunkte zwischen den Fenstern. *»Wie wunderschön«*, das gefiel Carla sehr.

An der gegenüberliegenden Seite die Tür zum Bad. Auch wenn sich die Farbe Weiß durch das gesamte Haus zog, hier war es einfach wärmer. Sicherlich war dies das Schlafzimmer der Frau gewesen. Dieses Zimmer war viel schöner.

Dass Tom diese Möbel behalten hatte, gab Carla zu denken. Zum einen war es ihr Geschmack und verursachte ein wohliges Gefühl tief in ihr. Zum anderen aber hatten sie ja eigentlich ihr gemeinsames Schlafzimmer nebenan. Sie wusste nicht recht, was sie von all dem halten sollte. Vielleicht würde dieses Zimmer einmal das Kinderzimmer werden.

Carla ging aus dem Zimmer, schloss die Tür und schritt wortlos die Treppe hinunter.

Tom wartete im Wohnzimmer.

»Nun zieh doch nicht so ein Gesicht, Carla. Es ist ungewohnt und neu für dich. Du wirst dich schon einleben.«

Carla schüttelte nur stumm den Kopf und verdrängte alles, da sie hoffte, die Zeit würde helfen. Sicher könnte sie Tom irgendwann von dem einen oder anderen Vorschlag überzeugen.

Als beide später aus Carlas Auto die restlichen Taschen und Kartons ins Haus trugen, gab es wieder Diskussionen.

»Warum hast du so viel mitgeschleppt,« wollte Tom nochmals von ihr wissen. *»In Stuttgart gibt es ein riesiges Einkaufscenter. Da kannst du dich komplett neu einkleiden«,* erklärte ihr Tom versöhnlich und ihm war nicht bewusst, wie sehr er Carla damit traf.

»Warum sollte ich mich mit meinen Sachen einschränken oder sie gar wegschmeißen. Sie gehören zu meinem Leben. Es ist jetzt kein Besuch mehr fürs Wochenende. Ich wollte eigentlich hier mit Dir zusammenleben. Ich bin doch nicht erst jetzt so. So kennst du mich doch schon lange.«

Carla war nun doch leicht gereizt, und ohne es ihm zu zeigen, auch enttäuscht.

»Der Beginn dafür ist bereits anstrengend genug«, gab ihr Tom unbedacht als Antwort. Carla wollte es nicht hören.

Der erste Abend wurde für Beide dann doch noch schön.

Obwohl Carla müde von der Fahrt und den vielen Eindrücken war, beschloss Tom mit ihr noch nach Stuttgart zu fahren, um lecker essen zu gehen.

Sie hatte auf der Fahrt all ihre Brote und Apfelstücke gegessen, die ihr die Mutter liebevoll zubereitet hatte, und war nicht hungrig, ließ sich aber ihm zuliebe schnell umstimmen. In einem Restaurant in der Innenstadt von Stuttgart konnte man beim Zubereiten seines bestellten Menüs zuschauen.

Carla kannte das bereits von Berlin und fand es genial. Es war komisch, wenn sie zusammen unterwegs waren, hatte Carla das Gefühl, Tom wäre entspannter. Jetzt hörte er ihr auch zu, wenn sie erzählte.

In ihrem neuen zu Hause spät abends wieder angekommen, saßen beide noch einige Zeit auf der Terrasse und tranken Rotwein. Tom hatte einige Flaschen Wein bei einem bekannten Winzer aus der Nähe erstanden.

Er erzählte von seiner Arbeit, wie angesehen er doch schon nach so kurzer Zeit war und dass Carla in nächster Zeit viele Leute kennenlernen würde.

Anfangs war Carla noch aufmerksam, wurde aber mit der Zeit schrecklich müde, und vom Rotwein schon leicht beschwipst. Sie entschuldigte sich und wollte nur noch schlafen.

Tom nahm sie auf seine starken Arme und trug sie die Treppe hinauf ins Schlafzimmer. Carla fühlte sich vor lauter Liebe und Rotwein wie berauscht. Sie empfand es wieder wie am Anfang ihrer Beziehung. Tom begehrte sie in dieser Nacht und sie liebten sich, bis Carla in seinem Arm einfach einschlief.

Als Carla am nächsten Morgen gegen acht Uhr erwachte, war Tom längst zur Arbeit. Sie hätte so gern mit ihm gefrühstückt.

Sie streckte sich, stand auf und schlüpfte in ihren Morgenmantel. Sie hatte traumlos und gut geschlafen und war gespannt, was der Tag bringen würde. Sie ging hinunter ins Wohnzimmer und fand einen Zettel auf dem Tisch.

»*Komme heute spät heim, habe noch Sitzung, mach dir einen schönen Tag*«, stand auf dem Zettel, mehr nicht. Sie hatte keine Ahnung, wie viele derartige Zettel sie im Laufe der Zeit noch lesen würde.

Es war ein sonniger Septembermorgen, als Carla, noch leicht verschlafen im Morgenmantel, mit ihrem Kaffeebecher auf die Terrasse trat und lauschte. Schade, mehr als Lauschen war einfach nicht drin. Aber dafür hatte das Zwitschern der Vögel in den Bäumen etwas unheimlich Entspannendes.

Von der Terrasse aus konnte sie leider nur auf das karge Grau der Gabionen schauen. Der Rasen ums Haus dafür war saftig grün und lud geradezu zum Darüber laufen ein.

Es konnte sie keiner sehen, doch sie ließ es, schüttelte den Kopf und ihr war klar, sie musste mit Tom noch einmal reden. Vielleicht wäre er im nächsten Frühjahr bereit, Veränderungen zu akzeptieren, wenn sie ihn bis dahin mit guten Argumenten überzeugen würde.

Sie trank ihren Kaffee aus und ging fröstelnd zurück ins Haus. Zu dieser Jahreszeit war es morgens schon recht kühl, aber es dauerte nicht lange, bis sich die Sonne den Tag Stück für Stück erkämpft hatte.

Carla hatte beschlossen, sich nach dem Frühstück den Ort anzusehen und auch in der Schule, ihrer neuen Arbeitsstätte vorbeizuschauen.

In der nächsten Woche endeten die Sommerferien und Carla würde dann wieder als Lehrerin arbeiten.

Nachdem sie sich geduscht und gepflegt hatte, zog sie das an, was sie am liebsten trug: »Hosen.« In ihren hellen Jeans, weißen Turnschuhen und einem blumigen Sweatshirt wirkte sie hübsch, modern und sportlich. Ihr langes Haar hatte sie zu einem Pferdeschwanz zusammengebunden.

Sie nahm sich eine leichte Jacke, griff nach ihrer Umhängetasche und trat vergnügt aus dem Haus.

Sie konnte es wahrlich nicht leugnen: *»Hier gab es Natur pur«*, und die faszinierte sie mehr als das Haus.

Diese Gegend mit den Hängen war einfach so wunderschön.

Die Trauben an den Weinreben in den Weinbergen waren gereift und würden schon bald geerntet werden.

Sie schloss die Augen und atmete die frische Septemberluft tief in sich ein.

Der Sommer hielt sich noch mit eiserner Kraft und die Sonne schien ihr warm ins Gesicht.

Carla öffnete langsam die Augen, drehte sich zurück zum Haus und begutachtete alles noch einmal in Ruhe.

Rosen hätten an den tristen Mauern ihre Wirkung sicher nicht verfehlt. Vielleicht sollte sie mit Tom auch darüber reden.

»In diesem großen Haus hätten schon so einige Menschen Platz«, kam es Carla in den Sinn, *»Ich wohne hier mit ihm ganz allein. Warum hat er nur ein so großes Haus gewählt.«*

Sie hatte zu Hause immer von einem Generationenhaus geträumt: Sie bei Ihren Eltern und ihrem Mann und vielen Kindern unter einem Dach. Dann traf sie Tom, und der Traum zerplatzte wie eine Seifenblase. Vielleicht würden ihre zukünftigen Kinder das Haus zum Leben erwecken und diese Leere darin ausfüllen. Carla wünschte sich Kinder, am besten zwei oder gar ganz viele. Sie wollte sich da noch nicht festlegen.

Da stand sie nun, und ihr Blick fiel auf die hochgewachsenen Pappeln, die nur ein paar Meter entfernt den Straßenrand bis zum Ort begrenzten. Ein leichter Wind kam auf und blies Carla ins Gesicht. Sie schloss die Augen und empfand den Hauch des Windes auf ihrer Haut wie ein sanftes Streicheln. Der Wind fuhr ihr durch die Haare und erfasste das zum Teil trockene Blattwerk der Bäume und wirbelte es durch die Luft.

Carla horchte auf und vernahm das vertraute Rascheln der Blätter wie eine schöne Erinnerung, die sie in sich trug.

Sie dachte an die Pappeln zu Hause auf ihrer Wiese, die bereits ihr Großvater gepflanzt hatte und die nun ebenso groß wie diese Bäume hier waren. Wie oft lag Carla damals in der Hängematte, die ihr Vater zwischen den Pappeln befestigt hatte und war fasziniert vom Rascheln des Laubes, wenn der Wind kräftig durch die Bäume fuhr, als wolle er ihr von seiner langen Reise berichten. Wie oft blickte sie dann verträumt in den Himmel und dachte an ihre Großeltern, an die sie nur wenig Erinnerung hatte.

Carla fielen augenblicklich ihre Eltern ein und sie wurde melancholisch. Sie vermisste ihre Eltern sehr und das Haus und den See. Hier war es sicher auch schön, aber doch so anders, so groß und noch so neu.

Von weitem hörte sie plötzlich ein lautes Rufen.

»Jakob, kommst du her! Jakob bei Fuß, mein Junge!«

Doch Jakob hörte ganz und gar nicht auf das, was sein Herrchen ihm nachrief. Ein ausgewachsener Golden Retriever kam auf Carla zugelaufen und blieb dann ruhig vor ihr sitzen.

»Sit«, stieß Carla augenblicklich aus. *»Aber das konnte er ja nicht sein, …«,* und sie spürte einen feinen Stich in ihrem Herz. Wie schnell doch der Freund mit einem Mal wieder präsent war.

Der Hund legte seinen Kopf zur Seite und beobachtete Carla. Er hatte treue Augen und wunderschön glänzendes hellbraunes Fell, wie Sit damals. Von weiten kam ein Mann Mitte Dreißig, so schätzte Carla, hastig angelaufen und entschuldigte sich bei ihr für seinen Hund, der noch immer ruhig vor ihr saß und sie beobachtete. »*Hier ist um die Zeit sonst keiner unterwegs und dann lasse ich ihn schon mal laufen.*«

Der Hund hatte zwischendurch nur den Kopf nach seinem Herrchen gewandt, als wolle er sagen: »*Keine Angst mein Alter, ich tue ihr nichts, du kennst mich doch gut genug.* «

Der Mann trug einen dunklen Jogginganzug, schwarze Turnschuhe und hatte kurze dunkelbraune Haare, die unter einer Kappe hervorlugten. Er hatte blaugraue Augen und war einen Kopf größer als Carla. Zudem wirkte er auf sie solide und ehrlich. Dieser Mann strahlte eine gewisse Ruhe aus und erinnerte Carla augenblicklich an Andreas.

Und wieder stach es in ihr, doch im selben Augenblick musste Carla über die Entschuldigung des Hundebesitzers lachen. Sie beugte sich dem Hund zu, hielt ihm die Hand hin und er gab ihr, ohne zu knurren, die Pfote. Immer noch auf den Hund blickend, gab Carla dem Hundebesitzer zu verstehen, dass sie selbst auch einen solchen Hund besessen hatte.

»*Sit war mein bester Freund. Ich hatte ihn von klein auf. Er ist vor ein paar Jahren an Altersschwäche gestorben. Er sieht ihm zum Verwechseln ähnlich*« gestand Carla wehmütig.

»*Das tut mir echt leid.*«

Der Mann sah Carla mitfühlend an.

»Ja Hunde sind oft die besseren Freunde als manche Menschen«, erwiderte der Mann und Carla wusste genau, wie er das meinte.

»Ja, da haben Sie wohl recht. Die haben ihr Herz immer am rechten Fleck.« gab Carla ohne weiteres zu, und wieder zu Jakob gewandt: »Hallo, Jakob. Ich bin Carla.«
Da musste auch der Mann plötzlich lachen. Carla sah ihn fragend an und musste gleichermaßen lachen.

»Na, dir geht es gut, Jakob«, meinte der Mann und wunderte sich über seinen Hund. Nach der Begrüßung hatte sich Jakob einfach vor Carlas Füßen lang ausgestreckt und war vollkommen entspannt. Carla ging in die Hocke und kraulte ihm am Bauch das Fell. Das mochte ihr Sit auch.

»Jakob ist acht Jahre alt und manchmal ein bisschen stur. Dann macht er einfach, was er will.«
Carla zuckte unschuldig lächelnd mit den Schultern.

»Wie der Mensch, so der Hund.«
Der Mann verstand Carlas Worte und grinste insgeheim.

»Ein sehr schönes Haus ist das. Wohnen sie hier?« fragte er argwöhnisch.

»Ich komme hier oft mit Jakob vorbei, aber sie habe ich hier noch nie gesehen. Ich dachte, das Haus sei unbewohnt, denn es stand lange leer. Es gehörte, wie sie sicher wissen, einem

Amerikaner. Warum er wieder in die USA zurück ging, weiß ich
nicht. Aber gemunkelt wird, seine Frau wäre ihm mit den zwei
Kindern durchgebrannt«

Carla nickte fragend und erhob sich wieder.

»Unbewohnt?« Carla stutzte: *»Er muss doch, wenn er hier so*
oft vorbeikommt, Tom mal gesehen haben.« Was hätte der
Mann wohl von ihr gedacht, wenn sie ihn danach gefragt hätte.

»Ja, ich wohne mit meinem Mann hier. Er hat es vor kurzem
gekauft und ich bin erst gestern angekommen. Ich komme aus
Berlin und wollte heute die Gegend hier erkunden«, und reichte
dem Mann die Hand.

»Carla Wildner, es freut mich, sie kennenzulernen.«

»Ganz meinerseits«, antwortete der Mann mit einem Lächeln
um die Mundwinkel herum, und ohne große Worte zu wechseln,
drehten sich beide um und gingen die Straße entlang, die in den
Ort führte.

»Übrigens, mein Name ist Wegmann, Harald Wegmann. Ich
gehe hier oft über die Wiesen und an den Feldern entlang.
Kopf frei für mich und Auslauf für Jakob. Ich besuche auch
meine Eltern, so oft es geht. Sie wohnen am anderen Ende des
Ortes, nahe der Kirche. Ich selbst wohne mit meiner Familie und
natürlich mit Jakob einen Ort weiter, in Großweinhausen.«

Jakob trottete folgsam neben Carla her.

Als sie die ersten Häuser erreichten, nahm der Mann vorsorglich seinen Hund wieder an die Leine.

»Dann können Sie mir sicher etwas über den Ort hier erzählen?« Carla blieb stehen und beobachtete Harald Wegmann.

»Nun ja, da ich hier geboren wurde, ist es ganz einfach. Als ich hier zu Hause bei meinen Eltern 1967 zur Welt kam, war der Ort noch beschaulicher. Es gab nur wenige Häuser. Es gab so viele Dinge damals nicht, die heute selbstverständlich sind. Es gab nur einen Bauernhof. Ich habe als kleiner Junge oft mit der Milch-Kanne dort Milch geholt. Supermärkte und Einkaufsmeilen gab es natürlich nicht. Der Ort, also besser gesagt, die Bewohner hielten immer zusammen. Nach und nach wurde der Ort größer. Häuser wurden gebaut und viele zog es sozusagen von der Stadt aufs Land, nicht allein wegen der Aussicht auf die Weinberge. Schauen sie sich in Ruhe um. Es ist so schön hier.« Er machte eine Pause.

»Heute gibt es natürlich einen Supermarkt. Außerdem gibt es im Ort hier eine nette Kneipe, die es auch schon damals gab, nur heute mit neuem Besitzer. Ein vor kurzem neueröffnetes kleines italienisches Bistro bietet echt leckere Pizza an. Hier gibt es einen Kindergarten, eine Kirche, eine Grundschule und einen besonders schönen Park. Großweinhausen, also der Ort, in dem ich wohne, ist zweimal so groß wie dieser hier und es *gibt dort ein Ärztehaus, ein Landratsamt, eine Bank und etliche Läden in der Einkaufspassage. So das war erst einmal das Wichtigste in Kürze. «*

Carla war überrascht und augenblicklich beseelt.

»Ein Park ist für mich etwas Wunderschönes und gleichzeitig auch etwas sehr Erholsames. Es ist Natur, die man entweder mag oder nicht«, entgegnete Carla und wirkte beinahe verträumt. Ein kleiner innerlicher Stich erinnerte sie augenblicklich an Tom, der Natur und Blumen ja so vehement ablehnte.

Harald Wegmann beobachtete Carla.

Diese kleine Berlinerin wirkte bescheiden und von so natürlicher Frische, und war ihm auf einen Schlag einfach sympathisch.

»Da gebe ich Ihnen recht. Unser Park ist einer der schönsten hier in dieser Gegend. Es gibt hier auch jede Menge guter Wanderwege und viel Natur. Sie werden es ja sehen.«

»Den Park werde ich mir sehr gern anschauen«, strahlte Carla. *«Zuerst müsste ich aber zur Grundschule. Können Sie mir sagen, wie ich dorthin komme? Ich werde dort nämlich ab nächster Woche unterrichten«,* verkündete Carla voller Stolz.

Mit einer gewissen Schüchternheit fügte sie noch hinzu, dass sie zwar im Herbst schon einmal da war, um sich vorzustellen, aber der Tag sei damals so verregnet und kalt gewesen, dass ihr keine Zeit blieb sich umzuschauen.

Im Gesicht des Mannes war mit einem Mal ein breites Lächeln zu erkennen. *»Na das ist ja eine Überraschung. Wenn das mal kein Zufall ist. Da wird sich meine Mutter aber bestimmt freuen, so eine nette Kollegin zu bekommen.«*

Carla schaute ihn verwirrt an. Sie kannte den Mann nicht. Geschweige denn seine Mutter. *»Ihre Mutter? Was hat ihre Mutter denn damit zu tun?«* Carla war sich nun doch unsicher.

»Meine Mutter ist hier die Rektorin der Grundschule.«

»Aha, das freut mich natürlich. Was für ein Zufall«, meinte Carla. *»Dann ist sie bestimmt auch so nett wie sie»*, antwortete Carla mit einem schelmischen Lächeln. *»Aber hieß die Rektorin nicht anders?«*

Carla hatte sich an der Schule persönlich vorgestellt. Die damalige Rektorin Frau Schneider war aus persönlichen Gründen aus dem Schuldienst ausgeschieden, doch das wusste Carla nicht und war deshalb überrascht.

»Ich denke schon, sie ist ja meine Mutter,« lachte Harald Wegmann.

»Ich bin auch Lehrer, aber am Gymnasium bei uns im Ort. Wir könnten auch so eine nette Verstärkung gebrauchen. An Zufälle glaube ich da nicht so, eher an Schicksal.«

Carla wurde verlegen, konnte ein Lächeln ihrerseits aber nicht unterdrücken. Sie wusste, was der Mann meinte.

Augenblicklich fiel ihr Doris ein. Beim Abschied hatte Doris noch gemeint: »*Carla, halte mal die Augen offen, falls es da unten eine Stelle für mich gibt.*« Doch das anzusprechen, verkniff sich Carla nun doch.

Kurz darauf bekam der Mann einen Anruf auf seinem Handy.

»*Mein Sohn braucht mal wieder meine Hilfe. Haben sie auch Kinder?*«

»*Nein, noch nicht.*« Carla schüttelte den Kopf.

»*Seien sie froh*«, grinste der Mann, »*denn, wenn Sie erst einmal da sind, halten sie einen ganz schön auf Trab. Und trotzdem liebt man sie. Ob mit vier oder mit vierzehn. Sie werden sehen.*« Während er sprach, bekam der Mann einen ganz besonderen Glanz in seinen Augen. Carla beneidete ihn. Er hatte schon das, was sie sich noch sehnlichst wünschte - Kinder.

Harald Wegmann entschuldigte sich, aber er müsse nun weiter. Er beschrieb Carla noch geduldig den Weg zur Schule.

»*Es sind etwa gute zwanzig Minuten Fußmarsch bis zur Schule, ein Fahrrad wäre da von Vorteil. Der Weg, den ich mit Jacob immer laufe, der an ihrem Haus vorbeiführt, ist wesentlich kürzer und sie sparen sich mit dem Rad den Straßenverkehr.*«

Er verabschiedete sich kurz darauf und wünschte ihr noch einen schönen Tag.

»*Vielleicht sieht man sich ja mal wieder.*«

»*Ja, wer weiß das schon. Ich wünsche Ihnen auch einen schönen Tag.*« rief ihm Carla mit einem Strahlen im Gesicht hinterher.

»*Ein Fahrrad.*« Daran hatte sie nicht gedacht.

Ihr Fahrrad stand zu Hause und oft war sie damit um den See gefahren. »*Sollte ich es das nächste Mal, wenn ich heimfahre, mitnehmen oder mir vielleicht hier eins kaufen. Ich werde sehen, wie lange ich zu Fuß brauche.*« Sie war innerlich zufrieden und gedanklich wieder bei Harald Wegmann.

Es war für Carla ein so einfaches und angenehmes Gespräch gewesen, obwohl sie sich nicht kannten. Der Mann sprach fast dialektfrei, obwohl er hier lebte. Das wunderte Carla, und sie hätte zu gern gewusst, ob das schon immer so war. Nun war sie auf die Rektorin gespannt.

Sie lief froh die Straße entlang und immer wieder begegneten ihr Leute verschiedenen Alters, die sie freundlich grüßte. Auf ihr »*Guten Tag*« bekam sie manchmal ein brummiges »*Grüß Gott.*« Ja, auch die Begrüßung war gewöhnungsbedürftig.

Es waren gute zwanzig Minuten gewesen, die sie bis zur Schule brauchte.

Dann stand sie endlich davor. Erst jetzt konnte sie alles in Ruhe betrachten. Ein schönes altes Backsteingebäude mit zwei Stockwerken, welches durch die alten übergroßen Fenster ein bisschen an ein Sanatorium erinnerten. Eine meterhohe Wacholderhecke wuchs als einzige Umzäunung um das gesamte Gebäude.

Am Eingang befand sich ein großes altes schwarzes Tor, dass zu beiden Seiten geöffnet war. Ein großer Spielplatz mit einigen Schaukeln und Rutschen, Wippen und einem Klettergerüst war etwas abseits integriert. Ein Sandkasten mit etlichen Bänken ringsherum war auch zu sehen. Kastanienbäume dienten als natürlicher Sonnenschutz. Hier war die Welt noch in Ordnung. Hier hatte man an die Kinder gedacht. Auf dem Weg zum Schulhaus waren links und rechts Blumenrabatten mit Rosen angelegt. Alles war sehr gepflegt und weder runtergetreten noch abgerissen - in Berlin undenkbar.

Da noch Ferien waren, lag eine erholsame Stille auf dem Pausenhof. Carla kannte auch den ohrenbetäubenden Lärm auf Schulhöfen, wie beispielsweise an ihrer ehemaligen Schule in Berlin. Da schrien sich die Kinder teilweise so laut stark an, um sich bei dem Lärm, der sowieso schon herrschte, überhaupt verständigen zu können.

Die Pausenaufsicht war für Carla einerseits anstrengend, da sie so manche Rangelei auflösen musste und so manches Mal heimlich rauchende Kids ertappte. Andererseits liebte sie es, wenn die Schüler sie umringten, weil sie ihre Art gern mochten.

Sie war beliebt gewesen an ihrer Schule, der Abschied war ihr deshalb umso schwerer gefallen.

Die Bäume hier standen sicherlich schon mehr als fünfzig Jahre und um ihre Stämme waren ringsherum Bänke befestigt.

Carla setzte sich, wartete und lauschte einer Amsel im Baum.

Als sie so dasaß, knallte es plötzlich links und rechts von ihr mit voller Wucht, so dass Carla vor Schreck zusammenfuhr.

Das Geräusch kam ihr allerdings bekannt vor. Als sie den Grund für den Knall begriff, musste sie schmunzeln. Sie stand auf und hob zwei Kastanien auf, die bereits aus ihren stachligen Mänteln gefallen waren und steckte sie sich in die Jackentasche.

Wieder erlebte sie eine kleine gedankliche Reise in die Vergangenheit: Im Garten ihrer Eltern stand ein ebenso großer Kastanienbaum und spendete im Sommer wohltuenden Schatten.

Oft hatte sie als Kind mit Andreas darunter gesessen und die reifen Kastanien knallten um sie herum auf den Boden.

Und so manches Mal hatten die Kinder fluchtartig unter dem Tisch Schutz gesucht.

Wie oft hatte Sit die Kastanien zu Carla auf die Decke gelegt, als würde er sie dafür belohnen wollen, dass sie ihm immer wieder Geschichten vorlas. »*Ach Sit*«, dachte Carla schwermütig, »*dich werde ich niemals vergessen. Was hatten wir doch für eine schöne Zeit.*«

Carla schaute auf die Uhr. Es war bereits kurz vor 11.00 Uhr. Sie stand auf und machte sich langsam auf den Weg ins Schulhaus.

Über der Eingangstür des Gebäudes entdeckte Carla ein großes Schild mit der Aufschrift »Grundschule Sigmund Freud« und staunte nicht schlecht. Sie hatte einige Bücher von ihm während des Studiums gelesen.

»Also war hier früher sicherlich doch ein Sanatorium gewesen. Komisch, davon hatte Harald Wegmann nichts erwähnt«, überlegte Carla.

Kurz bevor sie eintrat, ertönte die Schulklingel. Es waren doch Ferien und trotzdem klingelte es zur großen Pause!

Als Carla die große Eingangstür öffnete und ins Schulhaus eintrat, strömte eine Menge vergnügter Kinder aus den Unterrichtsräumen an ihr vorbei auf den Flur, und durch die Eingangstür hinaus auf den Pausenhof.

Der Fußboden roch kurioserweise nach Bohnerwachs, fast wie früher, als sie selbst noch zur Schule ging.

In den Ferien gab es hier also auch Betreuung für Kinder, deren Eltern arbeiten mussten, genauso wie an ihrer Schule.

Carlas Herz klopfte vor lauter Freude bis zum Hals. Sie liebte dieses Gefühl, denn mit einem Schlag fühlte sie sich hier angekommen.

Die Kinder mit ihren leuchtenden Augen und dem Frohsinn im Gesicht entschädigten Carla für alle Zweifel, die sie bis jetzt in sich getragen hatte. Einige der vorbeilaufenden Kinder beäugten sie neugierig.

Carla ging an jedem Klassenzimmer vorbei, blickte hinein und ging in sich lächelnd weiter, bis sie das Lehrerzimmer erreicht hatte. Sie war schon ziemlich aufgeregt, als sie zaghaft anklopfte.

Es dauerte einen Moment, bis sich die Tür öffnete. Eine junge Frau mit mittelblondem kurzem Haar erschien.

»Guten Tag, ich bin Carla Wildner und würde gern mit der Rektorin sprechen.«

Die junge Frau drehte sich um und rief lautstark in den Raum hinein. *»Sigrun, kommst du mal.«*

»Oh ja«, dachte Carla glücklich und musste sich ein Lächeln verkneifen. Genauso hatte sie es an ihrer Schule erlebt und das Klima unter den Lehrern war ausgezeichnet.

Die junge Frau, die die Tür geöffnet hatte, stand noch immer da und lächelte. Eine Frau mittleren Alters kam auf Carla zu und gab ihr freundlich die Hand. *»Schön, dass Sie gekommen sind, Frau Wildner. Ich heiße Sigrun Wegmann und bin die Rektorin der Schule. Sie hatten noch Frau Schneider kennengelernt. Ich arbeite seit vielen Jahren an dieser Schule und habe die Stelle*

der Rektorin kurzfristig übernommen,« erklärte Sigrun Wegmann freundlich.

»Das ist Frau Hellers.« Sie wies mit der flachen Hand zur jungen Frau neben sich. *»Linda Hellers, Kunst und Religion sind
ihre Fächer. Linda, das ist Frau Wildner. Sie wird Deutsch und
Musik unterrichten.«*

» Beide Frauen nickten stumm und reichten sich die Hände.

»Haben Sie sich hier schon etwas umgesehen?« fragte Sigrun
Wegmann.

Carla war wie benommen. Sie war so glücklich über diese Begegnung und schüttelte ungläubig den Kopf.

Da hatte Harald Wegmann doch recht behalten.

Seine Mutter Sigrun Wegmann war ebenso nett und freundlich
wie er selbst.

»Ist alles in Ordnung mit Ihnen?« fragte die Rektorin unsicher,
weil sie das Kopfschütteln von Carla zwar bemerkt hatte, aber
Carla noch immer irritiert dastand.

»Aber ja. Es ist alles gut«, lächelte Carla beglückt.

»Ich freue mich so sehr hier zu sein.«

Sigrun Wegmann legte Carla die Hand auf die Schulter.

*»Na, dann, kommen Sie mit. Wir gehen raus an die frische Luft,
die tut uns gut bei dem herrlichen Wetter«,* und beide gingen
dorthin, wo Carla zuvor die zwei Kastanien gefunden hatte.

Sie setzten sich auf die gleiche Bank und zu Carlas Erstaunen fiel nicht eine einzige Kastanie mehr herunter. Das war schon mehr als komisch.

Sigrun Wegmann erzählte, dass die ehemalige Rektorin gesundheitliche Probleme hatte und deshalb auch überraschend aus dem Schuldienst ausgeschieden war. Sie erklärte Carla noch die Pausenregelung an der Schule und fragte auch nach Carlas Vorstellungen.

Die Chemie zwischen den beiden Frauen stimmte von Anfang an. Sigrun Wegmann war eine schlanke Frau um die Mitte Fünfzig, mit leicht ergrautem kurzem Haar und modischem Style. Sie trug ein dunkelblaues Kostüm und der anliegende knielange Rock umschmeichelte ihre wohlgeformten Beine.

Auf Carlas Frage hin, was sich früher in dem Gebäude befand, antwortete ihr Sigrun Wegmann, dass dies tatsächlich vor vielen Jahren ein Sanatorium war.

Carla war verblüfft.

»Wegen der guten Luft hier und der Gegend und dem wunderschönen Park seien viele Menschen zur Erholung gekommen. Es wurde irgendwann geschlossen, da auch andere und vor allem modernere Kliniken in ganz Deutschland gebaut wurden. Und so stand es viele Jahre leer und auf Grund seiner Geschichte unter Denkmalschutz. Um dem weiteren Leerstand *und dem somit voraussehbaren Verfall zuvorzukommen, beschloss der Stadtrat dann, dass das Gebäude als Schule bestens geeignet sei. Die Geburtenrate hatte in den Jahren immens zugenommen, so dass die Kinderzahl eine Schule am Ort ermöglichte. So mussten die Grundschüler nicht mehr mit dem Bus oder mit den Eltern in die nächste Ortschaft zur Schule fahren. Im Internet könne man die ganze Geschichte nachlesen.«*

Carla konnte es sich nicht verkneifen, der Rektorin von der morgendlichen Begegnung mit ihrem Sohn zu erzählen.

Sigrun Wegmann schmunzelte. Sie berichtete in kurzen Worten von ihrem Sohn und seiner Familie, und dass sie bereits glückliche Oma sei.

Kurz darauf klingelte es zum Pausenende. Carla würde bereits in einer Woche ihren Dienst antreten.

Beide Frauen verabschiedeten sich und Carla machte sich auf den Weg zum Park. Sie dachte an die Worte von Harald Wegmann. Wie recht er doch hatte, auch das hier schien Schicksal zu sein. Fast euphorisch lief sie durch die Straßen und ihre Gedanken überschlugen sich vor lauter Freude.

Sie kam an verschiedenen Häusern vorbei und musste das eine oder andere Mal einfach stehen bleiben, um die Einfachheit der Häuser mit ihren schönen Vorgärten zu bewundern, jedes hatte seinen eigenen Charme.

Carla liebte einfach alles, was die Natur so prachtvoll gedeihen ließ. Blumen, Bäume, frische Wiesen und üppige Hecken.

Vielleicht hatte sie auch diesen besonderen Blick dafür, der anderen, manchmal für immer, verborgen blieb.

Nach einem kurzen Spaziergang erreichte sie den Park. Eigentlich hätte Carla nur einen kleinen Seitenweg neben der Schule gehen müssen und wäre dann ebenfalls im Park angekommen, aber in ihrer ganzen Freude lief sie ungeachtet an dem Wegweiser vorbei.

Der Park war groß und faszinierend. In ihm wuchsen viele verschiedenartige Laub und Nadelbäume und unzählige herrliche Blumenrabatten waren entlang der Wege angelegt. Doch am meisten beeindruckte Carla der See, der sich an den Park anschloss.

»Früher«, so hatte ihr Harald Wegmann am Morgen berichtet, *»war es eher ein düsteres Wäldchen gewesen, welches aber als Park urbar gemacht wurde. Viele Menschen, die hier im Sanatorium behandelt wurden, hatten ihre Eindrücke weitergegeben und somit kamen immer wieder jede Menge Besucher.«*

»Ach, wie ist das hier doch schön«, dachte Carla bei sich und unwillkürlich fiel ihr beim Anblick des Sees wieder ihr zu Hause ein. Sie wollte doch ihre Eltern anrufen. Sie erspähte am See einige Bänke.

Ohne zu zögern, lief sie auf eine Bank zu, setzte sich und holte ihr Handy aus der Jackentasche.

Die Sonne blendete sie, als sie gerade mit dem Finger auf dem Display herunterscrollte und die Nummer ihrer Mutter suchte. Also ließ Carla ihr Handy auf den Schoß sinken, schloss die Augen und genoss die Wärme der Sonne auf ihrem Gesicht. Sie lauschte dem Gezwitscher der Vögel und dem Schnattern der Enten auf dem See, und plötzlich spürte sie eine unendliche Ruhe in sich, eine ungeahnte Gesamtheit erfüllte sie, als wäre sie eins im Hier und Jetzt.

Nach einer Weile öffnete sie die Augen, nahm ihr Handy zu sich, wählte die Nummer und vernahm kurz darauf die Stimme ihrer Mutter.

»Carla Liebes, schön, dass du dich meldest. Wie geht es dir? Erzähl doch mal, wie ist das Haus und wie geht es Tom? Ich soll dir auch liebe Grüße vom Papa sagen.«

»Mama, es ist so schön dich zu hören.« schwang es in Carlas Stimme, als sie ihre Mutter vernommen hatte und erzählte nun ausführlich von der Fahrt, dem Haus und den neuen Begegnungen. Sie sprach begeistert von der Schule und da Carlas Mutter ebenfalls Lehrerin war, freute sie sich mit ihr.

Carla blickte sich um und verträumt beschrieb sie den Park um sich herum und diesen besonderen See, vor dem sie nun saß, der zwar viel kleiner als ihrer daheim war, aber auch seinen ganz eigenen Reiz hatte. Von Tom schwärmte sie nicht wie sonst in den höchsten Tönen. Die Unstimmigkeiten, die sie mit ihm hatte, verschwieg sie, weil sie ihre Mutter nicht beunruhigen wollte.

Carlas Mutter spürte sehr wohl dieses uneins sein. Sie kannte die Stimmlage ihrer Tochter nur zu gut, wenn etwas nicht so war, wie sie es sagte und sie kannte Tom.

Carla fragte nach Andreas, aber die Mutter konnte ihr nur sagen, dass er wenig zu Hause sei. Doch wenn er Carlas Mutter begegnete, ließ er immer liebe Grüße an Carla ausrichten. Dass er sie vermisste, sagte er nicht, doch Carlas Mutter kannte Andreas ja so lange wie Carla selbst und spürte seinen betrübten Blick. Andreas konnte nicht aufhören an sie zu denken.

Carla erwiderte die Grüße an Nachbarn und Freunde.

Sie schloss wieder die Augen und sah ihr zu Hause direkt vor sich. Dass man seinen Heimatort und die Menschen, die man dort kannte und liebte, so dermaßen vermissen konnte, war ihr bisher nie in den Sinn gekommen. Jetzt, wo sie hier war, tat es weh, und sie musste lernen, sich in ihrem neuen zu Hause einzugewöhnen, oder sich doch eher wohl anzupassen. Tom war ihr dabei keine große Hilfe. Doch die Schule war für sie ein guter Anfang.

»In den nächsten Ferien, also im Oktober könntet ihr uns doch besuchen kommen. Stell dir vor, das Haus hat sogar zwei Gästezimmer«, schlug Carla der Mutter vor.

Die Mutter nahm die Einladung dankend an. Wie sehr sie ihre Tochter vermisste, sagte sie nicht, aber es tat gut sie zu hören.

»Da wird sich der Papa aber freuen. Ich habe dich lieb. Tschüss mein Engel und pass auf dich auf. Und Carla, bitte melde dich, wenn irgendwas ist«, und beendete das Gespräch.

»Hatte Mama doch etwas gemerkt?«, grübelte Carla.

Wenig später machte sie sich auf den Heimweg.

Als sie auf ihrem Weg am von Harald Wegmann erwähnten Supermarkt vorbeikam, schnappte sie sich einen Einkaufswagen, ging beglückt hinein und staunte nicht schlecht.

Das Sortiment war übersichtlich und ausreichend. Hier gab es alles, was sie brauchte. Sogar ein Bäckerstand warb mit frischen *»Weckle«,* was auch immer das war.

Als Carla nach einem intensiven Rundgang an der Kasse stand, musste sie innerlich grinsen. Obwohl sie eigentlich nur schauen wollte, hatte sie doch so einiges eingekauft. So legte sie frischen Spinat und Garnelen, Feta, Mango, Äpfel und frische Petersilie nacheinander vor sich auf das Kassenband. Ihr war die Idee gekommen, Tom am Abend mit einem leckeren Fischgericht zu überraschen.

»*Oh nein*«, dachte Carla mit einem Mal nervös, denn urplötzlich fiel ihr wieder die Diskussion vom Vorabend ein. Das Desaster mit dem Kochen.

»*Was soll ich jetzt nur machen*«, spukte es durch ihren Kopf.

Zum Erstaunen der Kassiererin nahm Carla ihren gesamten Einkauf schnell wieder vom Kassenband.

Die Kassiererin saß hinter ihrer Kasse und schüttelte nur ungläubig den Kopf.

»*Was soll ich dann kochen. Wenn ich jetzt doch Fisch mache, dreht er durch. Das will ich nicht riskieren.*«

Carla grübelte und schaute sich vorsichtig um, als täte sie etwas Verbotenes, während sie die Garnelen, in der Hoffnung, dass es keiner mitbekam, zurück in die Kühltruhe legte.

Sie war sich nicht mehr sicher, ob es überhaupt eine gute Idee war, für beide zu kochen. Wann die Haushaltshilfe erstmalig anfangen würde, wusste sie auch nicht. Vielleicht war es bei den ganzen Diskussionen einfach untergegangen. Also, was sollte sie jetzt tun.

Die Kassiererin beobachtete Carla misstrauisch und war sich nicht sicher, ob sie der Frau, die dort unschlüssig an der Kühltruhe stand, helfen sollte. Kurz bevor sie sich durchgerungen hatte, zu ihr zu gehen, machte sich Carla auf den Weg zur Kasse. Ihr war diese Aktion sichtlich peinlich und sie vermied es, der Kassiererin ins Gesicht zu schauen, denn sie hatte das Zurücklegen sicherlich bemerkt.

»Haben sie jetzt alles bekommen, was sie wollten?« fragte die Kassiererin etwas besorgt in ihrem einheimischen Dialekt, der für Carla noch gewöhnungsbedürftig war.

Auch dem Gespräch zweier Kundinnen hinter sich konnte sie nicht folgen, weil sie manche Worte, die an ihr Ohr drangen, einfach nicht verstand.

Sie war doch schließlich Berlinerin und hatte bisher mit Leuten aus dieser Gegend keinen großartigen Kontakt gehabt. Aber das würde sich ja nun ändern und sie hoffte, den neuen Dialekt schnell zu verstehen.

Carla nickte der Kassiererin zu und legte noch eine Einkaufstüte aufs Band. Sie bezahlte und etwas abseits der Kasse packte sie das Gekaufte in die Einkaufstüte im Wagen und schob nachdenklich den Wagen aus dem Markt zu den anderen Wagen. Wie in Hypnose griff sie nach ihrem Einkaufsbeutel und trottete, noch immer im Gedanken versunken, die Straße entlang.

Wie schnell doch ihre Stimmung mit einem einzigen Gedanken umgeschlagen war.

Als sie eine Straße überqueren musste, merkte sie plötzlich, dass sie sich verlaufen hatte. Sie war ganz im Gedanken an den Häusern entlanggegangen und ihr war nicht bewusst gewesen, dass sie nach dem Einkauf in eine andere Straße eingebogen war. Zu sehr beschäftigte sie wieder der gestrige Tag. Warum nur. Sie begann sich selbst zu hinterfragen, ob das, was sie tun wollte, wirklich gut war. In ihrem Kopf wuchs die Angst, erneut etwas falsch zu machen. Resigniert drehte sie sich um und ging den Weg zurück. Sie wollte keinen nach dem Weg fragen, sondern nur noch heim.

Zum Glück begegneten ihr kaum Leute auf der Straße. Vereinzelt huschten Kinder an ihr vorbei, die von der Schule heim wollten.

Nachdem Carla mit ihrem Einkauf endlich zu Hause angekommen war, verstaute sie alles im Kühlschrank und machte sich daran, ihre mitgebrachten Taschen und Kartons auszupacken. Das war gar nicht so einfach.

Tom hatte ihr zwar beim Rundgang durch das Haus am gestrigen Tag gezeigt, wo sie in ihrem gemeinsamen Schlafzimmer ihre Kleidung unterbringen könne, ihr aber nahegelegt, eher im zweiten Schafzimmer ihre Sachen zu deponieren. Wohin sie mit all ihren Blumen sollte, wusste sie nicht.

Sie wollte Tom nicht verärgern und nahm sich den Karton mit den Ranken und öffnete ihn. Sie konnte die einzelnen Blumentöpfe nur im Gästezimmer auf den Fußboden vor den Fenstern abstellen. Schade, dass es keine Fensterbretter dafür gab.

Wie angewachsen starrte sie mit einem Mal aus dem Fenster und spürte in sich ein langsam wachsendes unsicheres Gefühl. Lag es an den kargen Mauern, die vom Fenster aus zu sehen waren?

»Ich komme mir vor wie ein Spatz im goldenen Käfig. So weit weg von all den Menschen, die mir wichtig sind.«

Eine Mauer, die sie langsam einengte und die ihr nicht geheuer war. Ein erdrückendes Gefühl.

»Ach Carla, rede dir nichts ein. Es ist der zweite Tag und es ist doch noch nichts passiert«, dachte Carla, Tom wieder einmal in Schutz nehmend und versuchte sich innerlich zu beruhigen. Doch eine noch ungeahnte Sorge hämmerte bereits kleinlaut in ihrem Kopf, und die Vorfreude, die Carla am Morgen noch ins sich trug, verflog Stück für Stück. So zauberte sie am frühen Abend ein leckeres Essen. Sie hatte gefüllte Omeletts mit Spinat und Fetakäse zubereitet, da konnte sie wirklich nichts falsch machen. Die innerliche Missstimmung hatte sich gelegt.

Die erste zweistündige Verspätung von Tom war der Auftakt für die nächste heftige Diskussion.

Er hatte schon gegessen und Carla sich umsonst bemüht.

»Warum machst du das, Carla. Ich kann vorher nicht sagen, wann ich heimkomme. Wenn es so sein sollte, sage ich dir schon rechtzeitig Bescheid.«

Er nahm sie in den Arm und hielt sie schweigend.

»Du hättest beizeiten anrufen können. Wann fängt denn die Haushaltshilfe an«, fragte Carla verweint. Es war einfach alles umsonst.

»Ich dachte, ihr lernt euch morgen erst einmal kennen. Sie war bereits in der letzten Woche hier und ich habe ihr alles gezeigt. Sie ist umgänglich und ich denke, sie kann dir viel abnehmen.« Carla konnte nicht mehr an sich halten.

Sie wischte sich die Tränen weg.

»Aber Tom, ich bin weder krank noch alt. Was bleibt mir dann, wenn ich am Nachmittag von der Schule komme, meine Arbeit von der Schule erledigt habe, du aber erst am späten Abend da bist. Was soll ich dann machen, so allein ohne Dich. Es ist alles noch so fremd und so neu für mich.«

Sie blickte traurig und voller Verzweiflung zu Tom. *»Na dann lese Bücher, geh draußen spazieren oder sieh fern. Was weiß ich. Du wirst dich doch wohl beschäftigen können. Geh shoppen. Stuttgart ist doch nicht weit. Erhol dich von den Kindern.«*

Carla konnte es nicht fassen.

Am liebsten hätte sie vor lauter Wut über Toms geschmacklose Worte mit den Füssen getrampelt wie ein kleines Kind. Aber sie war vierundzwanzig und dafür längst zu alt. Außerdem hätte sich Tom sicher wieder über sie lustig gemacht.

Carla sah Tom unsicher an. *» O.k.«* entfuhr es ihr leise.

»Komm doch erst mal hier an Carla. Alles zu seiner Zeit. O.k.?«
Er nahm Carla in den Arm und sein o.k. klang ebenso leise.

Carla war froh, als die Ferien endlich vorbei waren und der erste Schultag vor ihr lag. Sie konnte die Nacht davor kaum schlafen, geschweige denn vor lauter Aufregung am Morgen etwas essen. Tom war, wie sollte es anders sein, längst aus dem Haus. Ein Zettel lag auf dem Tisch. *»Viel Glück.«* Mehr nicht, aber er hatte daran gedacht.

Eigentlich war dieser Tag auch nicht anders als ihr erster Schultag damals in Berlin. Die Aufregung war bereits verflogen, als sie die neugierigen Erstklässler in ihrer Klasse begrüßte. Für sie wie für die Kinder war es der erste große Schultag. Carla war selig, weil sie dieses Leuchten in den Kinderaugen nicht nur am ersten Tag, sondern an jedem Schultag wie ein Geschenk in sich aufnahm. Sie ließ den Kindern Beachtung und Vertrauen angedeihen und bekam es gleichermaßen zurück. Sie war unendlich glücklich.

Ihre Arbeit erfüllte sie mit Stolz und frohen Herzens lief sie so manchen Nachmittag beschwingt nach Hause und wartete voller Hoffnung auf ihren Mann, um ihm von den schönen Erlebnissen in der Schule zu berichten. Oft saß sie dann entmutigt und einsam da und zählte die Stunden. Sie hoffte, dass es mit der Zeit besser werden würde, doch merkte immer mehr, wie unterschiedlich sie doch eigentlich waren, das hatte sie in ihrer ersten gemeinsamen Wohnung schon gespürt, wollte es aber nie wahrhaben. Doch nun prallten die Gegensätze und Ansichten fast täglich aufeinander, und jedes Mal wurde es für Carla unverständlicher, und Tom immer lauter.

Es kam auch immer seltener vor, dass Tom früher heimkam und beide noch etwas unternehmen konnten.

Carla! Wach auf!« ermahnte sich Carla. Sie war wieder zurück von ihrer Gedankenreise. Sie erhob sich und ging auf der Terrasse nervös hin und her. Es war still, selbst die Grillen schienen längst eingeschlafen zu sein. Am Himmel standen die Sterne hell und klar. Diese unendliche Fülle an Lichtern.

Da, der große Wagen und wie wundervoll sich diese unendlich vielen Sterne zu ihren Sternenbildern zusammenfügten, doch Carla empfand es gerade an diesem Abend nicht so prächtig wie sonst. Dieses stundenlange Warten auf Tom zermürbte sie.

Sie setzte sich wieder. Was blieb ihr denn auch anderes übrig als zu warten. Sie schob mal wieder ihre Bedenken beiseite und wollte es einfach nicht wahrhaben, dass da vielleicht noch etwas Anderes war. Vielleicht sogar eine andere Frau.

Carla erinnerte sich: Was hatte sie schon für großartige Grillfeste, entspannte Abende am Kamin in trauter Zweisamkeit und berauschende Hauspartys erlebt, bei denen das Haus vor lauter Menschen fast überquoll.

Die Partys mit all seinen »Freunden«, wie er sie nannte, waren stets wie ein großes Event aufgezogen. Dazu durfte Carla auch Leute aus ihrem eigenen Freundeskreis einladen. Da aber die meisten in Berlin wohnten, waren es nur wenige, die kamen, aber dafür gute Freunde, die sie schon recht lange kannte.

Doris Dörr, Carlas beste Freundin und Andreas Müller, der Nachbarsjunge und Freund aus Kindertagen, waren dagegen in Toms Augen nicht gern gesehen.

Tom schien eifersüchtig auf Andreas zu sein, obwohl er keinen Grund hatte. Doch spürte er ständig Unbehagen, wenn er sah, wie glücklich Carla neben Andreas wirkte, wenn sie sich unterhielten.

Andreas kam nur einmal. Auch er spürte diese Uneinigkeit und sorgte sich zunehmend um Carla.

Tom hingegen lud jede Menge Freunde, Bekannte und Kumpels, aber auch Kollegen aus der Firma ein, in der er arbeitete. Zum Teil waren es Leute, die Tom oberflächlich nur vom Namen her kannte, das war ihm egal. Einige stammten aus angesehenem Hause, aber immer gut für jegliche Verbindungen. Hauptsache aber war, dass alle happy waren.

Tom stand schon immer gern im Mittelpunkt und ließ sich an solchen Abenden so richtig feiern.

Zu Anfang zauberte Carla noch viele Gerichte aus der eigenen Küche, was sie Stunden zuvor liebevoll mit der Haushaltshilfe zubereitet hatte. Kurze Zeit später gab es Catering nach Hause und für Musik und Partystimmung hatte Tom extra einen DJ angeheuert. Alles hatte eben seinen Preis.

Carla hielt sich eher im Hintergrund, ging auf die Leute zu und unterhielt sich. So entwickelten sich oft recht angenehme Gespräche über Gott und die Welt.

Auf der Terrasse hinterm Haus stand dann ein ellenlanger Tisch und auf dutzenden Stühlen saßen Männer und Frauen, die Carla nicht kannte, sich aber mit ihr und miteinander angeregt unterhielten. Selbst im Haus tummelten sich bei angesagter Musik jede Menge Leute und plauderten ausgelassen über Arbeit, Sport und Lifestyle.

Bis früh in den Morgen wurde gefeiert, getrunken und gelacht. Vor nicht allzu langer Zeit hatte Carla solche lauen Abende noch genossen. Zumindest hatte sie das so für sich zum größten Teil empfunden.

Doch manchmal waren ihr die fremden Leute und auch der Trubel einfach zu viel. Sie hatten kaum Zeit für sich selbst.

Nach und nach wurden es weniger Leute, bis auf einmal keiner mehr kam. Die Fahrerei und der Morgen, so meinte Tom, waren für so manchen Gast ein Problem.

Auf Carlas Frage, warum das so war, gab Tom ihr nur ungern eine Antwort. Denn es hatte einen Grund.

In Stuttgart gab es seit kurzem eine neue Location, die alles andere bisher Dagewesene bei weitem übertraf und in der man ausgelassen feiern konnte.

So zog es Tom zu den Partys, oft auch ohne Carla. Dann kam er meist Samstag oder Sonntag morgens gegen acht Uhr heim und schlief den halben Tag.

Einige Male erlebte Carla friedliche Familienabende mit seinen Eltern oder lustige und harmonische Abende mit ihren Eltern, obwohl seine Eltern eher selten vorbeikamen und ihre drei bis vier Mal im Jahr.

Am Anfang unternahmen beide noch Einiges zusammen, gingen ins Kino oder ins Konzert.

Tom nahm sie zu so manchen Anlässen mit, die von der Bank veranstaltet wurden. Am Anfang war er auch noch aufmerksam und überraschte Carla gelegentlich mit kleinen Geschenken. Doch auch das ließ zunehmend nach.

Irgendwann verflog der Zauber und es kehrte allmählich die Gewohnheit in ihr gemeinsames Leben ein. Er vergaß den Valentinstag, fast sogar ihren Geburtstag. Er entschuldigte es damit, dass er beruflich so viel um die Ohren hätte.

Carla nahm es hin, wie so vieles andere auch. Sie merkte recht schnell, dass Tom sich mehr und mehr von ihr entfernte, sie oft allein zu Hause war und manchmal bis in die Nacht hinein auf ihn wartete.

Diese ewige Warterei war das Schlimmste. Meist sah sie die Schuld bei sich, wenn Tom dann spät am Abend heimkam und seine Ruhe wollte, sie aber noch Redebedarf hatte, über all das, was sie am Tag erlebt hatte oder was sie innerlich bewegte. Irgendwann hörte er ihr nicht mehr zu und vertröstete sie immer wieder auf ein anderes Mal. Das war für Carla schon befremdlich, aber sie schwieg und hoffte auf Besserung. Doch wenn er sich ihr zuwandte und meist nur dann, wenn er mit ihr schlafen wollte, weil ihm danach war, fühlte sie sich ihm für Augenblicke wieder näher.

Sie hatte große Angst, ihn zu verlieren und ertrug das bohrende Gefühl in sich, nur noch benutzt zu werden, wann er es wollte. War sie, wenn er sie dann begehren wollte, unpässlich, war er beleidigt. Aber wem sollte Carla davon erzählen. Sie schämte sich und hatte Angst, das zu hören, was sie in ihrem Innersten längst wusste: Tom war nicht der Richtige und doch der einzige, dem ihre ganze Liebe galt.

Die Erinnerung erfasste sie erneut und trieb sie zurück in vergangene Zeiten. Es gab auch positive Erlebnisse.

So unternahmen sie beide gelegentlich etwas, vor allem wenn Tom es wollte, oder flogen einmal im Jahr gemeinsam nach Portugal ans Meer. Beide liebten die Algarve, aber wie sollte es anders sein, jeder auf seine Art. Carla wünschte sich die Natur und das Meer, Tom auf das aufregende Nachtleben schwor. Sie flogen bis Faro. Von dort aus ging es mit dem Reisebus bis zum Hotel. Ihr fünf Sterne Hotel Grande real Santa Eulalia lag direkt am Strand mit Nachtclub und allem, wonach es Tom beliebte.

Beide hätten unkompliziert von Bernhard Müller, dem Bruder des Nachbarn Anton Müller, ein Appartement haben können. Bernhard Müller, der kleine gemütliche Ferienwohnungen und auch gehobene Appartements zu passablen Preisen anbot, und damit einen kleinen Nebenverdienst für sich und seine Familie erwirtschaftete, hatte Carla auf Anfrage von Hilde angerufen und nachgefragt. Carla hätte gern zugesagt. Aber Tom wollte nicht. Das war ihm zu primitiv und zu abgelegen, obwohl er nicht einmal Interesse gezeigt hatte zu erfahren, wo es war. Er wollte alles perfekt genießen und sich um nichts kümmern müssen. Eben alles All-Inklusive.

Sie ertrug schweren Herzens, dass er nach einer langen Partynacht bis zum Nachmittag ausschlief.

Carla blieb nichts weiter übrig, als auch das hinzunehmen. Sie
versuchte, sich die Tage so angenehm es ging zu arrangieren.
Sie machte ausgedehnte Spaziergänge bis hin zum Falesia
Beach, wanderte oft stundenlang bis hoch zu den Klippen, saß
dort oben mutterseelenallein und war berauscht vom weiten
Meer und dem frischen rauen Klima. Sie war fasziniert von der
Natur um sich herum. Carla dachte an die Eltern, an Andreas
und an Doris, die sie sich insgeheim herbeiwünschte, wenn sie
so allein mit sich war.

Zwei Tage später rief am Vormittag Bernhard Müller bei Carla
an und erkundigte sich, ob sie gut angekommen seien, und lud
beide zum Kaffee ein. Tom hatte das Gespräch zum Glück nicht
mitbekommen. Nach der langen Partynacht schlief er noch tief
und fest. Carla konnte am Telefon nicht erklären, warum sie allein kam. Sie wollte die kurze und so kostbare Zeit in diesem
schönen Land nicht verschlafen und ging morgens beizeiten ins
Hotelrestaurant frühstücken. Sie hatte längst eingesehen, dass
sie den Urlaub, zumindest am Tag, allein verbringen musste.
Sie mietete sich in der Hotellobby ein Auto und bat den Portier,
ihrem Mann nichts von der Tour zu verraten, stattdessen die

Notlüge zu gebrauchen, dass sie am Strand sei und Muscheln sammeln würde. Carla ging davon aus, dass Tom sowieso bis zum späten Nachmittag schlafen würde und er nicht auf die Idee käme, Carla zu suchen.

Der Portier, ein sonnengebräunter Portugiese, zwinkerte Carla zu und deutete mit der Hand zum Mund führend an, dass sein Mund verschlossen bliebe.

Carla dankte ihm, freundlich lächelnd und ging. Sie fuhr durch kleine Ortschaften und am Meer entlang. Was für eine Landschaft, weit weg von Großstadt und Tourismus! Hier tat die Ruhe gut.

Als Carla nach einstündiger Fahrt das Haus der Familie Müller erreichte, wurde sie von der ganzen Familie herzlich willkommen. Da waren nicht nur die vier erwachsenen Kinder zu Besuch, auch die Enkel sprangen wild umher. Carla fühlte sich unheimlich wohl, denn sie liebte ja Kinder über alles.

Es gab so viel zu erzählen, vom Bruder Anton, der leider zu früh verstorben war und seiner Frau Hilde, Andreas und von Carlas Eltern. »*Backt deine Mutter immer noch diesen leckeren Apfelkuchen*«, wollte Carmelina, die Frau des Bruders wissen.

Carla musste lachen und erzählte von so manchen Kaffeenachmittagen bei ihnen oder den Müllers nebenan und immer war der frisch gebackene Apfelkuchen ihrer Mutter mit dabei.

Als Bernhard nach Tom fragte, schoss die Notlüge aus Carla nur so heraus.

»Er hat sich gestern den Magen verdorben und liegt heute lang.« Was so auch fast stimmte, nur dass es nicht der Magen war, sondern eher der Rausch. Das war schon peinlich, doch zum Glück kannten sie Tom ja nicht persönlich.

Carla kam nach einem glücklichen Zusammentreffen mit der Familie Müller wieder rechtzeitig zurück. An der Hotellobby entdeckte sie den Portier. Sie bezahlte ihr Auto und dankte dem Portier nochmals. Er hatte auf Carla gewartet, obwohl er längst Dienstschluss hatte.

»Frau Wildner, wenn sie mal wieder raus wollen, sagen sie einfach Bescheid, ich wohne ganz in der Nähe und könnte sie auch fahren. Ich heiße Paolo Fernandez.« Carla staunte.

»Freut mich sehr. Woher können sie denn so gut deutsch sprechen?« wollte Carla wissen.

»Ich war vor zehn Jahren in Deutschland. Ich habe dort in Berlin im Hotel Adlon gearbeitet und meine Frau kennengelernt. Sie ist auch Portugiesin und arbeitete als Dolmetscherin für ein Reisebüro. Sie sprach perfekt Deutsch und brachte es mir sehr geduldig bei. Wir beschlossen, als unser erstes Kind unterwegs war, wieder zurück in unser Land zu gehen. Nicht, das Deutschland nicht gut war, aber hier sind unsere Wurzeln. Unsere ganze

große Familie lebt hier, ihre und meine. Unsere Familien haben wir in Deutschland sehr vermisst. Wir sind hier sehr glücklich und haben jetzt vier Kinder.«

Er meinte es ehrlich, dass konnte Carla ihm ansehen, bedankte sich noch einmal herzlich und wünschte ihm und seiner Familie alles Gute.

»Carla? Was machst du hier?«, hörte sie mit einem Mal Tom neugierig hinter sich fragen. Carla drehte sich um und ging entspannt auf Tom zu. Er hatte nichts mitbekommen und zum Glück keine Ahnung.

»Tom mein Lieber, hast du endlich ausgeschlafen?«

Das musste jetzt sein. Außerdem war sie von dem Besuch noch so aufgedreht und glücklich. Auch wenn Carla eher ruhig und unscheinbar wirkte, sie war so innerlich gestärkt zurückgekommen und konnte sich wehren, wenn auch nur verbal.

»Das war noch einmal gut gegangen«, dachte Carla erleichtert und erklärte ihm: *», dass sie nur gefragt hatte, wann es die geführten Touren an den Vormittagen gibt. Da schläfst du ja sowieso.«*

Der Portier hatte Mühe, sich das Grinsen zu verkneifen. Er verabschiedete sich, wünschte beiden noch einen schönen Tag und ging. Die Autotour und das Erlebte behielt Carla für sich. Es hätte nur unnütz Diskussionen mit Tom gegeben.

Manchmal, wenn Carla unterwegs war, vergaß sie über all dem Zauber, der über der ganzen Einfachheit lag, die Zeit und auch Tom. Sie watete stundenlang am Strand durchs Wasser, und saß danach im warmen Sand und blickte verträumt aufs Meer.

Später sammelte sie, wie früher als Kind mit ihren Eltern am Strand von Warnemünde, jede Menge Muscheln und Steine in zahlreichen Formen und Farben und präsentierte sie freude-strahlend am Abend.

Tom belächelte sie nur und fuhr ihr mit seiner Hand durch ihre, vom Wind zerzausten Haare.

»Ach du kleines Mädchen, wirst wohl niemals erwachsen wer-den«, meinte Tom dann belustigt.

»Aber Tom. Weißt du eigentlich, wie viele Jahrtausende diese Steine und Muscheln überstanden haben? Dagegen sind wir nicht mal Sternenstaub im Universum.«

Carla war mit sich zufrieden. Toms Interesse hielt sich mehr als in Grenzen.

Die langen warmen Abende verbrachten sie dann zusammen, entspannt am Strand mit Baden, Spazieren gehen, oder ließen sich im Nachtclub bei angesagter Musik und guter Stimmung ihre Drinks schmecken.

Dann strahlte Carla. Es gab keine Diskussionen und Tom nahm sie sogar in den Arm.

Manchmal, so schien es Carla, gab Tom mit ihr vor all den anderen Partygästen sogar ein bisschen an. Keine andere Frau hatte so wundervolle lange Haare wie Carla.

Tom war ein Partymensch und konnte bis zum Morgengrauen feiern. Carla machte alles bereitwillig mit, so war sie immer in seiner Nähe. Sie ertrug alles, selbst sein Flirten mit anderen Frauen. Wurde Carla von jungen Männern angesprochen, war Tom irritiert. Das ging dann doch an sein Ego. Sie war schließlich seine Frau. Innerlich hoffte Carla, dass er sie auch mal fragen würde, worauf sie Lust hätte. Darauf wartete sie, Tag ein, Tag aus, vergebens.

Seit sie nun mit Tom in diesem Haus wohnte, fühlte sich Carla mehr denn je einsam und verloren. In Carlas Wohnung war es damals zwar einfach und klein, aber dafür zu zweit viel gemütlicher, denn da war sie zu Hause. Sie hatte ihren Freundeskreis. Nun war ihr ständig kalt. Aber es war eher so ein innerliches Frösteln, und das erlebte sie hier in diesem Haus. Diese Kühle wehte ihr auch entgegen, wenn Toms Eltern zu Besuch kamen. Alles wurde geplant und so präzise und übersichtlich war auch Toms Leben.

Es gab kein Vielleicht, kein Träumen, keine wirklichen Zärtlichkeiten, und die wenige Harmonie, die sie gelegentlich empfand, verflog wie der Morgendunst in den Weinbergen hinter ihrem Haus.

»Hatte es sie jemals gegeben?«, fragte sich Carla so manches Mal. Vielleicht am Anfang ihres Kennenlernens mit Sechzehn. Doch so sehr Carla auch grübelte, dass alles war, irgendwo verloren gegangen, zwischen Berlin und Stuttgart.

Hier bei Tom war es anders, als wäre sie eben doch nur zu Besuch. Sie war noch immer nicht angekommen in ihrem gemeinsamen zu Hause. So richtig eingestehen konnte sie es sich aber nicht. Warum war ihr das alles nicht schon viel früher aufgefallen? Ob es der Musikgeschmack war oder auch die Planung der Freizeit. Carla musste nicht ständig aus dem Haus und alles Mögliche mitmachen, Leute treffen und in Bars abhängen, Museen besuchen oder zu Cocktailabenden gehen.

Sie blieb auch gern mal zu Hause, um sich mit Tom zusammen einen Film anzusehen oder um einfach die Zweisamkeit zu genießen. Er hatte ihr die Monate vorher so sehr gefehlt, und nun brauchte sie diese Zeit mit ihm.

Er war da anders.

Carla spürte, dass Tom lieber unterwegs war und was erleben wollte. Er brauchte den Trubel um sich herum.

Für ihn hatte die Zeit für Partnerschaft und Familie noch lange nicht begonnen, so kam es Carla vor. Sie wollte mit ihm eine

Familie und natürlich auch Kinder, nur redeten sie nie über dieses Thema.

Sprach Carla es doch einmal an, wich Tom aus.

»Carla versteh doch. Wir sind noch viel zu jung für Kinder und können doch erst einmal unser Leben in vollen Zügen genießen. Kinder haben noch lange Zeit.«

Carla hatte sich oft darüber Gedanken gemacht, aber diese immer wieder beiseiteschieben müssen, in der Hoffnung, dass die Zeit kommen und Tom seine Meinung ändern würde.

»Viele Menschen hegen den Wunsch nach einer vollkommenen Familie mit Kindern. Warum nur sträubte er sich so dagegen.«

Zurück im Hier und Jetzt

An diesem Abend nun, an dem sie mal wieder stundenlang und verzweifelt auf ihn wartete, kamen ihr all die Dinge erneut in den Sinn und sie saß da und wusste, dass sich etwas ändern musste. Die Zeit war gekommen. Sie spürte diese Ungewissheit in sich und wie Tom wohl auf alles reagieren würde. Carla wünschte sich wenigstens diesen einen Abend friedlich, vielleicht ein bisschen so wie früher, als er sie noch begehrte. Vielleicht würde er sich mit ihr freuen.

Wo er nur blieb. Es war bereits wieder nach Zehn.

Carla zuckte erneut zusammen.

»*Hatte sie da nicht eben das Klappen einer Autotür vernommen?*« Sie war so tief in ihren Erinnerungen versunken, dass sie das Auto nicht wahrgenommen hatte, obwohl es in der lauen Sommernacht schon von weiten zu hören war. Tom drehte immer schrecklich auf.

Mit einem Mal war Carla wieder in der Realität angekommen.

Augenblicklich erstarrte sie, erhob sich wie in Hypnose von ihrem Stuhl und setzte sich wieder. Was sollte sie vor lauter Aufregung machen.

Sie wartete, innerlich bebend, auf das Eintreffen ihres Mannes.

Sie vergewisserte sich noch einmal mit einem raschen Blick auf den Tisch, dass alles in Ordnung war. Dann klappte auch schon die Tür und Tom polterte herein.

Es dauerte einige Zeit. Er schien zu lauschen. Dann trottete er ins Wohnzimmer, sah sich seelenruhig um. Er bemerkte das Flackern der Kerzen auf der Terrasse und trat durch die Tür hinaus ins Freie.

Als Carla Tom erblickte, erhob sie sich zögernd.

Sie merkte, wie ihr die Knie zitterten. Tief in ihrem Bauch spürte sie ein deutliches Unbehagen und Aufregung, die ihr wieder Übelkeit bereitete. Sie wirkte an diesem Abend Tom gegenüber eher klein und zerbrechlich, er großgewachsen und mit breiten Schultern wie ein Riese.

Wie immer trug er einen dunklen Anzug. Doch sein weißes Hemd steckte unordentlich in der Hose, die graue Krawatte war etwas gelöst und hing schief um seinen Hals, seine dunklen Haare wild durcheinander. Er sah ungepflegt aus.

»Was ist passiert, wo Tom doch sonst immer so korrekt ist», fragte sich Carla irritiert.

Ohne von ihr Notiz zu nehmen, kam Tom rasch näher, zog sich einen Stuhl heran und setzte sich an den Tisch. Er griff nach einem Glas, schenkte sich Wein ein und leerte das Glas gierig in einem Zug. Langsam schaute er auf und fixierte Carla mit seinem durchdringenden Blick. Es war schrecklich. *»Das war nicht ihr Mann Tom, den sie schon so lange kannte. Er sah zwar so aus, aber das war eine vollkommen neue Seite an ihm. Nahm er sie überhaupt wahr?«*

»Was guckst du so«, fuhr er sie plötzlich an. *»Was ist das hier, hast du Besuch erwartet? Gibt es heute etwa was zu feiern, oder wie?«*

Seine Art, wie er mit ihr seit einiger Zeit sprach, verletzte sie. Doch diese Art war neu, ganz anders. Seine Stimme war so laut und herb, wie sonst nur der Beischlaf mit ihm.

In den letzten Monaten hatte sich sein Ton ihr gegenüber verändert. Manchmal sprach er gelangweilt, manchmal genervt. Es kam auch schon mal vor, dass er sie grob berührte.

Carla hielt es schweigend aus und schob es immer wieder auf seine anstrengende Arbeit, dass sie doch Rücksicht nehmen müsse.

»Tom, was ist denn los. Bitte beruhige dich doch. Ich werde es dir erklären.« gab ihm Carla kleinlaut zu verstehen.

Er hatte wieder getrunken, wo er doch nichts vertrug.

Es schnürte ihr die Kehle zu, und so bekam sie kaum einen Ton heraus. Sie stand noch immer, sichtlich unsicher und versuchte zaghaft zu erklären*: », Dass es ein besonderer Abend für beide sei.«* Sie erwartete eine vertraute Regung, vielleicht Neugier, vielleicht sogar ein liebes Wort, doch er schwieg vor sich hin und würdigte sie keines Blickes. Stattdessen füllte er sich ein zweites Mal das Glas und goss nun auch Wein in Carlas Glas.

»Prost«, rief er beiläufig, trank sein Glas zur Hälfte aus und stellte es zurück auf den Tisch.

Carla setzte sich schweigend.

Zu ihrer Überraschung sah er sie plötzlich an und Carla wurde unsicher. Sein Blick demütigte sie, doch sie wusste, dass sie es ihm heute sagen musste.

»Ich habe für uns gekocht, Tom«, brach es kleinlaut und mit zitternder Stimme aus Carla heraus.

Er reagierte nicht. Entschlossen stand sie auf, um das vorbereitete Essen aus der Küche zu holen. Ruckartig erhob er sich, sodass der Stuhl hinter ihm laut zu Boden krachte. Er selbst nahm es gelassen.

Carla zuckte zusammen und wich einen Schritt zurück, doch er konnte gerade noch nach ihrer Hand schnappen.

»Was soll das hier?«, lallte er sie an und Carla bekam nun langsam ein Gespür davon, wie viel er schon getrunken hatte.

Er schwankte leicht und musste sich plötzlich am Tisch abstützen. Noch immer hielt er ihre Hand fest.

»Ich möchte dir etwas sagen, Tom«" Fast flüsternd kamen die Worte über ihre Lippen. Carla wollte sich befreien aus diesem festen und schmerzhaften Griff, doch er ließ sie einfach nicht los.

Tom quetschte ihre Finger zusammen, als wäre er nicht bei Sinnen. Es schien, als würde er gar nicht wahrnehmen, dass sie ihm etwas sagen wollte und er ihr Schmerzen zufügte.

»Hörst du mir überhaupt zu? Merkst du nicht, wie weh Du mir tust? Tom bitte! Hör mir doch zu!« flehte Carla eindringlich und nahm ihren ganzen Mut zusammen. Sie schaute zaghaft zu ihm auf, zog rasch mit der anderen Hand ein Bild aus der Tasche ihres Kleides und hielt es Tom mit zitternder Hand hin.

»Tom, ich war heute zur Untersuchung bei Dr. Müller. Ich bin in der achten Schwangerschaftswoche! Tom, … wir werden Eltern!«

Augenblicklich ließ er ihre Hand los, entriss ihr das Ultraschallbild und drehte sich hastig weg.

So verstrichen einige Minuten, die ihr wie eine Ewigkeit vorka-
men. Minuten, in denen er stumm vor sich hinstarrte, seinen
Kopf schüttelte und schwer atmete. Wie verstört blickte er auf
das Bild in seiner Hand.

Carla hörte ihr Herz vor lauter Angst bis zum Hals schlagen.
Was dann kurz darauf folgte, würde sie bis an ihr Lebensende
nicht mehr vergessen.

Ruckartig drehte sich Tom wieder zu ihr, zerknüllte wütend das
Bild, warf es beiseite und kam auf sie zu.

»*Waaaaas um Gottes Willen… Carla, was hast du getan???*«,
schrie er sie an und packte sie so kräftig an den Schultern, dass
sie leise wimmerte.

»*Ich glaub das nicht. Ist das wahr? Du bist schwanger… von
mir? Aber Carla! Das kann doch nicht wahr sein. Was tust du
mir damit nur an! Bist du denn noch ganz bei Trost?*«
Er schüttelte sie so heftig, als könnte er damit das Ungeborene
aus ihr herausschütteln. In seiner grenzenlosen Wut stieß er sie
beiseite. Carla konnte sich kaum noch aufrecht halten.

Sie war entsetzt und in ihrem Kopf drehte es sich, immer schneller und schneller. So hatte sie Tom noch nie erlebt. Sein Blick
war beängstigend, eiskalt seine blauen Augen. Als er nochmals

auf sie zukam und sie anpackte, wurde ihr schwindlig und sie glaubte sich einer Ohnmacht nahe. Sie bat ihn erneut flehend, kaum noch hörbar, ihr nicht weh zu tun. Als er sie endlich losließ, sank sie hilflos zurück auf ihren Stuhl. Sie hielt ihr schmerzendes Handgelenk an ihren Bauch gedrückt und zitterte.

»Nein!«, schrie er und schlug wütend und unbeherrscht mit der Faust auf den Tisch. »Das werde ich nicht zulassen, dass du mir meine Zukunft verbaust.«

Carla schreckte zusammen. Ihr Glas fiel um und der rote Wein zeichnete sich nun großflächig auf dem Tischtuch ab.

Tom stand am Tisch und trank den Wein aus der Flasche, bis sie leer war und warf diese dann im hohen Bogen auf den Rasen.

»Ich will das nicht! Du gehst zum Doktor und lässt es dir wegmachen! Hast du mich verstanden?! Oder...«, er machte eine kurze Pause, als überlegte er.

»Oder...ich lasse mich von dir scheiden!«

Carla stockte der Atem, als sie der Flasche nachschaute, die dumpf auf dem Edelrasen aufschlug und kurz darauf die schockierenden Worte erfasste.

Sie blickte geschwind wieder zu Tom und vor lauter Verzweiflung begann sie zu weinen. Carla musste sich doch aber zusammenreißen, es hing so viel davon ab. Entschlossen stand sie auf, wischte sich die Tränen aus den Augen und ging langsam auf Tom zu. Er musste jetzt zuhören. Die Angst ergriff sie, dennoch hoffte sie, er würde ruhig bleiben.

Zaghaft nahm sie seine Hand und bettelte praktisch um das Leben ihres ungeborenen Kindes.

»Aber Tom, es ist doch unser gemeinsames Kind. Das kannst du nicht wirklich wollen«, bat Carla heiser, kaum noch hörbar, ihren Mann.

Er schüttelte ihre Hand ab, als sei sie etwas Lästiges.

»Hörst du denn nicht zu, CARLA?«, fuhr er sie barsch an, buchstabierte fast schon ihren Namen.

»Ich will kein Kind! Nicht jetzt, nicht morgen und niemals sonst!«

Zornig drehte er sich um, ging ins Wohnzimmer und schnappte sich seinen Autoschlüssel. Die Haustür fiel laut hinter ihm ins Schloss. Er verließ sie ohne ein Wort des Abschieds. Kurz darauf fuhr das Auto mit kreischenden Rädern davon.

Endlose Stille.

»War das eben ihr Tom, den sie so abgöttisch liebte?«

Carla stand, wie zur Salzsäule erstarrt, nicht fähig, überhaupt etwas zu fühlen oder zu denken.

Dieses Mal rauschte es in ihren Ohren, nicht von den Pappeln an der Straße, sondern von dem Gedankenwirrwarr in ihrem Kopf. Sie konnte keinen klaren Gedanken mehr fassen, denn in ihr brach der klägliche Rest einer heilen Welt wie ein Kartenhaus zusammen.

Sie nahm für einen kurzen Augenblick nichts mehr wahr. Nur diese unendliche Leere in sich, Leere um sie herum. Noch nie hatte ihr jemand so dermaßen vor den Kopf gestoßen. Doch nun war es Tom, ihr eigener Mann.

Was sie kurz darauf spürte, waren unsagbare Schmerzen auf ihrem Körper und tief in ihrer Seele starb langsam ihre erste große Liebe. Als hätte er ihr gedanklich nicht nur ihr Kind, sondern auch ihr Herz und ihr Leben aus dem Leib gerissen.

Mit diesem gedanklich verheerenden Gefühl, ins Bodenlose zu stürzen, schleppte sich Carla wie betäubt von dem Erlebten ins Wohnzimmer und brach weinend auf der Couch zusammen.

Es war einer der vielen Abende, seit sie hier wohnten, an denen sie allein blieb. Doch dieser Abend übertraf bei weitem alles.

Toms Ausbrüche waren so gewaltvoll und verwundend wie ein grausamer Stich ins Herz.

Ihre Hand schmerzte, auf der sich jetzt in dunklem Rot der Handabdruck von Tom abzeichnete. Sie fühlte sich am Ende und innerlich zerrissen. Sie wollte nicht mehr denken, nichts mehr spüren. Ihr Leben erschien ihr mit einem Mal sinnlos und sie weinte bis tief in die Nacht hinein, wünschte sich ihre Mutter zu sich und schlief dann entkräftet ein.

Als Carla am Morgen auf der Couch erwachte, kam es ihr vor, als hätte sie nur einen ganz bösen Traum gehabt. Unsicher horchte sie in die Stille hinein. Tom war nicht da.

Sie merkte sehr schnell, dass dieser Alptraum real war und spürte einen stechenden Schmerz von ihrem Handgelenk bis in die Schulter. Erschrocken betrachtete sie ihre stark gerötete, angeschwollene Hand. Sie schaute kraftlos an sich herunter und sah ihr völlig zerknittertes Kleid.

Es fiel ihr unsagbar schwer aufzustehen, denn es fühlte sich an, als hätte sie am ganzen Körper tiefe Wunden, so schmerzte der vergangene Abend noch immer in ihr. Carla erhob sich mühsam und ging hinüber ins Bad.

»Das bin doch nicht ich«, dachte Carla, als sie in den Spiegel sah, drehte den Wasserhahn auf und ließ das kalte Wasser einige Minuten über ihre Hände laufen. Das linderte nur kurzzeitig den Schmerz. Sie spülte ihr verschmiertes Gesicht mit klarem Wasser und machte sich am Waschbecken mit einem Waschlappen, den sie vorher dem Spiegelschrank entnommen hatte, einen kühlen Umschlag um ihr wundes Handgelenk und wickelte ein Handtuch darum.

Als sie langsam den Kopf hob und erneut in den Spiegel sah, blickte ihr trauriges Spiegelbild ihr entgegen. Ihr Gesicht war noch immer verschmiert, die Augen schwarz von Schminke und trostlos. Der Glanz in ihrem Haar längst verschwunden. Überall hingen wild durcheinander ihre Haarspangen in den Haaren. Sie sah völlig fertig aus.

Gleich neben dem Waschbecken war eine Tür, hinter der sich die Toilette befand. Ein kleiner Raum, mit einem Fenster in der Wand, einem kleinen Waschbecken, daneben das Bidet und die Toilette. Plötzlich wurde Carla übel. Sie schaffte es gerade noch bis zur Toilette, sank vor das Becken und übergab sich.

»Lieber Gott«, dachte sie, *»was ist denn nur los mit mir?«*

Sie erhob sich, als wären ihre Füße schwer wie Blei und schwankte zurück zum Waschbecken. Dort stützte sie sich mit ihren Händen am Beckenrand ab. Sie spülte ihren Mund und blickte abermals in den Spiegel.

Der Anblick wurde nicht besser und sie sehnte sich nach ihrer Mutter: *»Ach wärst du doch da und könntest mir sagen, was ich tun soll. Was soll ich jetzt nur tun?«*

Carla war verzweifelt.

Sie musste unbedingt ihre Mutter anrufen, sie war immer ihre beste Ratgeberin und auch Freundin gewesen, und jetzt brauchte sie ihre Hilfe mehr denn je.

»Und warum ruft sie nicht an?« Carla nahm Waschcreme und reinigte ihr Gesicht. Als sie fertig war, verließ sie mitgenommen das Bad.

Während sie sich langsam zur Treppe schleppte, hatte sie nur noch einen Wunsch: *»Schlafen.«* Doch da fiel ihr plötzlich das Ultraschallbild ein, das Tom in seiner grenzenlosen Wut einfach weggeworfen hatte.

Es war noch kalt am Morgen. Barfüßig lief sie auf der Terrasse umher und nach kurzen Suchen fand sie das Bild, zerknüllt auf dem Rasen. Sie strich es glatt so gut es ging und presste es vor Verzweiflung an ihre Brust.

»Verzeih mir du mein Kind, ich gebe dich nicht auf.«

Carla blieb einen Moment in sich verloren stehen und spürte die Kälte des Morgens unter ihren Sohlen. Das tat gut und so überdeckte der eine zunehmende kalte Schmerz für einen kurzen Moment den tiefen inneren Schmerz in ihrer Seele. Traurig und frierend tappte Carla zurück ins Wohnzimmer.

Als sie an der Treppe ankam, blickte sie erschöpft hinauf und hangelte sich dann vorsichtig Stufe für Stufe in die erste Etage, schlich bis zu ihrem Zimmer und öffnete mit zitternder Hand die Tür. Nachdem sie ihr Zimmer betreten hatte und sich hinter ihr leise die Tür schloss, sank sie rücklings an der Tür hinab und blieb weinend einige Zeit mit verschränkten Armen über den Knien sitzen.

In Carlas Zimmer war es zum Glück wärmer als im restlichen Haus. In ihrem Zustand fror sie noch viel schneller als sonst.

Wie im Wohnzimmer waren auch hier die großen Fenster durchgängig bis zum Boden reichend. Carla hatte das Zimmer in warmen Beigefarben gestrichen. Passend zur Wandfarbe dezent dazu die Gardinen, die nun zugezogen waren.

Carla hatte sie kurz nach ihrem Einzug gekauft und angebracht. Eigentlich sollte dies das Kinderzimmer werden, doch Tom hatte sie mehr oder weniger vor einigen Wochen in dieses Zimmer verfrachtet, weil er einfach seine Ruhe wollte. Was wollte sie auch ständig mit ihm diskutieren. Sie hatte sich mit dem Zimmer arrangiert und es gefiel ihr. Hier standen auch die Blumen aus ihrer Wohnung. Tom wollte sie im Wohnzimmer partout nicht haben.

Über Carlas Bett ein Gemälde: »*Ein Erbstück von ihrer geliebten Großmutter Antonia, die als Kind immer liebevoll Nina genannt wurde, mit einer Frau und ihrem kleinen Kind im Arm.*«

Es war ihre Urgroßmutter Helene mit der Großmutter Antonia. Carla betrachtete es immer wieder gern, denn es strahlte so viel Wärme aus und Harmonie, die sie seit ihrem Einzug hier so vermisste.

Dem Bett gegenüber hing noch ein weiteres Bild an der Wand, welches Carla überglücklich mit ihren Eltern an der Ostsee am Strand von Warnemünde zeigte. Sie liebte dieses Bild, denn sie hatten dort eine wunderschöne Zeit verbracht.

Ein vorbei gehender Urlauber hatte auf Wunsch von Carla, alle drei hockend beim Muschelsuchen am Strand geknipst. Schon immer hatte Carla eine innige Bindung zu ihren Eltern. Jetzt vermisste sie beide sehr.

Eine kleine weiße gemütliche Sitzcouch mit einem kleinen Holztisch davor stand etwas abseits im Zimmer.

Die leicht welkenden Blumen in der Vase bemerkte Carla in ihrem Zustand nicht, denn sie selbst schien nicht besser dran zu sein als ihre Blumen.

Neben dem Bett stand auf der linken Seite ein kleines Nachtschränkchen, darauf ein Wecker und ihr Hochzeitsbild.

Plötzlich, als beschlich sie mit einem Mal die Angst, dass Tom wiederkommen könnte, zuckte sie in sich zusammen und erhob sich rasch. Ihr war schlecht und in ihrem Kopf hämmerte es immer noch. Sie sollte das abklären lassen, diese Kopfschmerzen machten alles noch schlimmer.

Als ihr Blick das Bild auf dem Nachtschrank erfasste, ging sie darauf zu, nahm es in die Hand und konnte nicht glauben, dass es einmal anders war. Entschlossen stellte sie es zurück und drehte es um. Das wollte sie, im krassen Gegensatz zur momentanen Situation, nicht vor Augen haben.

Im Zimmer befand sich neben dem Kleiderschrank eine Tür, die ins kleine Bad mit Toilette, Waschbecken und Dusche führte.

Carla wankte erschöpft ins Bad, öffnete den Reißverschluss ihres Kleides und ließ es einfach an sich hinuntergleiten. Ihr fehlte die Kraft, es aufzuheben.

Sie zog BH und Slip aus und stieg in die Dusche, stellte das Wasser an und ließ es so einige Zeit auf ihren schmerzenden Körper rieseln. Das Wasser vermischte sich mit ihren vielen Tränen.

»Was soll ich nur tun?« fragte sie sich immer wieder.

Sie sank auf den Boden der Duschwanne und saß so einige Zeit und weinte vor sich hin. Sie war verzweifelt, so unendlich müde und trug ständig die Sorge in sich, sich übergeben zu müssen.

Nach einer gefühlten Ewigkeit erhob sie sich. Nachdem sie sich abgetrocknet hatte, nahm sie aus einem kleinen Schrank neben der Duschkabine, ein langes T-Shirt und einen Slip und streifte sich beides über. Wie ein verwundetes Reh auf der Suche nach Deckung schlich Carla ins Zimmer und verkroch sich in ihrem Bett. Sie wollte vergessen und nur noch schlafen. Bloß nicht mehr an diesen Abend denken.

Doch, sobald sie die Augen schloss, sprang in ihrem Kopf das Gedankenkarussell wieder an.

Sie hatte Toms wutentbranntes Gesicht wieder vor sich und schien beim verzweifelten Blick in seine blauen Augen immer tiefer zu sinken. Und wieder spürte sie diesen schmerzhaften

Griff. Je weiter sie sich von ihm entfernte, umso lauter hörte sie das Dröhnen ihres Namens.

»CARLA«, und rutschte endgültig in die Dunkelheit.

Durch lautes Gepolter erwachte sie, und als sie die Augen langsam öffnete, stand Tom aufgebracht vor ihrem Bett. Sie war zu Tode erschrocken. Er kam rasch näher und sein Gesicht verharrte dicht über dem Ihren. Carla spürte erneut den heftigen Schmerz in ihrer Hand wie am Vorabend.

Tom hatte sie fest angepackt, doch dann ließ er los und rüttelte sie an den Schultern. Carla war nicht in der Lage zu begreifen, warum Tom da war und was er mit ihr anstellte.

»*Carla! Was machst du hier?*« Seine Stimme war laut und bebend.

Carla war sprachlos. »*Was soll ich im Bett, in meinem Zustand, nach diesem Abend schon machen?*« dachte Carla verwirrt.

Sie verstand die Frage nicht. War sie wach, oder war das nur ein böser Traum.

»*Zieh dich an, ich fahre dich zu Dr. Müller!*«

»*Warum?*«, fragte sie ungläubig. »*Ich habe doch erst in 2 Wochen wieder einen Termin*», antwortete Carla zögernd.

«*Du holst dir jetzt einen Termin, hast du verstanden!*», fuhr er sie barsch an. »*Ich will sicher sein, dass du es nicht doch behältst!*«

Carla setzte sich im Bett auf und versuchte Tom umzustimmen, doch er war äußerst gereizt.

»Bitte Tom, nimm mir nicht das Einzige, was aus unserer Liebe entstanden ist.«

Tom starrte sie an, als hätte sie mit einem Mal chinesisch gesprochen, und schüttelte verwirrt den Kopf.

Dann ging alles furchtbar schnell. Er zerrte sie brutal am Oberarm aus dem Bett und riss ihr dabei das T-Shirt auf.

Carla war erschrocken und konnte sich kaum noch auf den Beinen halten. So versuchte sie angsterfüllt, sich an Tom festzuhalten. *«Tom bitte. Tom lass mich los"*, flehte sie.

Ruckartig ließ er sie los, so dass sie sich noch mit letzter Kraft an ihrem Kleiderschrank abstützen konnte, bevor sie mit voller Wucht dagegen prallte. Er kam auf sie zu, packte sie wieder fest am Oberarm und hielt sie dicht vor sich. Sie nahm sein lautes Schnaufen wahr und betete inständig, dass dieser Horror ganz schnell zu Ende ging. Carla war nicht in der Lage zu verstehen, was hier gerade in diesem Moment ablief.

»Tom, bitte, hör auf, Du tust mir weh«, hauchte Carla vor lauter Schmerzen.

Tom ließ nicht ab von ihr, sondern hielt sie immer noch fest am Arm. Carla bettelte und weinte. Sie hatte Angst vor Tom, ungeheure Angst und aus welchem Grund war Tom so aggressiv?

»Ich kann noch ganz anders, wenn du nicht machst, was ich dir jetzt sage! Du ziehst dich gefälligst an und wir fahren zu Dr. Müller! Ich habe nicht ewig Zeit!«

»Tom, ich möchte das Kind aber behalten«, entgegnete Carla flehend.

Damit verlor Tom endgültig die Fassung, holte aus und schlug ihr so hart ins Gesicht, dass sie augenblicklich zurück aufs Bett fiel.

Carla wimmerte leise und ihr Kopf schmerzte höllisch. Verstört wischte sie sich das Blut von ihrer aufgeplatzten Lippe und betrachtete entsetzt ihre vom Blut verschmierten Hände. Sie hob sie zitternd, bleichen Gesichts Tom entgegen.

Das war doch alles nicht wahr.

Wie ein Tier, das Blut geleckt hatte, geriet er außer sich. Er hatte sich nicht mehr im Griff.

Wütend kam er erneut auf sie zu, nahm sie fest an den Armen und zog sie erneut vom Bett zu sich heran. Sein Gesicht dicht vor ihrem, spürte Carla diese widerliche Fahne an ihm und ihr wurde plötzlich übel.

»Bitte hör auf. Du tust mir weh«, flüsterte sie mit letzter Kraft.

»Das werde ich, verlass dich drauf. Wenn du dir dieses Kind jetzt nicht wegmachen lässt, werde ich mich von dir scheiden lassen. Du hast dann nichts mehr, Carla. Kein schönes Haus,

nichts mehr!« Er holte tief Luft. *»Willst du das denn?«* schrie er in sie hinein.

Vor lauter Angst, sichtlich traumatisiert, schüttelte sie den Kopf.

»Tom bitte, mir wird schlecht.«

Tom ließ sie dann einfach los und sie brach kraftlos vor dem Bett zusammen.

»Carla, reiß dich endlich mal zusammen und zieh dich an. Denk doch mal an mich«, rieb sich die Hand, mit der er zugeschlagen hatte, ging zur Tür und warf sie mit einem lauten Knall hinter sich zu.

Carla zuckte erschrocken zusammen und stand kurz darauf benommen, wie in Trance auf, schleppte sich langsam zu ihrem Kleiderschrank, vor dem sie wieder kraftlos zusammensackte. Sie konnte nicht mehr. Was sollte sie nur tun. Sie sollte an ihn denken, wo sie doch nichts Anderes tat.

In ihrem Kopf hämmerte es wie wild, so als wäre dieses zerstörende Hämmern nicht nur in ihrem Kopf spürbar, sondern auch ringsum zu hören. In ihren Ohren rauschte es, als stände sie vor einem riesigen Wasserfall und sie fühlte sich wie betäubt. Ihre Arme schmerzten und waren stark gerötet. Sie weinte leise vor sich hin, schaute immer wieder panisch zur Tür, als würde sich jedem Augenblick diese Pein wiederholen. Tief in ihrem Innersten spürte Carla die Scherben ihrer Ehe, die wie spitze

Glassplitter ihr Herz Stück für Stück durchbohrten und tief verwundet erhob sie sich wieder. Sie konnte es nicht begreifen.

»Gewalt beginnt bekanntlich dort, wo Liebe längst gegangen ist.« Das hatte Carla mal irgendwo gelesen und nun kam es ihr wieder in den Sinn.

»War ihre Liebe wirklich schon erloschen?«

Dass sich Tom ihr gegenüber jemals so gebärden würde, damit hatte Carla nicht mal in ihren tiefsten Träumen gerechnet. Als sie ins Bad ging, um sich frisch zu machen, spürte sie wieder diese furchtbare Übelkeit und musste sich übergeben.

Sie wusch sich das Blut von der Lippe und den Händen. Ihr war so elendig zu Mute.

Er hatte sie nicht nur geschlagen, er hatte, wie ein Tier an ihr gewütet, soviel Hass konnte sie in seinen Augen sehen, soviel Ablehnung und Gewalt. In guten, wie in schlechten Zeiten wollten sie zueinanderstehen. Das hatte er ihr bei der Hochzeit felsenfest versprochen. Dieses aber waren keine schlechten Zeiten, das war der absolute Horror.

Sie fühlte sich ausgesogen und von der einst so lebensfrohen jungen Frau mit ihrem wunderschönen Lachen war überhaupt nichts mehr zu sehen.

Wie ein dunkler Schatten ihrer selbst erschien ihr jetzt die Frau im Spiegel. Wie sehr sie sich doch verändert hatte, seit sie mit

Tom zusammen war. Wie fremd war sie sich selbst geworden.

Doch warum nur ertrug sie das alles.

Als Carla kurze Zeit später aus ihrem Zimmer kam, erblickte sie Tom, ungeduldig unten an der Treppe wartend.

Erneut erfasste sie panische Angst. Tausende von Gedanken zischten in ihrem Kopf herum, wie verirrte Raketen kurz vor ihrem Aufschlag.

»Was ist, wenn ich unten bei ihm bin? Rastet er dann wieder aus? Was kann ich nur tun?«

Mutlos und innerlich bebend stieg Carla vorsichtig die Treppe herunter.

Schritt für Schritt mit zitternden Knien und unsagbaren Schmerzen. Je näher sie ihrem Peiniger kam, umso schlimmer wurde das Zittern. Wie ein scheues Reh huschte sie, sich duckend, verängstigt an Tom vorbei.

Er glaubte, sie mit seinen harten Sprüchen überzeugt zu haben.

»Na bitte, es geht doch, wenn du willst«, sprach er lässig zu ihr.

Keine Reue seinerseits. Kein: *»Es tut mir leid, Carla.«*

Unter innerlichen Qualen lief Carla langsam aus dem Haus zum Wagen. Um sich herum nahm sie nichts mehr wahr.

Plötzlich spürte sie wieder Übelkeit und musste sich übergeben, dieses Mal direkt hinter dem roten Porsche. Zitternd wischte sie sich mit einem Taschentuch den Mund ab.

In einiger Entfernung zum Haus stand Harald Wegmann, der nach einem Spaziergang gerade vorbeikam und Jakob angeleint hatte und die Situation unfreiwillig mitbekam. Er sah, wie kreidebleich Carla aus dem Haus trat und sich kurz darauf hinter dem Auto übergab. Er wollte schon zu ihr eilen, als Tom aus dem Haus kam und sein Auto misstrauisch beäugte, angewidert zu Carla starrte und dann einfach einstieg.

»*Carla, wo bleibst du denn!*«, rief er genervt aus dem Fenster seines Wagens.

»*Da stimmt doch so einiges nicht*«, dachte Harald Wegmann besorgt, hielt sich aber zurück.

Augenblicklich fuhr das Auto los. Keiner der beiden hatte ihn gesehen. Carla tat ihm mit einem Mal sehr leid, doch er konnte ihr nicht helfen. Er schüttelte verwundert den Kopf und ging weiter.

»*Ob seine Mutter von Carlas Zustand wohl wusste?*« Er würde sie später fragen.

Harald Wegmann hatte Carla das letzte Mal vor einem Monat bei seiner Mutter angetroffen.

Carla war zum Kaffee eingeladen und hatte den leckeren Apfelkuchen ihrer Mutter mitgebracht. Da wirkte sie schon etwas angespannt und war nicht mehr so locker drauf wie bei ihrer ersten Begegnung vor einem Jahr.

Carla hatte Angst vor neuen Ausbrüchen, zu sehr lastete das Erlebte auf der Seele. Sie hatte vor allem eine Heidenangst, sich wieder übergeben zu müssen.

Das schien auch Tom zu spüren.

Ab und zu warf er beim Fahren einen verächtlichen Blick auf Carla, wahrscheinlich eher aus der Furcht heraus, sie könnte sein teures Auto »vollkotzen«.

Schweigend fuhren sie die Straße entlang und bei jedem Schlagloch betete Carla, dass sie sich nicht übergeben muss.

Als sie dann nach kurzer Zeit im Nachbarort ankamen und vor der Praxis hielten, stieg Tom aus und ging los, ohne sich nach Carla umzudrehen.

Carla war es mittlerweile schon egal. Hauptsache er blieb ruhig und alles verlief ohne schmerzhafte Angriffe.

In der Praxis von Dr. Müller erlebte Carla einen wiederum anderen Tom.

Sie saßen schweigsam nebeneinander.

Im Wartezimmer saßen nur wenige Leute. Irritiert von den anwesenden schwangeren Frauen blätterte Tom nervös in einigen Praxis-Zeitungen.

Bei einer der Frauen, die mit ihrer Mutter gekommen war und sich mit dieser angeregt über Strickkleidung für Mädchen unterhielt, wölbte sich bereits ein kleines Bäuchlein unter ihrem Kleid.

Eine andere junge Frau, sicherlich Südländerin, etwa in Carlas Alter, hatte wahrscheinlich ihren Ehemann neben sich sitzen, denn sie trugen beide Eheringe. Auf Carla wirkten sie in sich ruhend und glücklich.

Abwechselnd legten sie die Hand auf den Bauch, der so groß wie eine Kugel war und stupsten ihn immer wieder. Sobald eine Beule zu sehen war, freuten sie sich wie kleine Kinder. Ihr Kind meldete sich.

Carla war beeindruckt. Auch davon, wie beide sich ansahen und der Mann liebevoll die Hand seiner Frau berührte.

Die Frau schaute mit einem Mal zu Carla hinüber und ihre Blicke trafen sich kurz. Die Frau musterte sie und erkannte in Carlas Gesicht viel Schmerz und Traurigkeit. Dann blickte sie auf Tom.

Carla erfasste plötzlich ein eigenartiges Gefühl in ihrem Bauch. Beschämt über die eigene Situation sah sie traurig zu ihrem Mann und dann auf die Tür des Besprechungszimmers.

Tom trug schon seit geraumer Zeit seinen Ehering nicht mehr. Nur wenn sie fortgingen, und das war auch schon einige Monate her, setzte er ihn auf. Jetzt war nur noch der weiße Abdruck des Ringes auf seiner sonnengebräunten Haut erkennbar.

Carla konnte nicht mehr klar denken.

Tief in ihr Innerstes eingebrannt wirkte noch immer der gestrige Abend und dieser grauenvolle Morgen danach, und all das machte sich durch Schmerzen auf ihrer geschwollenen Lippe und dem Handgelenk kontinuierlich bemerkbar.

Nach kurzem Warten erschien Dr. Müller und nahm beide mit in eines der Besprechungszimmer.

Im gesamten Zimmer hingen süße Babybilder mit Namen an der Wand. Carla war, wie jedes Mal bei ihren Besuchen, beeindruckt von den vielen Babys. Tom schien überaus gelangweilt und schaute erst gar nicht hin.

Dr. Müller beobachtete Carla.

»All die Mütter dieser Kinder waren bei mir in Behandlung und haben mir diese beeindruckenden Bilder geschenkt, vor lauter Glückseligkeit über die Geburt«, erklärte er lächelnd, in einem Anflug von Stolz. *»Doch nicht immer war die Entscheidung einfach, aber die Liebe zum Kind hat stets gewonnen.«*

Carla war erstaunt und gleichzeitig tief berührt. Dann wand sich Dr. Müller Tom und Carla zu.

Der Doktor war schon etwas verdutzt, da Carla erst gestern bei ihm zur Untersuchung vorstellig war. Außerdem wirkte sie heute völlig schwach. Noch bevor Carla den erneuten Besuch erklären konnte, begann Tom ausgesprochen höflich seine eigene Meinung kundzutun.

»Es sei nicht gut, wenn Carla ein Kind bekäme, weil sie selbst noch gar nicht erwachsen sei.«

Carla war fassungslos, aber in dem Moment nicht im Stande, dem Ganzen etwas entgegenzusetzen. Das merkte auch ihr Frauenarzt.

»Aber ihre Frau hat sich ein Kind so sehr gewünscht und ich dachte, sie würden sich auch freuen«, fragte der Arzt nun vorsichtig und blickte zweifelnd von Tom auf Carla. Sie war am gestrigen Tag mit so einer Leichtigkeit und Freude aus seiner Praxis gegangen und heute erlebte er eine sichtlich niedergeschlagene Patientin und dazu nun dieses Trauerspiel.

»Sie beide werden Eltern, das ist ein sehr bedeutsamer Moment, verstehen Sie? Das heißt auch, Verantwortung zu tragen für ein gemeinsames Kind.«

Tom schwieg für einen Moment und blickte dann auf Carla.

»Ja wissen Sie, Herr Doktor«, meinte Tom überheblich*: »Ich befinde mich in einer besonderen Position, bin geschäftlich viel unterwegs und kann mir nicht vorstellen, dass Carla das mit einem Kind allein schaffen würde.*

Wir haben zwar eine Haushaltshilfe, …aber nein!« Tom wollte mit den falschen Argumenten überzeugen.

»So ein Kind braucht doch schließlich Eltern, die immer Zeit haben.« Er machte eine Pause.

»Eine Mutter, die genau weiß, was zu tun ist und nicht jemanden, der selbst noch fast ein Kind ist.«

»*Aber Herr Wildner!*« Nun wurde auch die Stimme des Arztes fester. Dr. Müller räusperte sich und überlegte. Er musste jetzt sehr achtsam in seiner Wortwahl sein, denn er spürte, dass auf einmal eine hochexplosive Spannung im Raum lag. Solche Situationen hatte er schon zur Genüge erlebt. Männer, die, ohne zu überlegen, mit ihren Frauen Verkehr hatten, sich der Tragweite ihrer Leidenschaft leider nicht bewusst waren, sich dann aber aus der Verantwortung herausreden wollten oder sich einfach aus dem Staub machten, in der Praxis so manches Mal laut wurden, und so wie Tom jetzt selbstherrlich erschienen.

»*Herr Wildner, ich bitte Sie ernsthaft, Ihre Frau ist fünfundzwanzig Jahre alt!*« Der Arzt blickte sorgenvoll auf seine Patientin und geschockt auf Carlas Arm.

»*Sie können es sich ja noch überlegen*«, wandte sich der Dr. Müller direkt an Carla. »*Ein paar Wochen bleiben uns ja noch. Und letztendlich muss ihre Frau das auch selbst entscheiden, denn sie bekommt ja schließlich das Kind. Denken Sie daran:* » *Ein Kind braucht immer beide Eltern*«, meinte der Arzt ruhig und nickte Carla dann wohlwollend zu. Tom sagte nun nichts mehr. Er musste das Besprechungszimmer verlassen, als Dr. Müller Carla in das Untersuchungszimmer bat, was Tom wiederum ganz recht war. Er verließ genervt die Praxis und wartete im Auto.

In diesem Untersuchungszimmer hingen ebenfalls jede Menge Babybilder. Die Idee dazu kam von einer seiner Arzthelferinnen und war mit Freude umgesetzt worden.

Carla staunte.

»So vielen Kindern haben sie schon auf die Welt geholfen?«

Dr. Müller wurde ein wenig verlegen, nickte und machte erneut den Ultraschall. Er erklärte Carla, dass sich ja noch nicht viel seit dem letzten Besuch geändert hatte. Er zeigte ihr aber am Ultraschallgerät alle Merkmale des kleinen winzigen Lebens, dass sie bereits in sich trug. Ihrem Baby war zum Glück nichts passiert. Es war alles in Ordnung.

Carla weinte daraufhin bitterlich. Dr. Müller setzte sich kurzerhand zu ihr, reichte ihr das Ultraschallbild und schaute mitfühlend in ihr verweintes Gesicht. Mit seiner Hand hob er vorsichtig Carlas Kinn an und sah nun deutlich die angeschwollene Unterlippe. Er reichte ihr ein Taschentuch. Carla bedankte sich und wischte sich die Tränen fort.

»Ihr Mann ist wohl sehr bestimmend. Was ist mit Ihnen? Wollen sie dieses Kind oder kommt für sie ebenfalls nur der Abbruch in Frage? Wie kommt ihr Mann darauf, dass sie ihr Kind nicht erziehen können?«

Dr. Müller kannte solche Fälle, auch solche Männer nur zu gut. Carla war schon seit über einem Jahr seine Patientin. Seine

Tochter ging in Carlas Klasse und er nahm regelmäßig an den Elternabenden in der Schule teil.

»Sie sind eine gute Lehrerin, haben Pädagogik studiert und schon so viele Kinder um sich gehabt. Außerdem schwärmt meine Paula in den höchsten Tönen von Ihnen. Was sie für die Kinder schon alles organisiert haben, wirklich großartig. Sie geht jetzt so gern in die Schule.« Er wollte Carla aufmuntern. Carla lächelte müde.

»Es besteht ja auch die Möglichkeit, das Kind nach der Geburt zur Adoption freizugeben. Ich meine, wenn sie die Schwanger- schaft nicht abbrechen wollen, das Kind aber nicht ...« begann Dr. Müller zaghaft, dann machte er eine Pause.

»Das Kind lebt in einer Pflegefamilie und bekommt dort alles, was es braucht, auch Liebe. Haben sie daran schon gedacht?« Carla schreckte augenblicklich hoch.

»Nein!« stieß Carla aus und schüttelte den Kopf. *»Nein, bitte nur das nicht!«*

Dr. Müller spürte Carlas Willen, das Kind zu behalten und ver- suchte sie zu beruhigen.

»Ich kenne Sie schon eine Weile und ich sehe wohl, wie sehr sie unter diesem neuen Umstand und offensichtlich auch unter ihrem Mann leiden. Noch haben Sie Zeit. Nutzen sie diese, um noch einmal in aller Ruhe mit ihrem Mann zu reden.

Vielleicht versteht er es und kann sich doch noch dazu ent-
schließen, Vater zu werden.«

»Nein, Herr Doktor, oh nein«, entfuhr es Carla traurig.

»Das glaube ich nicht, Herr Doktor. Mein Mann ist nicht immer
so gewesen. Wirklich zärtlich war er aber eigentlich noch nie.
Doch ich habe es hingenommen. Wissen Sie, Herr Doktor, ich
liebe ihn ja. Doch seit wir hier wohnen, ist er oft genervt nach
Hause gekommen und mir gegenüber laut geworden. Ich
konnte mir nie erklären wieso. Wenn ich fragte, was los sei und
ob wir darüber reden sollten, winkte er genervt ab, es ginge
mich nichts an.«

Carla war nervös.

Ihre Leidensgeschichte vorzutragen, kostete sie unheimlich viel
Überwindung, aber sie vertraute ihrem Arzt seit dem ersten Besuch.

»Er schloss mich einfach Stück für Stück aus seinem Leben
aus. Und ich kann es mir nicht erklären. Ich wusste nicht, was
ich falsch gemacht hatte.«, wiederholte sie und schämte sich.

Dr. Müller blickte auf Carlas Arm und sah ihr geschwollenes
Handgelenk.

Er streifte nun Carlas Blusenärmel etwas höher, konnte augenblicklich die Blutergüsse an den Armen deutlich sehen und war
erschrocken.

»*Solche Wunden zu hinterlassen, zeugt von großer Gewalt. War er das hier?*« fragte er vorsichtig und wies mit der Hand auf ihr Gesicht. Carla nickte und weinte wieder.

»*Mir ist das so peinlich, Herr Doktor*«, schluchzte sie, ihre Worte nun kaum noch hörbar.

»*Manchmal habe ich Angst vor ihm, wenn er dann angetrunken von der Arbeit nach Hause kommt und wütend wird, so wie gestern Abend und heute früh war er aber noch nie. Ich erkenne Tom nicht wieder. Er hat vorher nie die Hand gegen mich erhoben. Doch jetzt hat er mir sogar gedroht, dass er sich scheiden lässt, wenn ich das Kind behalte. Was soll ich denn nur tun?*«

Dr. Müller blickte Carla lange an und sie tat ihm leid. Gefühlvoll versuchte er es ihr zu erklären

»*Gewalt in der Ehe kommt sehr häufig vor und die Frauen haben oft Angst, sich zu wehren. Viele Frauen ertragen jahrelang seelische Verletzungen, Demütigungen und Schläge, oftmals dann auch gegen die eigenen Kinder, haben nur noch Angst und wissen nicht, was sie machen sollen. Der Mann lebt in seiner EGO-Rolle und keiner, weder die Eltern noch die Freunde wissen Bescheid oder haben die Courage, ihn auf seine Fehler und Schwächen hinzuweisen. Somit bleibt allein die Frau in der Pflicht, sich zu wehren. Verstehen Sie?*« Mitleidsvoll blickte Dr. Müller Carla in die Augen.

»Ich rate Ihnen wirklich dringend, sich Hilfe zu holen. Es tut mir leid, aber das alles müssen Sie nicht hinnehmen. Körperverletzung ist kein Kavaliersdelikt. Sie sollten ihren Mann anzeigen, denn er macht sich strafbar, wenn er Sie derart misshandelt. Das ist schwere Körperverletzung.«

Carla schüttelte nur traurig den Kopf und schämte sich zu sehr für ihre Wunden.

»Ich mache mir ernsthafte Sorgen um Sie. Holen Sie sich Hilfe. Wir haben gute Beratungsstellen. Bitte gehen Sie dorthin. Nicht selten ist es so, dass die Kinder dann schließlich doch auf die Welt kommen und die Eltern überglücklich sind.« Mit einer Handbewegung zeigte er auf all die Bilder an der Wand.

»Lassen sie sich von der Schwester, ach, warten Sie.«

Er ging zum Schreibtisch, griff zum Telefon und bat die Schwester von der Anmeldung herein.

»Schwester Anja, wir benötigen ihre Hilfe. Bitte geben Sie Frau Wildner - diskret - Telefonnummer und Adresse der Beratungsstelle im Ärztehaus.«

Zu Carla gewandt: »Ich bin überzeugt, dass man Ihnen dort helfen kann. Überlegen sie gut. Wir sehen uns dann in zwei Wochen wieder.«

Dr. Müller gab ihr abschließend die Hand und legte ihr die andere Hand ruhig auf die Schulter.

»Ich wünsche Ihnen viel Kraft und halten sie immer an der Hoffnung fest. Verzweifeln Sie nicht, dann wird alles gut.«

Als Carla kurz darauf im Wartezimmer erschien, wurde gerade die hochschwangere Südländerin aufgerufen.

»Mariana Gomez« hatte Carla noch wahrgenommen.

Der Mann legte liebevoll den Arm um die junge Frau und begleitete sie zur Untersuchung.

Als Carla ihr gegenüberstand, blickte die Frau ihr lächelnd ins Gesicht. Sie strahlte noch immer diese wohltuende Ruhe aus und ihre Augen hatten dieses Leuchten, das in Carlas Augen längst schon erloschen war.

»Liebe kann alles heilen, glauben sie mir«, und strich sich sanft über ihren Bauch. Dann ging sie mit ihrem Mann ins Besprechungszimmer.

Carla stand regungslos da.

»Hatte die Frau meine Hilflosigkeit gesehen und habe ich die Worte von ihr wirklich begriffen? Warum nur hatte mir die Frau das gesagt? Spielte hier etwa das Schicksal erneut mit?«

Carla hatte das Gefühl, als würde ihr Kopf zerplatzen.

Als würden ihr die endlosen Gedanken mit voller Wucht an die Kopfhaut stoßen, so wie vorher die kleinen Füße im Bauch der Südländerin. Carla war sichtlich irritiert und verließ nachdenklich die Praxis.

Als sie wenig später wieder im Auto saß, beobachtete Tom sie von der Seite, ohne mit ihr ein einziges Wort zu reden. Sie fuhren nach Hause, und es herrschte eisige Stille zwischen beiden. Carla hätte gern mit ihm geredet und sich gewünscht, dass er sie endlich wieder in den Arm nahm, sich für die Entgleisung entschuldigte und sie einfach um Verzeihung bat.

Doch seit dem Abend hatte sie nur noch Angst vor ihm und seiner Reaktion. Und wieder kreisten ihre Gedanken.

Die schöne Zeit, die sie einst mit Tom erlebt hatte, schien mit einem Mal wie ausgelöscht.

Nie hätte sie sich vorstellen können, dass Tom ihr gemeinsames Kind ablehnen würde.

Tief im Innersten ihres Herzens wusste sie aber, dass sie dieses Kind behalten wollte, konnte es sich nur nicht wirklich klarmachen. Sie haderte mit sich und klammerte sich noch immer an ein Trugbild, an die Existenz ihrer Liebe, die es aber so längst nicht mehr gab.

»Liebe kann alles heilen«, kam es Carla wieder in den Sinn.

»Wenn Tom sie doch nur verstehen würde«.

Als sie zu Hause ankamen, wollte sich Carla ein wenig hinlegen.

Diese verdammte Übelkeit, die ja laut Dr. Müller in den ersten drei Monaten normal war, raubte ihr einfach zu viel Kraft.

Der Anrufbeantworter blinkte, es war eine Nachricht drauf.

Tom ging rasch zur Kommode, auf dem das Telefon stand und drückte auf den Knopf. Ruckartig drehte er sich um und sein eiskalter Blick blieb an Carla hängen und ließ ihr das Blut in den Adern gefrieren. Dieser Ausdruck in seinen Augen erschreckte sie. Carla blieb wie angewurzelt auf der Treppe stehen, gerade auf dem Weg zu ihrem Zimmer, als eine junge weibliche Stimme auf dem Anrufbeantworter zu hören war.

»Hallöchen, Carla, Süße, ich bin´s, die Doris. Mein Akku ist grad leer, deshalb rufe ich mal auf dem Festnetz an. Ich bin wieder zurück. Ich dachte, wir könnten heute Nachmittag vielleicht, wenn du Lust hast, zum Shoppen in die Stadt fahren und Kaffee trinken. Wir haben uns lange nicht gesehen. Es gibt viel zu er-zählen, und es gibt auch einige Neuigkeiten. Sag Tom Grüße, ciao.« Carla war sprachlos.

An Doris hatte sie gar nicht mehr gedacht.

Immer noch auf der Treppe wartend, drehte sie sich nun lang-sam um und kam schweigend wieder hinunter. Sprachlos stand sie Tom gegenüber, der sie ungehalten aufforderte, bei Doris zurückzurufen und ihr abzusagen.

» Sag ihr, ...dass du krank bist und dass es heute nicht geht!« Carla war verwirrt. *»Aber Tom...«*

»Überlege dir gut, was du sagst!» drohte er mit dem Zeigefin-ger. Sein Blick war leer und fast unheimlich.

Mit zitternden Fingern wählte Carla die Nummer ihrer Freundin. Es dauerte nicht lange und sie meldete sich. Carla bemühte sich, entspannt zu klingen.

Tom hatte extra den Lautsprecher angeschaltet, um jedes Wort mitzuhören.

»Hallo Doris «, quälte sie sich heraus, den Tränen sehr nahe.

»Carla, meine Liebe«. Doris spürte sofort, dass etwas nicht stimmte.

»Irgendwie hörst du dich nicht gut an, du bist doch nicht etwa krank oder vielleicht sogar schwanger?«, meinte sie belustigt.

»Kleiner Scherz, aber ich kann dich auch besuchen. Es gibt viel zu erzählen, also bis gleich«, schon hatte sie aufgelegt.

Tom schaute Carla aufgebracht ins Gesicht und war wütend.

Carla schluckte. Musste sie sich gleich auf den nächsten Wut-ausbruch von ihm gefasst machen?

» Spinnst du, Carla? Warum hast du nicht nein gesagt. Du wirst den Mund halten, wenn sie kommt, verstehst du mich?« zischte er sie an.

»Kein Wort von der Geschichte! Hast du mich verstanden! «

»Tom, das hier ist keine Geschichte«, verteidigte sie sich tapfer.

»Ich bin schwanger und bekomme ein Kind! Es ist doch auch dein Kind, was ich unter meinem Herzen trage.« Sie konnte nicht mehr schweigen. *»Bist du deshalb so böse auf mich?«,*

fragte sie ängstlich. *»Liebst Du mich denn gar nicht mehr? Warum bist du in letzter Zeit immer so abweisend?«*

»Warum, warum, warum«, äffte er sie genervt nach.

»Bla, bla, bla. Mensch Carla!«

Rasch kam er auf sie zu und hob die Hand, doch Carla nahm schützend die Hände vor ihr blasses Gesicht, auf Schläge gefasst.

Aber dieses Mal hielt er sich tatsächlich zurück.

Carla ließ ihre Arme sinken und stand hilflos und abwartend vor Tom.

»Ich will jetzt nichts mehr darüber hören! Treib es nicht auf die Spitze, ich habe langsam genug von all dem! Meine Geduld hält sich sehr in Grenzen! Strapaziere mich nicht weiter, Carla, hörst du! Ich will nun mal kein Kind haben! Vielleicht hätte ich dir das von Anfang an klar sagen sollen. So begreif das endlich, Carla!«

Wieder drangen seine Worte verletzend wie Dolchstiche, tief in sie ein. Der Zauber in seinen blauen Augen, den sie einst so liebte, war verflogen. Stattdessen funkelten sie jetzt bedrohlich und machten ihr Angst. Wie fremd er ihr doch in so kurzer Zeit geworden war.

Mühselig schleppte sich Carla die Treppe hoch zu ihrem Zimmer, schloss die Tür hinter sich und wankte mit letzter Kraft zum Bett, auf dem sie erschöpft niedersank.

Doris war ihre engste Vertraute und ihre beste Freundin neben ihrer Mutter und sie hoffte, dass sie bald käme. Diese Ungewissheit vor allem, was sie noch vor sich hatte, machte ihr zu schaffen. Langsam verlor sie die Hoffnung, dass sich doch noch alles bessern könnte. Sie brauchte jetzt dringend einen Menschen, dem sie sich ganz anvertrauen konnte, der zuhörte und sie verstand.

In ihrem Kopf bohrte es vor Schmerzen und ihr ganzer Körper schrie nur noch: »**WARUM**…«

Dann schlief sie ein.

Kurze Zeit später wachte sie mit starken Kopfschmerzen wieder auf und entnahm der Schublade ihres Nachtschrankes eine Schachtel mit Tabletten.

Sie hatte bereits mehrmals den Beipackzettel in der Rubrik Schwangerschaft und Stillen gelesen und die Nebenwirkungen nicht riskieren wollen. Aber was sollte sie tun, diese Kopfschmerzen machten sie nahezu verrückt.

Sie stand auf, um sich aus dem Bad ein Glas Wasser zu holen, drückte eine Tablette aus der Packung und steckte sie in den Mund. Der Geschmack war widerlich, doch sie trank das Wasser nach und kroch zurück in ihr Bett, um zu schlafen.

Ihr Körper schmerzte, egal wie sie lag. In ihrem Kopf wirbelten die Gedanken wie ein wilder Bienenschwarm durcheinander.

Sie fand einfach keine Ruhe. Angestrengt dachte Carla darüber nach, was sie tun solle.

Doch wie auch immer sie es drehen und wenden würde, in jedem Fall würde es traurig enden. Wenn sie ihr Kind wirklich wollte, wusste sie, dass Tom sich sofort von ihr scheiden lassen würde. Wenn sie sich für einen Abbruch entscheiden würde, trüge sie immer eine tiefe Schuld in sich.

Jeder Blick auf der Straße in einen Kinderwagen, schon allein, wenn Doris ein Kind bekommen würde, wäre die Hölle für sie.

Sie würde sich immer schuldig fühlen.

»Ich liebe mein Kind von Anfang an und soll es dann doch nicht haben dürfen? Würde Tom mir in dieser schweren Zeit dann auch wirklich beistehen? Abbruch heißt doch töten. Wäre es dann nicht humaner, das Kind zu bekommen und wegzugeben? Welch eine Horrorvorstellung. Mit dem Gedanken leben zu müssen, das eigene Kind irgendwo anders aufwachsen zu lassen. Zu wissen, dass ich ihm meine Liebe nie angedeihen lassen kann. Niemals sein Lachen hören werde und es in den Schlaf wiegen können. Wie könnte ich damit leben? Das dann nur über meine Leiche. Was also soll ich tun!«

Sie sehnte den Tag herbei, an dem sie sich ihren Eltern anvertrauen konnte. Mit Tom wollte sie das Thema nicht mehr anschneiden.

Überhaupt mied sie seit dem Morgen jedes Gespräch mit ihm, worüber er sichtlich froh schien. Er lebte längst für sich und war viel unterwegs. So hatte sie die Ruhe, die sie brauchte und da ihr ständig übel war, verkroch sie sich in ihrem Zimmer. Sie hoffte, dass es einfach ruhig blieb. So müsste sie nicht in ständiger Angst leben.

Wenig später klingelte es an der Haustür.

Tom öffnete und ließ Doris herein. Die Begrüßung war wie immer, kurz und kühl. *»Sie ist oben«,* sagte Tom gelangweilt, *»und bleibe nicht zu lange«,* rief er ihr noch hinterher, als sie beschwingt mit einem Blumenstrauß die Treppe bestieg.

Vielleicht hatte er nun doch Bedenken, dass Carla mehr reden würde, als ihm lieb war. Er wollte einfach jede Konfrontation, vor allem mit Doris vermeiden.

»Halt! Das Zimmer ist auf der rechten Seite!«, rief Tom augenblicklich und lautstark, dass Doris erschrocken zusammenfuhr, als sie gerade nach links einschlagen wollte, und Tom zeigte energisch mit der Hand nach rechts.

»Ich hätte schwören können, das Schlafzimmer war links gewesen«, dachte Doris kopfschüttelnd für sich.

Sie öffnete mit einem zaghaften: *»Klopf, klopf«,* die Tür zu Carlas Zimmer und erschien mit ihrem roten Wuschelkopf gut gelaunt in der Tür.

Carla hob den Kopf und augenblicklich huschte ein Lächeln über ihr schmerzverzerrtes Gesicht.

Beglückt, mit einem bunten Strauß Chrysanthemen, wirbelte die Freundin ins Zimmer, ganz außer sich vor lauter Freude, Carla wiederzusehen.

Doris war nur ein Jahr älter als Carla und mit den vielen Sommersprossen auf der Nase und ihren kurzen roten Haaren sehr apart. Sie hatten sich im Pädagogik-Studium in Berlin kennengelernt, mochten sich von Anfang an und waren schon bald beste Freundinnen geworden. Sie wohnten zusammen, nachdem Tom sie nicht mehr besuchte, in Carlas Wohnung in einer kleinen WG und hatten in ihrer Studienzeit viel Spaß, auch mit den Jungs gehabt. Carla war nie fremdgegangen.

Sie liebte Tom. Trotzdem war es eine unvergesslich tolle Zeit gewesen, von der Tom aber nichts wusste.

Nach dem Umzug in das Städtchen Kleinweinhausen, hier am Rande einer großen Metropole, telefonierten sie regelmäßig. Außerdem wohnte Doris nicht allzu weit entfernt.

Sie wollten nach ihrer schönen Studienzeit und der Innigkeit, die beide füreinander spürten, nicht Hunderte von Kilometern getrennt sein.

Ein halbes Jahr später, nachdem Carla bei Tom ins Haus gezogen war, bekam Doris eine schöne Wohnung im gleichen Ort und eine Anstellung im Gymnasium im Nachbarort. Die Einrichtung war zwar knapp zwanzig Minuten vom Wohnort entfernt, aber so konnten sich die Freundinnen doch regelmäßig treffen. Carlas Eltern waren sehr froh um die Freundschaft mit Doris, so hielt sich die Sorge um ihre Tochter in Grenzen. Carla musste auch nicht mehr allein die lange Strecke zu Eltern und Freunden fahren. Mit Doris war es einfach immer schön. Natürlich hatte Harald Wegmann beim Arbeitswechsel von Doris ein bisschen mitgeholfen.

Doris mochte Tom schon von Anfang an nicht. Seine Art, wie er mit Carla umging, machte sie nachdenklich, aber sie akzeptierte es, weil Carla ihn so abgöttisch liebte.

Als sie Carla das erste Mal besuchte, war die sonst so quirlige Doris verstummt. Sie kannte Carla und ihre Eltern sehr gut. Doch als sie das Haus betrat, sagte sie nichts mehr. Carla zeigte ihr alles und Doris gab keinen Mucks von sich. Langsam wurde es Carla unheimlich. Nach langem Drängen antwortete Doris dann überlegt und ruhig.

»Es ist groß und noch ziemlich leer, wenn du weißt, was ich meine. Wenn es dein zu Hause geworden ist, mit all dem, was dich glücklich macht, und du dich auch darin wohl fühlst, dann ist alles in Ordnung.« Beide Frauen nahmen sich in den Arm und Doris zwang sich, ihr Gefühl für sich zu behalten.

»Na meine Liebe, wie geht es dir? Du siehst ja furchtbar aus! Hat dich etwa die Grippe erwischt? « Doris war in Sorge.

Carla war blass und sah wirklich krank aus.

Da kam auch schon Tom zur Tür herein.

»Bleib nicht zu lange, Carla geht es nicht gut.«

»Jaja, das hast du mir unten schon gesagt, Tom«, winkte Doris lässig ab und wandte sich wieder Carla zu. *»Tom! Bitte vergiss eins nicht. Ich besuche hier deine Frau und nicht dein Kind«*, meinte Doris grinsend, aber trotz allem ernstgemeint.

»Wenn Carla genug hat, schmeißt sie mich schon raus. Tom, Carla ist alt genug, um das zu entscheiden.«

Das hatte gesessen, ohne dass sich Doris überhaupt der Tragweite ihrer Worte bewusst war. Sie hatte ja noch keine Ahnung von der Schwangerschaft und der gegenwärtigen Situation.

Es knisterte gewaltig.

Tom warf Carla einen ernsten Blick zu.

»Ich werde heute noch einmal in die Firma fahren.«

Nichts Ungewöhnliches, seitdem er in der Bank arbeitete und somit ständig unterwegs war. Er ging, ohne Doris zu beachten aus dem Zimmer. Kurze Zeit später hörten sie die Autotür zuschlagen und ihn wegfahren.

Doris stand noch immer etwas irritiert mit den Blumen in der Hand im Zimmer.

143

Sie hatte Tom mindestens drei Monate nicht mehr gesehen. Sie mochte ihn nicht und wusste, dass sich das auch nie ändern würde.

Sie nahm die Vase vom Tisch, ging ins Bad und entleerte den welkenden Strauß in den Eimer, wechselte das Wasser und stellte die mitgebrachten Blumen auf den Tisch.

Carla bedankte sich für den wunderschönen Strauß und Doris setzte sich zu ihr ans Bett, kurz darauf fielen sich beide in die Arme. Doris hatte nach diesem Auftritt von Tom schon etwas geahnt, war nun aber doch sehr erschrocken, denn so kannte sie Carla nicht.

Carla ließ nun alles los. Ihre Gefühle, Ängste, Zweifel und Tränen.

»Was ist denn um Himmels Willen passiert? Habe ich was Falsches gesagt? Du bist so aufgelöst und voller Angst, als wäre dir etwas Schreckliches passiert. Carla, erzähle mir bitte alles. Tom ist so herrisch wie immer, ich kenne ihn nicht anders. Geht es dir wegen ihm nicht gut?«

Doris schaute in Carlas verängstigtes Gesicht und sah, dass alles noch viel schlimmer war. Fassungslos sah sie die angeschwollene Lippe in Carlas zartem Gesicht.

»Carla, hat Tom das getan? So ein Schwein, ehrlich!« Trauriges Kopfschütteln bei Doris.

»Sag mal, war euer Schlafzimmer nicht immer links gewesen? Aber das hier ist ja viel schöner«, und Doris sah sich um.

»Ach Doris«, fing Carla an zu erzählen. »Wir haben uns eine ganze Weile nicht gesehen und es ist so viel passiert. Am Telefon wollte ich dir das alles nicht sagen, du hättest dir Sorgen gemacht. Außerdem stand Tom vorhin bei dem Anruf daneben.«

In Doris entwickelte sich zunehmend Wut auf Tom.

»Komm, Liebes. Erzähle es mir«, sagte Doris und wollte gerade Carla die Hand drücken, als sie erschrak.

»Oje Carla. Was ist das denn? Was ist mit deiner Hand passiert?« Carla blickte weinend auf ihr Handgelenk und begann resigniert zu erklären. »Weißt du Doris, es ist alles so anders geworden. Ich bin oft allein zu Hause, seit er den neuen Job in der Firma hat. Chefetage, naja du weißt schon. Das war immer sein Ziel, worauf er hingearbeitet hat. Er gab mir vor etwa vier Wochen dieses Zimmer, seitdem schlafen wir getrennt.«

Doris horchte auf.

»Er sagt, er habe so viel um die Ohren und müsse schlafen, wenn er nach Hause kommt. Er hat keine Lust mehr auf Zärtlichkeiten«, sagte Carla, fast beschämt.

»Das letzte Mal war vor ein paar Wochen. Da muss es auch passiert sein. Und dann war er auch nicht wie früher, sondern *viel schlimmer. Er fiel über mich her wie ein Tier. Als er fertig war, drehte er sich um und schlief einfach ein. Ich kam mir so benutzt vor, es war so furchtbar. Wenn ich dann doch mal am Abend zu ihm wollte, war er müde und ließ sich auf nichts ein. Er beachtet mich nicht mehr.«*

Das waren schlimme Neuigkeiten, die sie da von Carla erfuhr, doch Doris schwieg und hörte wie gebannt zu.

»Wir redeten kaum noch miteinander und wenn, dann schrie er nur herum und fühlte sich genervt. Ich weiß schon gar nicht mehr, wann das alles anfing. Als ich letztens statt vom Metzger abgepackte Wurst aus dem Supermarkt brachte, gab es Streit und er warf die ungeöffnete Packung einfach in den Müll, mit den Worten: Diesen Fraß will ich hier nicht, geh gefälligst beim Metzger frische Wurst einkaufen! Aber das kann ich im Moment nicht, weil mir bei dem Geruch von frischer Wurst im Laden so übel wird. Er reagierte nicht darauf und fragte nicht einmal nach, wieso mir denn so übel sei oder ob ich krank wäre. An dem Abend fuhr er wieder und blieb dann einige Tage fort. Das machte er gelegentlich und meinte dann, dass er manchmal erst spät mit seiner Arbeit im Büro fertig wäre und dann auch keine Lust mehr hätte, heimzufahren. Er habe dort seit kurzem ein Zimmer.« Doris war erstaunt, doch sie hörte weiter aufmerksam zu.

»*Doris ... und gestern Abend ... wollte ich ihm sagen, dass ...*«
Carla fing wieder an zu weinen und konnte sich nicht mehr beruhigen. In ihr löste sich das letzte bisschen Zurückhaltung. In einem Weinkrampf brach sie in den Armen ihrer Freundin zusammen. Auch Doris standen nun Tränen in den Augen.

Das, was sie hörte, berührte sie bis ins Herz und schockierte sie zugleich.

»*Carla Liebes, brauchst du einen Arzt?*«, fragte Doris vorsichtig und ernsthaft besorgt und griff nach ihrem Handy.

Carla schüttelte müde den Kopf. »*Der kann mir doch auch nicht helfen.*«

Doris fehlten die Worte. Dass sie ihre Freundin plötzlich so niedergeschlagen, mit dem geschundenen Handgelenk und ihrem blassen Gesicht antreffen würde, hätte sie nicht gedacht. Sie musste tief schlucken, um wieder klar zu denken.

»*Was wolltest du ihm denn sagen, Carla?*«

Sie nahm ein frisches Taschentuch aus ihrer Jackentasche, strich sanft über das Gesicht ihrer Freundin und wischte ihr dabei vorsichtig die Tränen ab.

Carla schaute ängstlich zur Tür und fiel ihr dann erneut weinend um den Hals.

»*Doris, ich bin jetzt in der achten Woche schwanger. Ich bekomme ein Baby!*«

Doris Wut auf Tom war für einen Augenblick verflogen und sie war ganz aus dem Häuschen. Sie nahm Carlas Hände.

»Das ist doch schön. Ja, das ist großartig. Ein Baby!«

Doris freute sich wie ein kleines Kind. Ihre Augen erstrahlten und sie legte behutsam ihre Hand auf Carlas Schulter.

Sie hatte sich schon Sorgen um Carlas Gesundheit gemacht. Sie merkte sehr wohl und nicht erst jetzt, dass Tom ihr nicht guttat. *»Schau mal Liebes, jede Frau wünscht sich doch ein Kind. Ich mir auch. So ein Kind ist das wundervollste Geschenk im Leben einer Frau. Warum bist du darüber so traurig? Was sagt denn Tom dazu?«*

Carla bremste schnell ihre Euphorie und griff unter ihr Kopfkissen. Sie reichte Doris, dabei immer wieder angstvoll zur Tür blickend, das zerknitterte sowie das zweite Ultraschallbild ihres Kindes. *»Tom will es nicht und wenn ich es behalte, lässt er sich scheiden und schmeißt mich raus.«* Carla war verzweifelt.

»Doris, es ist so furchtbar, was soll ich nur machen? Ich bin jetzt krankgeschrieben, wegen dieser verdammten Übelkeit, die mich so schwächt. Es ist sein Haus. Wie soll ich so schnell eine geeignete Wohnung finden? Und überhaupt...«

Doris nahm ihre Freundin daraufhin in den Arm und vor lauter Mitgefühl konnte auch sie nicht mehr an sich halten und ihr kullerten die Tränen.

So lagen sich beide Freundinnen schweigend für einige Zeit in den Armen.

»Aber überlege doch mal, Carla. Du hast im Innersten längst eine Entscheidung getroffen. Außerdem stehst Du doch sicher mit im Grundbuch. Er kann dich nicht einfach so vor die Tür setzen.«

Carla blickte Doris mit ihren hochroten verweinten Augen an und schüttelte fassungslos den Kopf.

»Er hat mich nicht eintragen lassen, er schob es immer wieder auf. Wenn ich ihn fragte, winkte er ab und meinte, dafür wäre schon noch Zeit.«

Haltlos liefen Carla die Tränen über die Wangen.

»Komm Liebes, erzähle mir bitte alles, wir finden einen Weg«, versprach Doris. Als sich Carla etwas beruhigt hatte, erzählte sie von dem Gespräch mit ihrem Frauenarzt und dem Termin bei der Beratungsstelle.

»Du weißt, ich bin immer für dich da«, versprach ihr Doris.

Wie aus heiterem Himmel stand plötzlich Tom in der Tür.

»Ich glaube, du gehst jetzt besser, Doris!« Beide Frauen fuhren erschrocken zusammen, denn bei all dem Reden hatten sie nicht gehört, dass er zurückkam. Doris nahm Carla noch einmal in den Arm und verabschiedete sich von ihr. Sie ließ sich von Toms Anwesenheit nicht entmutigen.

»Na dann kuriere dich erst einmal, wir sehen uns das nächste Mal bei mir. Mach's gut, Tom.«

Mit einem sichtlichen Unbehagen schob sich Doris an Tom vorbei und schloss langsam hinter sich die Tür. Einen Augenblick lang blieb sie stehen und hörte, wie Tom laut und energisch auf Carla einredete. Sie wusste für den Moment nicht, was sie tun sollte, und ging mit keinem guten Gefühl aus dem Haus. Doch sie wusste, dass das, was sie beim allerersten Betreten des Hauses empfand, eingetreten war. Carla war hier verloren.

Tom indessen stellte Carla zur Rede und wollte wissen, worüber sie alles gesprochen hatten. Carla hatte Angst und so log sie ihm vor, dass Doris eine neue Anstellung hatte und in der nächsten Zeit immer wieder mal im Ausland arbeiten würde und sie somit wenig Zeit hätten, sich zu sehen.

Hast du ihr etwas gesagt«, wollte er jetzt wissen. Schnell entfuhr ihr ein: *»Nein, ... ich sagte ihr nur, dass ich einen leichten Infekt habe und sie war traurig, weil wir nicht mehr so viel Zeit füreinander haben.«* Damit schien Tom vorerst einmal zufrieden zu sein. Gleichgültig drehte er sich um und verließ ihr Zimmer. Carla blieb bekümmert zurück.

Aus ihrem Nachtschrank holte sie die Karte mit der Telefonnummer von der Beratungsstelle und beschloss, gleich am nächsten Morgen einen Termin auszumachen. Morgen wollte sie, wenn

Tom bei der Arbeit war, auch ihre Mutter anrufen. Sie wusste, dass sie sich sehr bald entscheiden musste.

Carla erwachte am nächsten Morgen wie gerädert. Im Haus herrschte eine gespenstische Stille. In der Nacht war sie immer wieder schweißgebadet hochgeschreckt, hatte angstvoll im Bett gesessen und befürchtet, dass Tom jeden Moment in der Tür stehen würde. Die Angst hatte übermächtig von ihr Besitz er-griffen. Selbst in ihren Träumen kontrollierte Tom ihr Innerstes, denn im Schlaf erlebte sie seine Ausbrüche immer und immer wieder und es war furchtbar, wie die Kopie der Realität. Es gab keinen Ausweg, sich dem Ganzen zu entziehen.

Tom war anscheinend längst zur Arbeit.

Carla überlegte, ob sie überhaupt aufstehen sollte. Sie sah sich im Zimmer um, und ihr Blick fiel auf das Urlaubsfoto mit ihren Eltern. Alle drei waren da so glücklich. *»Ich kann doch nicht ein-fach aufgeben, schon euch zuliebe nicht.«*

Carla stand auf und zog sich ihren Morgenmantel an. Langsam ging sie zum Bild an der Wand und strich mit den Fingern leicht darüber. *»Ich liebe euch, was auch immer passieren wird.«*

Carla öffnete ihre Zimmertür und lauschte. Sie war sich nicht sicher, ob sie allein war. Die Angst war fortan ihr ständiger Be-gleiter. Fast lautlos schlich sie die Treppe hinunter.

Als sie im Wohnzimmer stand, schaute sie sich um. Er war nicht da, und ihr war eine schwere Last kurzzeitig genommen.

Niemals hätte sie sich vorstellen können, dass sie einmal froh sein würde, ihn nicht zu sehen.

Auf dem Glastisch lag mal wieder ein Zettel. *»Ich bin bis zum Wochenende unterwegs.«* Sonst stand nichts weiter drauf.

»Gott sei Dank«, entfuhr es Carla, und sie legte den Zettel zurück auf den Tisch. Sie war nun innerlich beruhigt und musste die nächsten Tage keine Angst haben. Die Stille im Haus tat ihr gut. Langsam öffnete sie die Terrassentür und atmete die frische Herbstluft tief in sich ein. Sie blickte in den Garten. Sie hätte so gern viel mehr daraus gemacht, aber Tom meinte ja, dass es nur sinnlose Arbeit sei. Dabei liebte sie Blumen über alles und alles andere, was man anpflanzen konnte.

Zu Hause bei ihren Eltern gab es einen großen Garten voll mit Obstbäumen, Gemüsebeeten und einigen schönen Blumenrabatten, auf der Wiese Gänseblümchen und Löwenzahn. Sie hatte ihre Mutter stets bewundert, mit welcher Gelassenheit und auch Liebe sie im Garten arbeitete.

Augenblicklich versank Carla wieder in ihren Kindheitserinnerungen. Vor ihrem inneren Auge sah sie das Haus, den Garten, den wunderschönen See und ihr fiel Andreas wieder ein. All das hatte sie schmerzlich zurückgelassen, als sie zu Tom zog.

Mit dem Umzug hierher hatte sie das Gefühl, als hätte sie eine neue Tür aufgestoßen. Eine Tür in ein Leben, das so ganz und gar nicht zu dem ihrem passte. In dem sie, zumindest bei Tom und seinen Eltern, lernen musste sich zurückzunehmen. Sie fühlte nicht diese wohltuende Liebe und Harmonie wie bei ihren Eltern, sondern Ablehnung und Desinteresse.

Sie dachte an Andreas. So lange hatten sie nicht mehr miteinander telefoniert. Und auch dieser Gedanke versetzte ihr einen tiefen Stich. Andreas war damals so alt wie Carla und beide gingen in die gleiche Schule. Sie wuchsen miteinander auf und liebten sich so innig wie Geschwister. Als Carla dann mit Tom fortzog, war es nicht nur ein schwerer Schlag für Andreas, sondern auch für Carla.

So schrieben sie sich ellenlange Briefe und berichteten über ihr Leben, in dem der andere jetzt fehlte.

Für Tom war das einfach unbegreiflich und es wurmte ihn mehr und mehr. Irgendwann fing er sogar die Briefe ab, las sie und warf sie fort. Carla bemerkte es zufällig und es kam zu einer sehr heftigen Diskussion zwischen ihr und Tom. Er konnte es nicht begreifen, dass sie, obwohl sie mit ihm verheiratet war, trotzdem zu Andreas den Kontakt halten musste.

»Er ist doch für mich wie ein Bruder. Nicht mehr und nicht weniger.«

Carla mied irgendwann die Diskussionen und telefonierte mit Andreas, wenn Tom es nicht mitbekam. Sie sahen sich, wenn Carla nach Hause zu den Eltern fuhr.

Tom war anscheinend eifersüchtig, hatte aber selten Lust, Carla zu den Eltern zu begleiten, was Carla irgendwann auch recht war.

Sie spürte bei den Fahrten zurück zu Tom, dass sie sich zunehmend unwohler fühlte. Der Magen schmerzte dann und ihr Kopf tat weh. Sie konnte sich das aber lange Zeit nicht erklären. Ihre Eltern merkten beizeiten, dass das auf Dauer mit Tom nicht gut gehen würde. Auch wenn Carla immer beteuerte, dass alles in Ordnung sei. Andreas sorgte sich, wusste er doch mehr von Tom, konnte aber an der Situation vorerst nichts ändern.

Als Carlas Blick hinaus auf die Terrasse fiel, lief der besagte Abend erneut wie ein Film vor ihrem inneren Auge ab. Sie fror plötzlich und spürte in sich erneut die Ausbrüche von Tom und seine verletzenden Worte. Sie sah den verwüsteten Tisch, den umgekippten Stuhl und doch fehlte ihr die Kraft, Ordnung zu machen. Zudem befürchtete sie, wenn sie dem Ganzen näherkam, dass sich plötzlich alles wiederholen würde.

Schnell schloss sie die Tür, als könne sie so das Grauen aussperren, welches sie erlebt hatte.

In der Küche brühte sie sich einen Früchtetee.

Hunger hatte sie keinen. Sie wollte nicht riskieren, dass sie sich dann wieder übergeben müsse, und Appetit hatte sie längst keinen mehr. So nahm sie die Teetasse, holte sich ihren Laptop und machte es sich auf der Couch bequem.

Durch ihre ständigen Brechattacken konnte sie leider nicht in der Schule arbeiten und bei ihren Schülern sein.

Im Internet wollte sie sich über Schwangerschaft und Abbruch informieren. Sie wusste schon, wie man Kinder kriegt und auch wie man sie verliert, hatte sich aber mit dem Thema bisher nie ausführlich beschäftigt.

Zaghaft tippte sie das Wort »Abbruch« in die Suchmaschine des Internets und las einige Beiträge und Kommentare dazu.

Auf einmal fand sie einen Artikel über das Thema Adoption nach der Geburt, eine Alternative zum Abbruch. Sie erfuhr, dass viele Frauen unter Kinderlosigkeit litten, und sich deshalb dann nach vielen Jahren des Hoffens ihren Kinderwunsch erfüllen konnten.

»*Was wäre denn mit mir gewesen,* dachte Carla, *wenn ich keine Kinder hätte kriegen können. Tom hätte auch kein fremdes Kind gewollt.*« Darüber war sich Carla im Klaren. Aber sie hatte ja das Glück, selbst ein Kind auszutragen und sie wollte ihr Kind nicht weggeben, niemals.

Als sie eine Seite mit: »*Gewalt an Frauen in der Ehe*« aufschlug, sah sie Bilder von misshandelten Frauen.

Sie las die erschütternden Berichte unter den Bildern. Sie war tief berührt und wusste, dass sie nicht allein mit ihrem Leid war. Behutsam fuhr sie sich mit der Hand über die schmerzenden Stellen an ihrem Körper und wünschte sich inständig, dass sie so etwas Schreckliches nie mehr erleben müsse. Aber deswegen Tom anzeigen, das konnte sie nicht.

»Sie liebte ihn doch..., liebte sie ihn wirklich noch so wie am ersten Tag?« langsam tauchten Zweifel in ihr auf, ob er denn überhaupt noch Liebe für sie empfand, bei all der Gewalt.

Doch sie musste eine Entscheidung treffen, für ihr Kind, aber auch für ihr eigenes Leben. Das konnte ihr keiner abnehmen, auch Tom nicht.

Sie hielt die Nummer der Beratungsstelle in der Hand und überlegte, ob sie zuerst ihre Mutter anrufen sollte. Sie nahm das Telefon und rief in der Beratungsstelle an. Die Frau am Telefon stellte sich als Frau Engelmann vor und war sehr nett.

Sie fragte, worum es ginge und Carla erklärte ihr kurz die Situation und bekam einen Termin in zwei Wochen.

Carla freute sich, dass der Termin so günstig fiel, weil sie an diesem Tag auch zur Untersuchung bei ihrem Frauenarzt bestellt war. Sie rief Doris an, um den Termin mit ihr zu besprechen, aber da sich nur ihr Anrufbeantworter meldete, sprach sie ihr eine Nachricht auf.

Sodann beschloss sie, ihre Mutter anzurufen. Carla hielt das Telefon eine Weile in der Hand und bevor sie wählte, liefen ihr wieder Tränen über die Wangen.

»Ach Mama«, dachte sie. »Wenn du wüsstest. Wie soll ich dir das nur alles sagen.«

Sie nahm ihren ganzen Mut zusammen und als sie die Stimme ihrer Mutter hörte, war sie nur unendlich froh und wünschte sich, sie wäre jetzt bei ihr.

»Carla, Kind .... wie schön, dass du anrufst. Aber sag mal, was ist los, deine Stimme klingt heute so ganz anders, bedrückt dich etwas?«

»Ach Mama, ich würde dich so gern wiedersehen, aber wir sind so weit entfernt voneinander.«

»Sei bitte nicht traurig, meine liebe Carla«, entschuldigte sich die Mutter und spürte eine aufsteigende Unruhe in sich. Ging es ihrer Tochter nicht gut, da war doch etwas in der Stimme.

»Ich würde euch gern besuchen, bin aber im Moment krankgeschrieben. Kleiner Infekt, nichts Tragisches«, schluckte Carla, denn das war ja eine Notlüge.

»Carla Schatz, ist wirklich nichts weiter? Ich bin in Sorge. Dein Vater geht heute noch einmal zum Doktor. Er hat die OP gut überstanden, alles heilt wunderbar, und wir wollten euch dann sowieso besuchen.«

Der Vater war nach einem Sturz mit dem Rad, bei dem er sich die rechte Kniescheibe zertrümmert hatte, seit einiger Zeit in medizinischer Behandlung.

Augenblicklich empfand Carla eine riesengroße Freude und unheimliche Sehnsucht zugleich.

»Grüß den Papa ganz lieb und gib ihm einen dicken Kuss von mir.«

»Was macht Tom?« Carla schluckte

»Du bist so schweigsam, es ist etwas passiert, ich spüre es doch«, sorgte sich die Mutter.

»Nein Mama, es geht mir gut, wirklich nur ein kleiner Infekt, sonst nichts. Tom geht es auch gut«, log Carla, denn sie wollte ihrer Mutter das wahre Elend nicht am Telefon erklären. Doch die Mutter hörte auf ihre innere Stimme. Eigentlich wollten die Eltern Carla erst in ein bis zwei Wochen besuchen. *»Meine Große, wir vermissen dich. Wir kommen am Samstag, also in drei Tagen. Ich hoffe, Tom hat nichts dagegen«,* erklärte ganz diplomatisch Carlas Mutter.

»Nein Mama, er ist verreist, und das ist gut so.«

Als sich Carlas Mutter verabschiedete, spürte sie sehr wohl, dass mit Carla irgendetwas nicht stimmte und war mehr als beunruhigt, aber anderseits auch froh, sie schon bald wiederzusehen. Das letzte Mal war Carla vor zwei Monaten bei den Eltern.

Auch wenn die neue Gegend wunderschön war, doch mit Tom wurde das Gefühl für all das Schöne im Leben langsam eingefroren. Carlas Leben war mit einem Mal von Angst und Schmerz gezeichnet, nicht mehr lebenswert und vor allem nicht wirklich ihr zu Hause. Carla hatte es versucht, doch letztendlich war sie nur noch in der Schule wahrhaft glücklich.

Die Eltern hatten wieder Grüße von Andreas ausgerichtet. Er war jetzt immer seltener zu Hause und viel unterwegs.

Carla dachte voller Wehmut an Andreas. Das alles konnte sie ihm doch gar nicht erzählen. Er hätte Carla so etwas niemals angetan. Andererseits tat es ihr gut zu wissen, dass die Eltern sie schon so bald besuchen würden.

Im Innersten wusste Carla, dass ihre Eltern ihr immer beistehen würden. Auch wenn sie jetzt aus der Not herausgelogen hatte, ihre Eltern würden es sicher verstehen. Nach dem Telefonat mit ihrer Mutter war sie sichtlich erleichtert, ja fast glücklich.

Da durch diesen Anruf und die liebevollen Worte ihrer Mutter ihre innere Ruhe etwas zurückgekehrt war und sie noch keine Übelkeit spürte, entschied sich Carla spazieren zu gehen. Als sie ihre Hand erblickte, wollte sie den Spaziergang schon revidieren, als ihr urplötzlich der Gedanke kam, sich einen leichten Verband zu machen. Natürlich würde das Auffallen und jeder neugierig fragen.

Aber Carla konnte auch hier mit einer Notlüge aufwarten. Keiner sah, was darunter wirklich war.

Es war ein sonniger Herbsttag und Carla beschloss, einen Abstecher zu ihrer Schule zu machen.

Seit dem Umzug vor einem Jahr arbeitete sie hier an der Grundschule und fühlte sich wohl. Es hatte kurz zuvor zur Pause geläutet und daher waren noch nicht allzu viele Schüler auf dem Pausenhof zu sehen. Doch als einige ihrer Schüler sie erblickten, kamen sie ganz aufgeregt angelaufen.

»Frau Wildner, Frau Wildner«, riefen die Kinder freudig und umringten sie. Alle redeten durcheinander, und jedes Kind wollte etwas erzählen.

Inmitten ihrer Schulkinder fühlte sich Carla wieder glücklich und alle Sorgen waren für ein paar Momente vergessen.

Ganz verlegen stand sie da und wusste nicht, was sie sagen und wem sie zuerst antworten sollte.

»Ach, ist das schön, euch alle wiederzusehen. Ich freue mich so sehr.« Die Kinder drängten sich dicht an sie heran.

»Wenn mir einer nach dem anderen seine Frage stellt, ist es für mich viel leichter zu antworten und nicht so ein Durcheinander«, erklärt sie den Kindern.

Die Kinder nickten allesamt, wurden ruhig und warteten. So kam jeder dran.

Es war eigentlich wie immer: Sobald sie bei ihren Kindern war, ging es ihr gut. Mal strich sie einem Kind übers Haar, ein anderes Mal gab sie die Hand. Begeistert schaute sie in die strahlenden Kinderaugen.

Dann passierte es. Einer der Kinder hatte die verbundene Hand entdeckt. Der kleine Nils zog vorsichtig an Carlas Jacke.

»Frau Wildner, haben Sie sich da weh getan?«

Carla zog instinktiv ihre Hand zurück und hielt sie leicht mit der anderen Hand fest.

»Ja, ein bisschen. Ich bin ungeschickt gewesen und habe mir die Hand verbrüht, als ich mir einen Tee machen wollte. Ich habe nicht gut aufgepasst und einige Spritzer vom sehr heißen Wasser trafen mich, als ich das Wasser in die Tasse goss. Aber es sieht schlimmer aus, als es ist. Jetzt weiß ich, dass ich mit heißem Wasser immer aufpassen muss.«

Wie gebannt schauten die Kinder mit teils offenen Mündern zu Carla. Die Geschichte war für die Kinder sehr glaubhaft und in gewisser Weise lehrreich zugleich.

Wie erschrocken hätten ihre Kinder sie wohl angestarrt, wenn sie vom wahren Grund erfahren hätten. Noch waren sie klein und kannten Gewalt meist nur aus dem Fernsehen.

Der kleine Nils tippte vorsichtig mit seinen kleinen Fingern auf Carlas verbundene Hand.

»*Sie muss schnell wieder heilen*«, flüsterte er Carla leise ins Ohr, die sich zu ihm herabgebeugt hatte, und daraufhin lächelte und ihm sanft über seine blonden Haare strich.

»*Aber Kinder*«, hörten sie mit einem Mal eine Stimme energisch vom Schulhaus rufen.

»*Die Pause ist gleich vorbei und ich möchte mich noch mit Frau Wildner unterhalten.*«

Die Kinder seufzten, verabschiedeten sich und im Wegrennen riefen sie Carla zu, sie solle doch bald wiederkommen.

Carla winkte den Kindern noch eine Weile nach. Wie gut hatte ihr das jetzt getan. Dann spürte sie eine Hand auf der Schulter. Sie drehte sich um und erblickte Sigrun Wegmann.

»*Wie schön, dass du uns besuchen kommst.*« Beide Frauen umarmten sich kurz.

»*Die Kinder sind bei dir ja immer wie aus dem Häuschen! Aber sag, geht es dir nicht gut? Du schaust sehr blass aus. Kinderkriegen ist am Anfang oft alles andere als schön und angenehm, stimmt´s? Du wirkst auch etwas bedrückt, ist alles in Ordnung mit dir und dem Kind?*«

»*Wenn ich ehrlich sein soll, geht es mir nicht so besonders*«, gestand Carla traurig.

»*Komm*«, meinte Sigrun fast mütterlich, »*lass uns reden*«, und wies mit der Hand auf eine nahestehende Bank.

Carla erzählte im Groben, was sie in der letzten Zeit erlebt hatte, ließ aber die körperliche und verbale Gewalt, mit der Tom sie behandelte, außen vor.

Zu groß war die Scham davor.

»Weißt du, Sigrun, diese ständige Übelkeit nimmt mir so viel Kraft, und ich bin danach immer so müde.«

»Das versteh' ich nur zu gut«, meinte Sigrun lächelnd.

»Bei meinem Ersten habe ich mir auch fast die Seele aus dem Leib gespuckt, aber nach drei Monaten war alles vorbei und mir ging es wieder gut. Du wirst sehen, wenn du einmal diese Zeit überstanden hast, geht es aufwärts. Wir freuen uns, wenn du bald wiederkommst.«

Sigrun blickte auf die verbundene Hand von Carla und schaute ihr besorgt ins Gesicht. Ihr entging auch nicht die Verletzung an der Lippe, sagte aber nichts. Und obwohl Carla versucht hatte, mit Make-up ihr lädiertes Aussehen so gut es geht zu kaschieren, sah Sigrun, was los war. Sie war eben auch eine Mutter. Die Schulglocke läutete, und nach diesem kurzen, aber angenehmen Gespräch stand Sigrun auf.

»So, ich muss leider zum Unterricht. Aber komm doch ruhig mal wieder vorbei.« Carla nickte.

»Ach, fast hätte ich es vergessen. Dich vertritt jetzt ein Neulehrer in deiner Klasse. Weil er in Musik nicht so gut singt wie du,

haben die Kinder gemeint, er ist ein Brummbär. Er ist echt gut,
aber trotzdem fragen die Kinder immer, wie lange es denn noch
dauert, bis du wiederkommst. Da hat er ihnen doch letztens ge-
sagt: »So lange, bis das Kind auf die Welt kommt.«
»*Die Kinder fragen seitdem fast jeden Tag, ob es schon so weit*
ist.« Da mussten beide Frauen herzhaft lachen.

»*So sieht es aus, du wirst hier vermisst. Wir drücken dir die*
Daumen, dass alles gut geht und du bald wieder arbeiten
kannst«

Sigrun überlegte kurz und meinte dann mit einem Lächeln:
»*Ach ja Carla, wenn du Zeit hast, melde dich doch mal. Ich habe*
noch eine wunderschöne Wiege zu Hause. Die würde ich gern
stiften fürs Kindchen. Harald könnte sie vorbeibringen, wenn sie
dir gefällt. Ich komme mal vorbei.«

Carla biss sich auf ihre wunde Lippe, spürte kurz darauf tief in
sich den Schmerz und versuchte ihn zu verbergen.

»*Das ist so lieb von dir, Sigrun«,* freute sich Carla, den Tränen
nahe. »*Bitte bestelle den Kollegen ganz herzliche Grüße von*
mir.« Carla versuchte zu lächeln, auch wenn es ihr unheimlich
schwerfiel.

»*Klar, mache ich doch gern, und melde dich wieder.«*
Beide Frauen nahmen sich zum Abschied noch einmal kurz in
den Arm. Sigrun Wegmann war mehr als besorgt.

Carla hielt tapfer die Tränen zurück. Es tat ihr gut, dass es Menschen gab wie Sigrun, Doris, ihre Eltern und auch ihre Schulkinder, die sie einfach mochten, so wie sie war. Sie war doch kein schlechter Mensch.

Dann lief Sigrun Wegmann, noch einmal mit der Hand ihr zuwinkend, wieder zurück ins Schulhaus.

Carla war in der Schule beliebt und bei den Kindern wie auch bei den Lehrern angesehen. Ihre Schulkinder zu sehen, war Balsam für ihre traurige Seele. Was also konnte sie für ihr eigenes Kind tun? Sie holte tief Luft.

»Kopf hoch«, dachte Carla und machte sich auf den Weg zum Park. Wann immer sie Zeit fand, kam sie hierher und erfrischte sich an der zauberhaften Umgebung. Da ihr Schulweg praktisch am Park vorbeiführte, verweilte sie so manches Mal und genoss den Wechsel der Jahreszeiten.

Der Winter war unglaublich schön. Wenn es geschneit hatte, lag auf dem Park eine strahlend weiße glitzernde Decke, als hätte jemand über Nacht heimlich Diamantenstaub verstreut. Die Bäume trugen Mäntel aus Schnee und die Büsche hatten kleine weiße Hütchen auf. Dann dauerte es auch nicht mehr lange und der See war meterdick zugefroren.

Es trafen sich Schlittschuhläufer auf dem Eis und die Schlitterbahn war überfüllt. Kinder bauten auf den verschneiten Wiesen

Schneefamilien, viele kleine und große Schneemänner und an einem mobilen Stand gab es Heißgetränke. Eltern zogen die Schlitten mit ihren Kindern und überall herrschte Frieden und Harmonie.

Der Frühling zauberte wieder neues Leben auf die vom Winter zurück gelassenen kahlen Flächen. Unter den vereinzelt noch vorhandenen Schneedecken bohrten sich überall die Schneeglöckchen dank der wärmenden Sonne hervor, und in kürzester Zeit blühten dann auch die Krokusse in Hülle und Fülle. Die Forsythien erstrahlten so gelb, als wären sie in Konkurrenz mit der Sonne. Die Natur belebte alles um sich herum. Es grünte und duftete. Die Bäume der Wildkirschen trugen ein rosa weißes Kleid und wirbelten ihre Blüten wie Schneeflocken im Winter durch die Luft. Die Vögel zwitscherten so übermütig, als wären sie die eigentlichen Boten, um den Einzug des Frühlings überall zu verkünden.

Im Sommer blühte hier alles in den wunderbarsten Farben und ein übersinnlicher Blütenduft lag über all den liebevoll arrangierten, farbenfrohen Blumenrabatten sowie rings herum um den See. Viele Kinder kamen mit ihren Eltern her. Es traf sich Jung und Alt und man feierte immer wieder schöne Feste.

Inzwischen hatte der Herbst im ganzen Park Einzug gehalten und färbte ganz langsam Stück um Stück die Kronen der Bäume in ein zauberhaftes Bunt. »Indian Summer«, dachte Carla und schlenderte zu einer Bank nahe am Wasser und setzte sich. Es war genau die gleiche Bank, auf der sie vor einem Jahr saß, als sie hier ankam. Auf dem See schwammen zwischen den herrlichen Seerosen viele Enten. Was für ein schöner Tag.

Die Luft war für die Herbstzeit noch recht angenehm und von überall her drang das Zwitschern der Vögel an ihr Ohr.

Sie spürte die einfache und doch so faszinierende Schönheit der Natur und schloss die Augen, um alles tief in sich aufzunehmen. Jeglichen Duft, jeden noch so feinen Ton und jeden warmen Sonnenstrahl auf ihrer Haut.

So innerlich berührt genoss sie die Sonne auf ihrem Gesicht, und für einen Moment war sie so ruhig und entspannt wie schon lange nicht mehr.

»Mama komm doch endlich, wir wollen doch die Entchen füttern«, hörte sie plötzlich eine zarte Stimme.

Ein Junge im Alter von ungefähr fünf Jahren rannte seiner Mutter voraus an den See.

»Warte Basti, ich komme«, rief die Frau lachend.

Er blieb folgsam neben der Bank stehen und wartete, bis seine Mutter ihn eingeholt hatte. Sein Blick fiel währenddessen auf Carla. Neugierig beobachtete er sie.

»Tante, Hallo Tante«, sagte er schließlich ganz vorsichtig.

»*Schläfst du?*« Carla öffnete irritiert die Augen. Sie sah einen kleinen Jungen in roten Gummistiefeln und einer roten Regenjacke, mit einer Tüte in der Hand.

»*Bist du müde? Hast du darum geschlafen?*« Neugierig schaute er sie an.

»*Hallo, grüß dich kleiner Mann*«, erwiderte Carla.

»*Ich bin nicht müde und ich habe auch nicht geschlafen. Aber ich mag es, wenn die Sonne mir die Nase kitzelt und dann mach ich einfach die Augen zu und genieß es. Ich kann dann alles um mich herum noch viel besser hören.*«

Dem Jungen gefiel das, was Carla erzählte, und er lächelte.

»*Und du, was machst du denn hier?*« wollte Carla von ihm wissen.

Freudestrahlend schaute er zu seiner herbeieilenden Mutter.

»*Ich füttere hier mit meiner Mama die Enten. Wir kommen immer her, wenn die Sonne scheint. Wir wohnen auch gar nicht weit von hier*«, erzählte der kleine Junge begeistert und winkte seiner Mutter zu, als solle sie sich beeilen.

»*Guten Tag*«, begrüßte sie die Frau, die nun neben ihrem Sohn stehenblieb.

»*Bitte entschuldigen Sie, wenn der Kleine sie gestört hat.*«

»*Aber nein*«, lächelte Carla.

»*Er ist allerliebst. Es ist alles in Ordnung.*«

Die Mutter bat den Jungen um die Tüte, nahm sie in ihre Hand und öffnete sie behutsam. Der kleine Junge holte das Brot heraus und ging ganz vorsichtig ans Wasser.

»Nicht so weit, Basti«, rief die Mutter.

Er ging noch einen Schritt, dann blieb er stehen

»Kann ich von hier aus schmeißen, Mama?« rief er stolz zu seiner Mutter gewandt.

»Ja mein Schatz, da stehst du gut«, meinte die Mutter lächelnd und nahm ebenfalls etwas Brot aus der Tüte.

Beide warfen es zu den Enten ins Wasser, die daraufhin angeschwommen kamen. Sie hatten viel Spaß, und der kleine Junge freute sich, dass so viele Enten da waren.

Auf einmal drehte er sich um und lachte Carla so herzlich an, dass ihr ganz warm ums Herz wurde. Sie hatte den Beiden die ganze Zeit wohlwollend zugesehen. Der Junge ging zu seiner Mutter und als ahnte sie sein Vorhaben, hielt sie ihm die Tüte hin und Basti nahm einige Stückchen Brot und reichte sie Carla freudestrahlend entgegen. *»Da Tante, kannst du auch den Enten geben, die freuen sich dann.«*

Carla bedankte sich, nahm das Brot, stellte sich zu dem Jungen und seiner Mutter und warf es den Enten zu. Das gefiel dem Jungen. Als das Brot in Carlas Hand alle war, setzte sie sich wieder auf die Bank.

Die junge Frau, schätzungsweise in Carlas Alter, blickte sich um und kam nun zur Bank, setzte sich neben Carla und reichte ihr die Hand.

»Hallo, ich bin Sonja Wagner«, sagte sie freundlich.

Carla nahm die Hand entgegen.

Die Frau trug wie Carla helle Jeans und hatte wunderschöne lockige schulterlange Haare, die mit einer Spange leicht zusammengehalten wurden. Ansonsten war die junge Frau ebenso groß wie Carla und auch von der Statur her waren beide fast gleich.

»Freut mich, Carla Wildner.« Beide Frauen nickten sich zu. Sonja schaute zu ihrem Jungen und erzählte, *»dass Basti ein sehr aufgeweckter Junge sei und gern mit anderen teile. In dem Alter seien sie schon furchtbar neugierig und lernten jeden Tag dazu.«* Sie wirkte sehr glücklich, denn ihre Augen strahlten, als sie von ihrem Sohn erzählte.

»Es ist eine Freude, ihm zuzusehen«, sagte Carla.

Sie redeten noch ein wenig über das Wetter und Sonja berichtete, dass am kommenden Wochenende ein großes Herbstfest stattfinden solle. *»Vielleicht treffen wir uns dann wieder, das wäre schön.«* Carla schaute in Sonjas Gesicht und nickte.

»Ja, ich würde mich freuen«, erwiderte Carla und stand auf. Sie verabschiedete sich von Sonja und ging auf Basti zu.

Dann beugte sie sich zu ihm hinunter und reichte ihm die Hand.

»Mach´s gut kleiner Mann und kommt gut heim, du und deine Mama.«

Sonja stand ebenfalls auf und kam auf ihren Jungen zu und beide gingen Hand in Hand weiter. Der Junge drehte sich noch einmal um und winkte Carla nach.

Carla drehte sich beim Gehen ebenfalls noch einmal um und blieb stehen. Sie schaute Sonja und ihrem Sohn hinterher. Es schwang so viel Harmonie und Liebe zwischen beiden.

»Wenn mein Kind so alt ist«, dachte Carla, *»komme ich auch hierher.«*

Im Park waren noch mehr Mütter und auch Väter mit ihren Kindern unterwegs. Die Atmosphäre tat Carla gut, das spürte sie deutlich.

Doch plötzlich, wie aus heiterem Himmel, kam ihr Tom wieder in den Sinn. Allein schon der Gedanke versetzte ihr augenblicklich einen schmerzhaften Stich und die Realität holte sie jäh wieder ein. Traurigen Herzens wollte sie nur noch heim. Ihr eigenes Schicksal war einfach zu schwer.

Es war früher Abend, als sie zu Hause ankam und feststellen musste, dass sie den ganzen Tag noch gar nichts gegessen hatte. Sie war sowieso kein großer Esser, außer wenn alle miteinander zu Hause kochten und mit großem Appetit aßen.

Zum Glück war ihr heute nicht so übel. Vielleicht sollte sie dann nur wenig essen. Carla ging in die Küche. Sie überlegte, sah sich um und erspähte den Obstkorb. Sie nahm sich einen Apfel, eine Kiwi und eine Orange und bereitete sich einen leckeren Obstsalat. Ja, darauf hatte sie jetzt Appetit. Außerdem goss sie sich einen Tee auf. Natürlich mit der gewissen Vorsicht, weil ihr dabei ihre Notlüge in der Schule vor den Kindern wieder einfiel und sie schmunzeln musste.

Sie war allein zu Hause, worüber sie insgeheim noch immer froh war. Sie stellte ihren fertigen Obstsalat und die Tasse Tee auf ein Tablett und ging ins Wohnzimmer. Sie stellte das Tablett auf den Tisch und holte sich eine Decke.

Sichtlich erschöpft von allem, was sie erlebt hatte, setzte sie sich auf die Couch, probierte vorsichtig den noch heißen Tee und ihre Gedanken trieben zurück zum Nachmittag am See.

Die Frauen hatten nichts von ihrem Leben preisgegeben. Dabei hätte es Carla schon interessiert, ob es denn in Bastis Leben auch einen Papa gab.

So überlegte sie, vielleicht auch auf das Herbstfest zu gehen. Sie hatte sehr wohl gespürt, dass eine gegenseitige Sympathie bei beiden Frauen vorhanden war. Vielleicht konnte Sonja ihr auf die vielen Fragen, die sie hatte, eine Antwort geben. Sie war schließlich schon Mutter, zudem eine glückliche.

Carla fielen ihre Eltern wieder ein und unweigerlich musste sie vor sich hinlächeln. Sie würden schon bald bei ihr sein.

Sie griff nach der Schale mit dem Obstsalat und aß ihn mit Genuss, und war soweit zufrieden. Gedanken an Tom, hatte sie versucht, so gut es ging zu verdrängen.

Nachdem sie ihren Tee ausgetrunken hatte, wählte sie eine angenehme Liegeposition, und zog sich die Decke über die Schultern. Binnen kurzer Zeit war sie eingeschlafen und fiel in einen tiefen Traum: Sie saß wieder auf der Bank am See, neben ihr ein kleiner Junge. Es war ihr Junge. Sie lachten und warfen Brot ins Wasser und hatten dabei jede Menge Spaß. *»Mama, ist das heute ein schöner Tag, so viele Enten sind gekommen«,* rief er und klatschte vor lauter Freude in seine kleinen Hände.

Carla nahm ihn in den Arm und drückte ihn sanft an sich. Sie gab ihm einen Kuss auf die Stirn und beide lachten und waren glücklich.

Mit einem Mal jedoch verdunkelte sich der Himmel, ein kalter Wind zog auf und Carla begann zu frieren.

Ein dunkel gekleideter Mann kam großen Schrittes auf beide zugelaufen. Carla erkannte sofort, dass es Tom war und sprang aufgeregt auf. Sie schob ihren Jungen schützend hinter sich.

Tom sagte nichts, sondern griff nach der Hand des Jungen und zerrte ihn mit aller Gewalt hinter ihr vor und mit sich fort.

Verzweifelt und laut schreiend lief Carla so lange hinter Tom her, bis sie ihn eingeholt hatte. Tobend vor Wut brüllte er sie an: »Ich wollte kein Kind. Du hast mich belogen. Ich bringe ihn weg, du wirst ihn nie für dich haben!«

Carla wollte die Hand ihres Jungen fassen, griff aber ins Leere. Tom entfernte sich mit ihrem Kind plötzlich immer schneller. Sie schien wie auf der Stelle festgewachsen und schrie so laut sie konnte um Hilfe, aber keine Menschenseele war zu sehen.

Sie saß urplötzlich wieder auf der Bank und verfiel in einen nicht endenden Weinkrampf.

Plötzlich rüttelte jemand an ihr und rief ihren Namen.

»Carla, Hallo«, hörte sie, noch immer auf der Bank sitzend und fühlte sich von jemanden Unsichtbaren immer wieder gerüttelt.

»Carla!« Dann wachte sie langsam auf und öffnete die Augen.

Vor der Couch stand Helga Hofländer, irritiert und sichtlich erschrocken und wusste nicht, was sie machen sollte.

»Carla, hörscht mi«, rief sie deshalb noch einmal.

Carla weinte noch immer. »Ach Helga«, flüsterte sie müde.

»Ich hatte einen so furchtbaren Traum. Es war so schlimm.«

Sie schüttelte sich und ein kalter Schauer lief ihr über den Rücken. Carla nahm die Hände vors Gesicht.

Ehrliche Rührung machte sich bei Helga breit, doch als sie die Wunden an Carla entdeckte, war sie schockiert.

Helga Hofländer kam, seitdem sie in diesem Haus wohnten, einmal in der Woche zum Putzen und Kochen und Lachen, aber auch zum Reden. Sie stammte aus der Gegend, kannte sich gut aus und war mit ihren achtundvierzig Jahren immer noch junggeblieben. Ihre Eltern führten im Nachbarort eine Wirtschaft und Helga half dort gern aus. Mit der Haushaltsstelle bei den Wildners konnte sich Helga nebenbei ein bisschen dazu verdienen. Beide Frauen mochten sich. Helga Hofländer hatte etwas so Liebevolles an sich und war zu mancher Zeit für Carla ganz einfach Mutterersatz, vor allem in der Anfangszeit, als für Carla noch alles so neu und ungewohnt war. Sie hatte Carla den Dialekt der Einheimischen erklärt und so manches schwäbische Kochgeheimnis verraten, damit sie Tom am Abend mit einem leckeren Gericht überraschen konnte. Mit den verschiedenen raffinierten Gerichten waren ihr wundervolle Grillfeste gelungen. Helga setzte sich neben Carla auf die Couch und nahm ihre Hand.

»*Ja Mädle, was isch dir denn in deinem Traum begegnet? Du hasch nach Tobi g'schrien wie eine Verrückte. Da könnt's einem ja Angscht werden. Wer isch Tobi?*«

Carla konnte es selbst kaum glauben, was sie da geträumt hatte. »*Mein Kind*«, schoss es wie selbstverständlich aus Carla heraus.

»Es war ein so realer Traum, so furchtbar schlimm, der mir wahnsinnige Angst gemacht hat.«

Helga war beunruhigt und blickte Carla mitfühlend ins Gesicht.

»Blass siescht aus. Bischt net etwa schwanger?« platzte es aus ihr raus und Carla hob ruckartig den Kopf.

»Also ja.« Helga konnte es doch nicht von Tom wissen.

»Sieht sie es mir denn an?«, dachte Carla nervös.

Nach kurzer Zeit des Schweigens entschied sich Carla, von ihrer Schwangerschaft zu erzählen und bat Helga Hofländer inständig, Tom lieber nichts davon zu sagen.

Helga hatte ihn schon aufbrausend erlebt, aber bisher nie etwas gesagt.

Carla erklärte Helga ihre Angst vor Tom und ihre Verzweiflung und fügte ergänzend hinzu, dass am Samstag endlich die Eltern zu Besuch kommen würden. Helga versprach zu schweigen.

Carla stand auf und ging langsam hoch in ihr Zimmer.

Helga schaute Carla nachdenklich hinterher und machte sich ernsthaft Gedanken, wie sie ihr helfen könne.

Wenig später stand sie vor Carlas Tür. Sie klopfte zaghaft, trat ein und gab Carla einen Zettel.

»Pass gut auf dich auf und wann immer du Hilfe brauchscht, melde dich einfach. Hier isch meine Handynummer. Die für den Notfall, weischt.«

Carla drückte ihr die Hand und legte sich, völlig entkräftet durch diesen Alptraum, auf ihr Bett und war schon wenig später wieder eingeschlafen. Helga ging hinunter in die Küche.

Als Carla ein feiner wohlbekannter Geruch in die Nase stieg, öffnete sie erstaunt die Augen. Der Teewagen stand an ihrem Bett und aus der Schüssel dampfte es still vor sich hin. Carla blickte auf die Uhr: »*Sie hatte eine gute Stunde schlafen können, dieses Mal tief und traumlos.*«

Sie hatte Helga nicht gehört, als diese sich auf leisen Sohlen in das Zimmer schlich und das Essen anrichtete, und ihr sanft eine warme Decke überlegte. Helga Hofländer mochte Carla von Anfang an und war in Sorge.

Carlas Blick fiel auf ein Glas mit frischem Orangensaft und neben dem Butterbrot lag ein Zettel: »*Iss bitte etwas, dann fühlst du dich bald wohler!*« Also setzte sich Carla an den Bettrand und löffelte vorsichtig die leckere Hühnersuppe.

»*Ach Helga, du liebe Seele, wie bist du doch aufmerksam!*«

Als sie wenig später alles aufgegessen hatte und im Bett lag, fühlte sie sich tatsächlich besser. Wie recht Helga doch hatte und so verging der Tag ruhig und Carla schlief viel.

Als sie dann am nächsten Morgen erwachte, wusste sie, dass morgen schon ihre Eltern kommen würden. Noch hatte sie keine Übelkeit und so freute sie sich riesig. Sie hoffte nur, dass Tom nicht doch überraschend heimkam. So würde sie endlich genug Ruhe und Zeit haben, den Eltern alles zu erzählen, was sie belastete. Davor hatte sie keine Scheu, denn ihre Eltern hatten ihr stets viel Liebe und Vertrauen geschenkt und Carla hatte sie nie enttäuscht. Obwohl sie Tom geheiratet hatte und ihre Eltern am Anfang Tom nicht wohlwollend gegenüberstanden, akzeptierten sie die Verbindung, aus Liebe zu ihrer Tochter. Ihr Vater stand Tom immer noch skeptisch gegenüber, obgleich er den Grund nicht erklären konnte. Die Chemie stimmte einfach nicht. Aber da sie sich nur selten sahen, war das kein Problem.

Als Carla, aus ihren Gedanken gerissen, plötzlich ein Auto vor der Auffahrt hörte, erschrak sie und fürchtete, Tom wäre zurück und lief zum Fenster. Was sie sah, versetzte sie augenblicklich in größte Euphorie.
Das konnte doch nicht wahr sein?!
Carlas Mutter stieg gerade aus dem Auto und winkte ihr zu. Vor lauter Freude kamen ihr die Tränen und ganz übermütig sprang sie, lachend und weinend zugleich, wie ein kleines Mädchen jubelnd die Treppen herunter. Geschwind öffnete sie die Tür und ehe sich ihre Mutter versah, hatte Carla schon ihre Arme um den Hals der Mutter geschlungen und hielt sie fest.

»*Carla Liebes, du erdrückst mich ja*«, lachte die Mutter, doch Carla ließ trotzdem nicht los.

Sie vergrub ihr Gesicht fest an der Schulter der Mutter, um nicht die Tränen zu zeigen. Sie konnte es kaum glauben, dass die Eltern schon da waren. Der Vater kam dazu und umarmte seine beiden Frauen überglücklich.

»*Wir dachten, es wäre besser heute schon zu kommen, denn so haben wir uns einen Tag länger*«, gestand der Vater und schluckte sichtlich gerührt.

So standen sie einen langen Moment und hielten sich einfach nur festumschlungen.

Als sie sich voneinander lösten, schauten die Eltern betroffen in das schmal gewordene blasse Gesicht und die traurigen dunklen Augen ihrer Tochter und waren schockiert.

»*Aber Carla, dir geht es ja gar nicht gut.*«

Die Mutter war bestürzt und strich ihrer Tochter liebevoll mit der Hand die Strähnen dem Gesicht.

»*Lasst uns ins Haus gehen. Ich mache Kaffee*«, meinte die Mutter beruhigend.

«*Heinz, du bringst den Kuchen in die Küche. Hat er selbst gebacken nach deinem Rezept*«, lobte die Mutter ihn stolz.

Sie warf einen liebevollen Blick zu ihrem Mann, der lächelnd den Kuchen aus der Tasche holte.

In der Küche angekommen, sah Carla ihren Vater an und ihr Blick sagte mehr als tausend Worte.

»*Ich habe dich so lieb, Papa*«, entfuhr es Carla darauf hin, und sie machte ihren Vater damit verlegen, während er den Kuchen aufschnitt. Sichtlich berührt legte er das Messer neben den Kuchenteller und nahm seine Tochter liebevoll in den Arm.

»*Weißt du noch, Mäusele, wie oft wir mit dem Boot rausgefahren sind und uns über Gott und die Welt unterhalten haben. Du warst immer so furchtbar neugierig und wolltest alles genau wissen. Das vermisse ich jetzt. Ab und zu kommt noch Andreas mit, wenn er dann mal zu Hause ist.*

Deine Mutter fährt gern mit raus, nicht dass wir dann zusammen angeln, aber wir sind gedanklich bei dir, wie sonst auch, mein Kind«, schmunzelte er und küsste sie auf die Stirn.

»*Ich vermisse das auch, Papa, und so vieles mehr*«, gestand Carla wehmütig.

Beim duftenden Kaffee im Wohnzimmer fragte Inge vorsichtig, ob Carla denn in der Lage sei, zu berichten.

Carla rutschte auf die Couch zwischen ihre Eltern, wie früher als Kind und jeder hielt liebevoll eine Hand von ihr.

Leise und zögernd fing sie an zu erzählen. Sie begann mit Doris, und dass sie ihr eine sehr große Hilfe wäre, weil sie sich ihr vollkommen anvertrauen könne. Die Eltern kannten Doris gut, da Carla sie immer gern mit zu ihnen genommen hatte.

Carla sprach über die Schule, die ihr so viel Kraft und Glück bescherte. Über ihre netten Kollegen und über ihre Kinder, die leuchtenden Kinderaugen und diese Neugier. Wie sie es selbst als Kind erlebt hatte.

Sie erwähnte eher enttäuscht den Kontakt zu den Leuten im Ort. Sie erinnerte sich augenblicklich an eine besonders peinliche Begebenheit: Tom war am Anfang oft verärgert gewesen und hatte sich immer wieder im nahegelegenen Bürgerbüro des Ortes beschwert, sobald die Felder gedüngt wurden, Wind aufkam und die Luft nach Gülle roch, oder die Rapsfelder blühten und dieser schweißige Geruch der Pflanzen ihm in die Nase zog. Doch da konnte er sich aufregen, wie er wollte. Er hatte sich genau dieses Haus, hier in dieser ländlichen Gegend ausgesucht mit allem ringsherum.

»Hatte er die Felder überhaupt wahrgenommen, als er sich das Haus erstmalig angeschaut hatte?« fragte sich der Vater. *»Er hätte es besser wissen müssen.«*

So war auch die Stimmung der Anwohner des Ortes nicht gerade positiv und immer wieder wurde hinter vorgehaltener Hand getuschelt. Carla fand es furchtbar unangenehm, wenn Tom sich so aufführte und damit Gerede aufkam.

181

Die Kontakte zu den Anwohnern waren eher zurückhaltend und Carla hätte sich so gern ein besseres Miteinander gewünscht. Obwohl sie stets freundlich war, kam es nie dazu.

Auf ihr freundliches »Guten Tag« folgte meist ein karges »Grüß Gott.« Sie wurde begutachtet.

Die Anwohner wussten, dass sie die Neue hier im Ort war, mit dem unzufriedenen Mann an ihrer Seite und diesem protzigen Haus. Doch Carla blieb freundlich und bekam neben dem Gruß gelegentlich auch ein zaghaftes Lächeln geschenkt.

Vielleicht hätte sie einfach auf die Leute zu gehen sollen.

Viele der Kinder gingen in ihre Schule, sogar in ihre Klasse. Es gab nur wenige, mit denen sie »normal« reden konnte.

Sie tat sich schwer, vor allem wegen Tom. Dabei wollte sie hier doch glücklich leben und mit Tom zusammen sein.

»Bist du hier wirklich am Ziel deiner Wünsche und Träume?« fragte die Mutter.

Carla konnte es nicht sagen.

Es fühlte sich alles immer noch so fremd an. Sie kam nicht an, trotz der schönen Gegend.

Die Eltern schauten sich des Öfteren mit großen Augen sprachlos an und konnten sich auch ohne Worte verstehen.

Das waren keine guten Nachrichten, die die Eltern zu hören bekamen. Hatten sie doch gehofft, dass es besser werden würde.

»*Was sagt denn der Doktor zu deinem Infekt*«, erkundigte sich die Mutter. Carla gestand nun die Notlüge und hielt für einen Moment inne.

Über ihre Schwangerschaft wollte sie bewusst erst zum Schluss mit den Eltern sprechen und erklärte ihnen, dass ihr morgens immer schrecklich übel sei.

Sie hätte demnächst einen Termin in der Beratungsstelle, weil sie nicht wusste, wie sie sich entscheiden sollte.

Sie zog zwei Ultraschallbilder ihres ungeborenen Kindes aus Ihrer Jackentasche und reichte eins dem Vater und eins der Mutter. Beide betrachteten teils entgeistert, teils strahlend die Bilder in ihrer Hand. Der Vater unterbrach Carla augenblicklich und nahm sie liebevoll in den Arm.

»*Du bekommst ein Baby, Carla, das heißt, Du machst uns zu Großeltern. Was gibt es denn da zu überlegen.*«

Freudentränen liefen dem Vater über seine Wangen.

»*Aber das sind ja ganz großartige Nachrichten für uns. Deine kleine Notlüge sei dir da verziehen.*«

Daraufhin nahm die Mutter Carla in den Arm und küsste sie auf die Wange. »*Heinz, unsere Tochter ist zur Frau geworden und wird nun Mutter. Ach, Kind, wie freue ich mich!*« und auch Inge ließ ihren Tränen freien Lauf. Heinz und Inge hielten ihre Tochter im Arm und schwiegen für eine kurze Zeit.

Ohne aufzuschauen, vertraute Carla ihren Eltern das schreckliche Erlebnis von dem besagten Abend und dem Morgen danach an.

Die Eltern waren bestürzt. Ihrer Mutter fehlten die Worte.

»Carla!«, sprach der Vater mit fester Stimme.

»Wenn du das Kind wirklich bekommen möchtest, dann bekomme es. Wenn Du den Abbruch nur erwägst, weil Tom es so will und du trotz seiner Ausbrüche an ihm hängst, dann überlege dir gut, ob dies die richtige Entscheidung ist.« Er machte eine kurze Pause.

»Wenn Tom jetzt schon so kalt und herzlos zu dir ist, in dieser Situation, dann wird er dich früher oder später auch ohne ein Kind verlassen. Also bekomme dein Kind, wenn du es dir von Herzen wünschst. Wir werden dich unterstützen, so gut wir können. Er hat dich nicht verdient. Eigentlich müsste man ihn anzeigen.«

Alle drei hielten sich in den Armen und spürten die Kraft der Liebe. Carla spürte sie tief in sich und wurde wieder ruhiger.

Als sie von der Begegnung im Park erzählte, kam der Mutter die Idee, dass sie ja alle zusammen zum Herbstfest gehen könnten, um den Park und Sonja kennenzulernen. Carla fand die Idee ebenfalls super. Es war somit beschlossene Sache und alle drei freuten sich riesig auf das Fest.

Am Abend bereitete der Vater in der Küche das Fleisch für den Grill vor.

»Eure Küche wirkt so steril, als würde hier nie gekocht werden«, unkte Heinz und Inge warf ihm einen fragenden Blick zu.

»Dafür gibt es ja auch zu Hause genug zu tun«, lachte Inge.

»Ich bin sehr viel allein und so koche ich nur selten. Helga, unsere Haushälterin putzt einmal die Woche und macht ab und an was zu essen, wenn ich nicht in der Schule bin. Auch das alles hat er mir abgenommen. Jetzt wo mir ständig schlecht ist, habe ich gar keinen Appetit«, meinte Carla betreten.

»Wir hatten nie eine Haushälterin und bei uns war es immer sauber und schön«, erklärte Inge. Sie betrachtete ihre Tochter und sah ihr an, dass sie dünner war als sonst und machte sich innerlich große Sorgen.

Es war noch immer ein angenehmer lauer Sommerabend und Carla deckte auf der Terrasse den Tisch. Doch wie ein Blitz aus heiterem Himmel fiel ihr plötzlich wieder dieser Abend ein und sie zuckte zusammen.

Ihre Mutter sah sie durch das Fenster so verloren auf der Terrasse stehen, ging zu ihr hinaus und nahm sie sanft bei den Schultern.

»Ach Liebes«, sagte sie leise und hielt Carla einige Zeit im Arm.

»Glaub mir, es gibt immer Hoffnung, solange man nicht aufgibt.

Es wird alles gut, du wirst schon sehen. Wir kriegen dein Kindchen schon groß und wenn Tom sich scheiden lässt, dann soll er. Aber er wird niemals mehr die Hand gegen dich erheben, sonst wird er dafür wirklich büßen. Das versprechen wir dir.«
Wie war Carla doch froh, dass ihre Eltern da waren.

Sie ging langsam zurück ins Wohnzimmer, um vom Kaminsims die Streichhölzer zu holen, um anschließend die Kerzen auf dem Tisch anzuzünden.

Heinz und Inge standen währenddessen in der Küche und machten sich große Sorgen.

»Gut, dass Tom nicht da ist«, flüsterte Inge leise.

»Weißt du, Inge, vielleicht wäre es gut gewesen, wenn er jetzt da wäre, dann hätte ich mit ihm mal ein ernstes Wort geredet«.
Heinz schluckte.

»Irgendwie war er mir schon immer suspekt, als hätte ich es geahnt. So mit unserer Tochter umzugehen, geht überhaupt nicht. Hast du ihre fleckigen Arme gesehen? Es tut mir so weh, zu sehen, dass sie unter ihm leidet. Sie ist so ein liebenswertes Menschenkind und niemand sollte so misshandelt werden.«
Inge hatte große Bedenken, ob Carla bei Tom überhaupt noch leben sollte, wo er doch so unbeherrscht und gewaltbereit war. Da machte sich Angst in ihr breit. Doch konnten sie so schnell auch nichts übers Knie brechen. Carla hatte zudem ihre Arbeit.

So hofften alle drei, Tom bliebe vorläufig mehr fern, als dass er kam.

Es wurde noch ein schöner Abend und Carla aß sogar mit Appetit. Was hatten die Eltern nicht alles mitgebracht. Sie wussten genau, womit sie Carla eine Freude machen konnten, auch wenn es nur Eingewecktes aus dem heimischen Garten war. Sogar Kartoffelsalat von Hilde und Vaters pikante Bouletten gab es. All das, was Carla so gern aß. Carla war selig, dass ihre Eltern für sie da waren.

Der Vater hatte ein kleines Feuer in einer großen feuerfesten Schale gemacht und alle saßen mit Decken um die Schultern um das Feuer herum und wärmten sich. Sie erzählten von früher, waren entspannt und ausgelassen, bis die letzten Sonnenstrahlen hinter dem Horizont versanken und der Tag in Harmonie ausklang.

Als Carla am nächsten Morgen die Augen aufschlug und auf die Uhr schaute, war es schon Neun: »*Sie hatte gut geschlafen.*«

Sie trat aus ihrem Zimmer auf die Galerie, als leise Musik an ihr Ohr drang. Kaffeeduft stieg ihr in die Nase und sie hörte ihre Mutter lachen. Es war fast so wie früher und sie fühlte sich mit einem Mal daheim.

Barfüßig schlich sie die Treppe herunter und sah ihre Mutter mit ihrem Vater in der Küche eng umschlungen tanzen.

»Ach welch vertrautes Bild«, dachte Carla grinsend. Ihre Eltern wirkten zufrieden und tanzten nach diesem Oldie, den sie schon immer mochten. Es war ein altes Lied über die Liebe zu einem kleinen Schmetterling. Die Liebe war doch schon immer das Wichtigste und Schönste auf der Welt.

Carla wurde von ihren Eltern innig geliebt und gab ihnen diese Liebe in gleicher Weise zurück. All das, was Carla so schmerzlich vermisst hatte, war wieder da. Es gab nichts Liebevolleres als ihre Eltern für sie.

Als Inge plötzlich ihre Tochter im Nachthemd erblickte, musste sie laut lachen. Carla lachte mit und dann nahmen beide ihre Tochter zu sich in ihre Mitte, schunkelten und sangen das Lied zusammen, bis es zu Ende war.

»So!« rief Heinz nun ungeduldig und schickte seine Tochter zum Anziehen in ihr Zimmer.

»Jetzt habe ich Hunger«, lachte er und ging auf die Terrasse und schob die Glastüren zu, um es behaglicher zu machen. So früh am Morgen war die Luft noch recht frisch.

Inge deckte inzwischen den Tisch und als Carla nach kurzer Zeit dazu kam, genossen alle drei gemeinsam und ausgiebig das Frühstück. Es wurde viel gelacht und geflachst über so manche lustige Begebenheit, die sie zusammen erlebt hatten. Und jeder Satz begann mit: *»Weißt du noch?«*

Wieviel Zeit doch in der Zwischenzeit vergangen war. Wie lange war das schon her, dass Carla sich so geborgen fühlte.

Sie wünschte sich, dass das immer so bleiben möge.

Sie wollte nicht mehr Tag für Tag allein im Haus sein und allein essen müssen. Denn jetzt spürte sie auch wieder Appetit.

Gegen Mittag machte sich die Familie auf zum Herbstfest. Auch heute meinte es der Himmel gut mit ihnen und ließ die Sonne scheinen. Alle drei gingen entspannt die Straßen entlang und die Eltern bewunderten so manches alte Haus.

»Ja, so ein richtiger Altweibersommer ist das«, strahlte Heinz seine Inge an und griff nach ihrer Hand und beide schlenderten wie ein verliebtes Pärchen zum Park.

Carla hatte sich bei ihrer Mutter eingehakt und lehnte glücklich ihren Kopf an deren Schulter.

»Alles wird gut, mein Kind. Wir werden immer zu dir stehen.«

»Ich weiß«, strahlte Carla, *»denn ich habe die besten Eltern, die man sich wünschen kann.«*

Im Park angekommen, blieben sie überrascht stehen und schauten sich staunend um. Carla hatte nicht zu viel versprochen. Hier war die Natur wahrlich zu Hause.

Der Park war eine Augenweide. Nicht nur die stilvoll angelegten Blumenrabatten mit den vielen Herbstastern erweckten ihr Interesse, sondern auch die zahlreichen Bänke zum Ausruhen.

Da gab es Hüpfburgen mit vielen hüpfenden Kindern, Stände mit Getränken und leckeren Waffeln oder Zuckerwatte.

An einem weiteren Stand boten Frauen ihren handgefertigten Naturschmuck aus Halbedelsteinen und Holz an. Filzarbeiten wurden bewundert und beim nächsten Stand gab es viele einheimische Kräuter, die man zum Teil noch nie vorhergesehen hatte, die aber köstlich dufteten.

Ein junger Schreiner bot Insektenhäuser an und erklärte deren Nützlichkeit und beschrieb seine gedrechselten Holzarbeiten.

Es war ein kleiner Jahrmarkt mit seinen Buden und Ständen, es war wirklich schön hier.

Aber der größte Publikumsmagnet war die Tanzfläche in der Mitte des Festplatzes. Sie war groß und rund, und auf ihr tanzten Alt und Jung bunt gemischt, in fröhlichem Reigen.

Heinz schnappte sich seine Inge und schon eroberten beide, den Titel mitsingend, die gefüllte Tanzfläche.

Carla blieb davorstehen, lachte und winkte ihnen zu. Sie war glücklich. Gleich neben den Eltern tanzte ein Pärchen, und als es Carla erblickte, winkte es ganz eifrig.

»Ach wie schön, da tanzt ja Sigrun mit ihrem Mann«, dachte Carla hoch erfreut und lächelte übers ganze Gesicht.

Plötzlich zupfte jemand an ihrem Mantel. Sie drehte sich um und erblickte Basti.

»Das ist ja eine Überraschung!« und fuhr dem Jungen über den wuscheligen Kopf.

»Hallo Basti, wo ist denn deine Mama?«, und Carla schaute sich suchend um. Hinter einem Stand entdeckte sie Sonja, die ihr freudig zuwinkte.

Carla beschloss, hinzugehen und mit einer Handbewegung in die Richtung der Stände, deutete sie den tanzenden Eltern ihr Vorhaben.

Basti hatte sie an die Hand genommen und führte sie zu seiner Mutter. Als Carla bei Sonja ankam, trat diese hinter ihrem Stand hervor und war sichtlich erfreut, Carla wiederzusehen.

»Wie schön, dass du heute gekommen bist, ich freu mich so«, begrüßte sie Sonja.

Das *»Du«* aus Sonjas Mund empfand Carla wie ein Freundschaftsangebot.

»Wir haben so ein Glück mit dem Wetter und es ist wunderschön mild. Du wirkst heute auch viel frischer als neulich. Es scheint dir wieder besser zu gehen. Ich wollte dich nicht fragen an dem Tag, aber es schien, als hättest du offensichtlich große Sorgen. Musste oft an dich denken.«

Ganz gerührt von Sonjas Worten und ihrem Einfühlungsvermögen erzählte Carla spontan, dass sie bald ein Kind erwartet, es aber allein großziehen würde.

»Na, dann wünsche ich dir ganz viel Glück und alles Gute«, freute sich Sonja und konnte sich nun nicht mehr zurückhalten. Sie nahm Carla einfach in den Arm, was von ihr liebend gern erwidert wurde.

»Ich habe meine Eltern mitgebracht, beide tanzen da drüben«, lachte Carla, wobei sie nun merkte, dass sie sich lange nicht mehr so frei und in ihrer Mitte gefühlt hatte. Sie verschwendete jetzt keinen Gedanken an Tom. Sie war hier bei Menschen, die ihr guttaten. Carla schaute sich begeistert an Sonjas Stand um. Dort wurden allerlei herbstliche Basteleien von einem Kindergarten ausgestellt und angeboten. Sie fühlte sich augenblicklich in ihre Kindheit versetzt.

Als Sonja ihr erklärte, was sie mit Kindern ihrer Gruppe gebastelt hatte, konnte sie einen gewissen Stolz nicht verstecken.

»Na das ist ja ein Zufall«, staunte Carla. *»Wir arbeiten beide mit Kindern und haben viel Freude dran«.*

Carla legte Sonja die Hand auf die Schulter. Sie hatte eine neue Freundin gewonnen.

Mit einem Mal kam aus der Menge vom Tanzplatz ein großer Hund direkt auf Carla zugelaufen und blieb ruhig vor ihr sitzen.

»Keine Angst. Das ist Jakob«, erklärte Carla lachend.

»Jakob mein Guter, was machst du denn hier«, und Carla blickte sich suchend nach Harald Wegmann um, der unweit von

Carla, Sonja und Basti mit ihren Eltern, seinen Eltern und seiner Familie auf die Wartenden zukam.

Carla stellte ihre Gruppe vor und Harald Wegmann die Seine. Er musterte Carla und fand, dass sie entschieden besser aussah als an dem Tag, als es ihr so übel ging.

Natürlich hatte er seiner Mutter von dem Zwischenfall am Haus berichtet und auch Sigrun hatte sich große Sorgen gemacht. Nun war sie froh, Carla so entspannt und glücklich zu sehen. Gemeinsam schlenderten alle zum Getränkestand, bestellten sich Kaffee und für Basti einen Saft.

Sigrun Wegmann hatte gleich einen guten Draht zu Carlas Mutter und beide plauderten, wie sollte es auch anders sein, über die Schule.

Basti durfte Jakob streicheln und ihn an der Leine führen. Stolz lief er mit ihm herum und merkte sehr wohl, dass die anderen Kinder ihn beneideten. Wer wollte nicht so einen schönen großen Hund haben.

Alle lobten das herrliche Wetter, den erholsamen Park und unterhielten sich so ausgelassen und fröhlich, als würden sie sich schon ewig kennen.

Nach einer Stunde verabschiedeten sich die Wegmanns und Carla ging mit ihren Eltern, Sonja und Basti die Enten füttern. Sie setzten sich allesamt auf die Bank und labten sich an der

Schönheit der Natur. Carla bekam von Sonja noch so manche Ratschläge und Tipps für ihre Schwangerschaft.

Als der Abend mit einem Feuerwerk ausklang, standen die Eltern mit Carla, Sonja und ihrem Sohn beieinander, alle miteinander verbunden in tiefem Glücksgefühl.

Einige Tage später war Carla wieder allein, doch sie fühlte sich jetzt besser, irgendwie innerlich gestärkt. Für Carla waren die drei Tage mit ihren Eltern sehr entspannend. Sie durfte wieder sie selbst sein. Sie hatte viel Kraft aus den Gesprächen und viel Liebe empfangen. *»Egal was kommt, Du kannst immer auf uns zählen«,* betonte die Mutter beim Abschied. Ihr Vater rief noch aus dem Auto heraus, dass es schön wäre, wenn sie bald zu Besuch käme. Carla versprach es.

Tom kam auch nach dem Wochenende nicht heim. Was Carla zwar verwunderte, aber sie war jetzt ruhiger ohne ihn.

Carla dachte viel an Sonja. Also nahm sie am Abend ihr Telefon und rief bei ihr an. Da Sonja nichts weiter für den nächsten Tag geplant hatte, verabredeten sie sich für den Nachmittag bei Sonja. Diesen Besuch bei ihr würde Carla nie mehr vergessen. Leider hatten sie an diesem Tag kein Glück mit dem Wetter, denn es goss in Strömen,

Das tat der Freude über das Wiedersehen keinen Abbruch.

Sonja bewohnte eine kleine drei Zimmer Wohnung am anderen Ende des Ortes, die sie ganz nach ihren Mitteln, Wünschen und Bedürfnissen gemütlich eingerichtet hatte.

Als Carla nun freudig vor ihrer Wohnungstür stand und klingelte, öffnete Basti, mit einem Lächeln im Gesicht, langsam die Tür.

Carla beugte sich zu ihm hinunter und gab ihm die Hand.

»Hallo Basti, schön dich zu sehen.«

»Ach wie freu ich mich«, strahlte Sonja, als sie ebenfalls an die Tür kam und beide Frauen sich in die Arme nahmen.

»Dass man sich so gut fühlen kann, wenn man Menschen um sich hat, die einen vom Herzen her wirklich mögen«, kam es Carla unweigerlich in den Sinn. Ja, so etwas spürt man, bei jedem Wort, jeder Geste, jedem Blick und jeder Umarmung.

Carla war unendlich dankbar dafür. Sie reichte Sonja einen Strauß Sonnenblumen.

»Da scheint uns selbst bei schlechtem Wetter die Sonne«, lachte Sonja.

Schon im Flur, beim Betreten der Wohnung, erfasste Carla mit ihrem Blick selbstgemalte Kinderzeichnungen an der Wand und schaute sich jedes Einzelne aufmerksam an.

» Du bist ja ein wahrer Künstler.« Basti schaute Carla verlegen an, erklärte ihr dann aber genau, was er auf jedem einzelnen

Blatt gemalt hatte, und Carla lobte ihn dafür. Auf ein Bild war er besonders stolz. Er hatte den Tag am Wasser gemalt, als Carla beide kennengelernt hatte.

»Schau, das bist du, das ist Mama und das bin ich bei den vielen Enten.«

Carla war nicht nur beeindruckt, sie war im Innersten tief berührt. Diesem kleinen Jungen war die Begegnung nicht aus dem Kopf gegangen und er hatte sie hinterher gemalt, weil sie ihm ebenso gefallen hatte.

Nachdem Sonja ihre kleine Wohnung gezeigt hatte, saßen beide Frauen im Wohnzimmer auf der Couch beim Kaffee. Basti spielte in seinem Zimmer. Mit einem Mal stand Sonja auf und bat Carla um ihre Hand.

»Komm, ich will dir etwas zeigen.«

Sie gingen beide ans Fenster und Sonja zog die Gardinen weg. Carla blieb vor lauter Staunen der Mund offen. Was für ein Ausblick. Mehr als ein staunendes „Wow" konnte Carla nicht entgegnen, so überrascht war sie.

»Ist das nicht schön Carla? Wie bin ich glücklich, hier zu wohnen.« Carla war überwältigt und freute sich mit Sonja.

Vom Fenster aus hatte man einen Weitblick auf den Park und den See. Selbst die Bank, auf der sie sich kennengelernt hatten, konnte man vom Fenster aus erblicken.

Beide Frauen schauten sich an und vor lauter Glückseligkeit standen ihnen Tränen in den Augen. Sie nahmen sich in die Arme und spürten eine tiefe Verbundenheit. Beide hatten das gleiche Empfinden für die schönen Dinge im Leben, für diese einzigartige Natur.

»Weißt du Carla, ich habe dich einige Male auf der Bank sitzen sehen und mir Gedanken gemacht.«

Carla schaute Sonja überrascht an und diese wirkte nun ein bisschen verlegen.

»Ich hatte ja bereits am Anfang bei unserer ersten Begegnung gespürt, dass es dir nicht gut ging. Und ich habe auch am Anfang schon so eine Vertrautheit zwischen uns gespürt, als würden wir uns schon ewig kennen,« gestand Sonja.

Carla betrachtete Sonja und verstand ihre Worte. Es war Seelenverwandtschaft, worüber sie bisher nur gelesen hatte. Nun aber selbst diese besondere Erfahrung zu machen, erfüllte sie mit einem innerlichen Glücksgefühl.

Vielleicht gab es viel mehr, als sich Carla im Moment vorstellen konnte. Es schien so wichtig zu sein, aufeinander zuzugehen und ebenso aufeinander zu achten.

»Mir geht es ebenso, seit der ersten Begegnung. Ich wollte es aber nicht so recht glauben, auch durch meine eigenen Sorgen, aber beim Herbstfest war ich mir dann sicher. Uns verbinden so

viele Gemeinsamkeiten.« Sonja legte ihr den Arm auf die Schulter und Carla blickte zufrieden aus dem Fenster.

Längst hatte es aufgehört zu regnen.

Als beide Frauen wieder zusammensaßen, berichtete Sonja von ihrem Leben. Auch sie hatte etliche Hürden und Verluste im Leben hinnehmen müssen, ob gesundheitlich, finanziell oder auch menschlich, bis sie ihren eigenen Weg gefunden hatte und ihn nun zielstrebig mit ihrem Sohn beschritt.

»Loslassen ist sehr schwer, aber wir müssen es lernen, denn nur so geht es auch weiter im Leben, weil wir uns erst dann öffnen können für Neues. Wir schließen eine Tür und öffnen eine Neue.«

Carla war von diesem Nachmittag sehr bewegt nach Hause gelaufen und gedachte noch lange der Worte von Sonja. Immer wieder sah sie vor ihrem inneren Auge den Park von Sonjas Wohnung aus und verstand nur zu gut, dass Sonja sich mit Basti in ihrer Wohnung so wohl fühlte.

Allein mit sich und all den neuen Eindrücken und Gefühlen spürte Carla plötzlich wieder diese innere Unruhe in sich aufkommen. Ihr eigenes Problem, ihre Unsicherheit, die Frage der Entscheidung, was sie denn nun tun sollte und was denn wirklich das Richtige sei, blieb an ihr hängen und ließ sie traurig werden. Denn trotz all der guten Ratschläge von Freunden und

Eltern stand ihr die Gewissensfrage an und die konnte sie, obwohl sie die richtige Antwort schon tief in sich trug, einfach noch nicht glauben. Zu sehr hing sie noch an Tom und hoffte innerlich wohl noch immer auf eine Wandlung dieser so schmerzvollen, deprimierenden Situation.

So verbrachte Carla die verregneten Tage zu Hause oder besuchte Doris. Bei ihr fühlte sie sich wohl und konnte ohne Sorge reden, lachen und weinen.

Wenn Tom unterwegs war, verschwendete er kaum einen Gedanken an Carla. Dass sie ihm jetzt ein Kind aufdrängen wollte, machte ihn nicht nur nachdenklich, es regte ihn auf.

Er hatte nie ernsthaft darüber nachgedacht. Aber er wollte partout keine Kinder, nicht von Carla und auch von keiner anderen Frau. Ein Kind wäre in seinem Leben eine große Einschränkung in seiner doch so geliebten Freiheit gewesen, eine Verpflichtung, auch finanziell, die er einfach nicht eingehen wollte.

Vielleicht hätte er von Anfang an mit offenen Karten spielen sollen.

Nach diesem eskalierten Abend war ihm klar, dass es auf kurz oder lang zu einer endgültigen Trennung kommen würde.

Wie? Darüber machte er sich noch keine Gedanken. Er liebte Carla längst nicht mehr.

Dass Carla darunter litt, sah er nicht, denn er war viel zu sehr damit beschäftigt, in der Firma, in der er arbeitete, seine Rolle zu spielen. Außerdem gab es da etwas, was er Carla nicht sagen wollte. Noch nicht.

Der nächste Tag war ebenso regnerisch und windig. Carla blickte von ihrem Zimmer aus auf die nasse Straße und hinüber zu den Pfützen auf den Äckern.
Augenblicklich musste sie an eine Begebenheit denken, die sie unwillkürlich zum Lachen brachte: Als kleines Kind war sie aus Unachtsamkeit an einer Pfütze auf der Wiese hinterm Haus ausgerutscht und bis auf die Haut nass geworden. Noch bevor sie sich besann, hatte sie der Vater aus der Pfütze gezogen.
Carla hatte wie ein Schlosshund geheult und ließ sich kaum beruhigen. Sie war nicht nur nass, sondern auch voller Schlamm. Zudem hatte ihr der unfreiwillige Reinfall ziemlich Angst gemacht.
Der Vater hatte kurz überlegt. Doch anstatt mit Carla ins Haus zu gehen, zog er seine Schuhe und auch eilig seine Socken aus, steckte sie in die Schuhe, krempelte blitzschnell seine Hosenbeine hoch und war mit einem lauten *»Lalalalala«* in die Pfütze getreten und wie ein Storch darin umher gewatet. Carla verstummte augenblicklich und blickte staunend zum Vater.

»Carla Mäusele, du musst keine Angst haben. Pfützen sind fantastisch. Jedes Kind läuft gern durch Pfützen. Ich habe das so lange nicht mehr gemacht und es ist einfach super«, und machte einen Satz aus der Pfütze.

Er sah glücklich aus.

Er griff nach seinen Schuhen mit der einen Hand, nahm seine kleine Tochter an die andere Hand und ging mit ihr ins Haus.

Carlas Mutter hatte alles vom Fenster aus beobachtet, lachte ebenfalls und hatte den Badeofen im Bad geheizt. Fernwärme gab es damals in dem Ort noch nicht.

»Mama hast du gesehen, was der Papa draußen gemacht hat« rief sie immer noch staunend.

Die Mutter musste herzhaft lachen. »Ja der Papa muss auch in die Wanne«, und zog Carla vorsichtig die matschigen Sachen aus, so dass sie kurz darauf in die Wanne krabbelte und badete, bis sie wieder sauber war.

Von diesem Tag an liebte sie Pfützen ebenso wie ihr Vater und so kam es schon mal vor, dass beide, wenn es geregnet hatte, ganz spontan auf die Wiese hinterm Haus liefen und lachend und trällernd durch die Pfützen hüpften.

»Ach Papa, was wir doch so alles zusammen erlebt haben« dachte Carla in diesem Moment und blickte wieder auf die Äcker. Das Wetter störte Carla jetzt nicht.

Sie mochte den Regen, wenn er ganz leise an die Fensterschei-
ben klopfte. Als kleines Kind saß sie oft stundenlang am Fenster
in dem uralten Sessel der Großmutter und wollte die Regentropfen zählen, aber sie verzählte sich immer wieder und ließ es
dann, enttäuscht nach vielen Versuchen. Daran musste sie
denken und lächelte verträumt. Augenblicklich wünschte sie
sich zurück in diese unendlich schöne Zeit, in diesen Sessel, in
dieses Haus, zu ihren Eltern.

Bisher stand das Haus, indem Tom und Carla wohnten, noch
immer als einziges Haus am Ortsausgang. So richtig wollte hier
keiner bauen. Ob die Ansässigen Einwände hatten oder warum
auch immer. Die Flächen blieben den Bauern. Vielleicht wäre
Carla hier aufgelebt, wenn sie neue Nachbarn bekommen hätte.
Enttäuscht darüber nahm Carla ihren Kalender zur Hand, um
nachzuschauen, wann sie ihren Termin bei Dr. Müller wahrnehmen würde, als plötzlich ein Auto in der Auffahrt hielt. Es war
Tom. Ihr stockte für einen kurzen Moment der Atem. Wie angewurzelt stand sie in ihrem Zimmer und wartete auf das, was
kommen würde.
Es blieb eine Weile still, dann hörte sie Schritte auf der Treppe.
Er klopfte nicht. Er öffnete einfach die Tür und betrat still ihr
Zimmer. Es war sein Haus.

Er blieb vor ihr stehen und schaute sie eine Weile wortlos an. Doch er sah ihr nicht in die Augen.

Im Stillen hoffte Carla, dass er nach ihrem Befinden fragen würde. Sie hoffte, er hätte es eingesehen und würde dem Kind nun doch zustimmen. Vielleicht würde er sie endlich wieder in den Arm nehmen und einfach nur halten, so wie früher. Sie war aufgeregt und ihr Herz schlug schneller, doch nichts passierte.

Er schaute nur schweigend, sein Blick war kühl und leer. Dann drehte er sich um und im Gehen sagte er beiläufig, dass er nur ein paar Sachen zusammenpacken und dann auch schon wieder fahren würde.

»Tom«, rief Carla schnell. »Tom bitte warte, ich möchte mit dir reden.« Sie nahm ihren ganzen Mut zusammen und ging einige Schritte auf ihn zu und wartete auf seine Reaktion.

Tom blieb überrascht stehen, drehte sich langsam um und kam auf Carla zu. Dieses Mal verspürte sie weniger Angst, ihm entgegenzutreten.

Leise, aber bestimmt waren ihre Worte und er hörte zu.

»Ich weiß, dass ich dir schon seit einiger Zeit nichts mehr bedeute. Meine Eltern waren hier und ich möchte dir sagen: »Egal wie du jetzt entscheidest, ich möchte dieses Kind bekommen, weil ich es mir aus tiefstem Herzen wünsche. Mit dir oder ohne dich.«

Still stand er vor ihr, sein Gesicht schien wie versteinert, es zeigte keine Regung. Kein Wort drang über seine Lippen. Hatte er erreicht, was er wollte? Schweigend drehte er sich um und verließ fast lautlos Carlas Zimmer.

Carla war etwas verdutzt, denn mit dieser Reaktion hatte sie nun gar nicht gerechnet. Sie war darauf eingestellt, dass er sie wieder anschreien oder schlimmer noch auch handgreiflich werden würde.

Doch dieses Mal passierte nichts. Innerlich hatte sie gehofft, er würde sie verstehen und sein Vergehen entschuldigen, sich doch zu dem Kind bekennen.

Sprachlos blieb sie zurück und ohne sich von ihr zu verabschieden, stieg er wenig später in sein Auto und fuhr davon.

In ihr schrie lauthals das »WARUM«, doch sie bekam keine Antwort. Verloren setzte sie sich auf ihr Bett und weinte.

Immer mehr verlor sie den Mut, den Glauben und die Hoffnung. Was sollte sie denn auch tun. So blieb ihr nur das Warten. Aber auf was.

Der Termin in der Beratungsstelle stand endlich an. Carla hoffte auf Verständnis und Hilfe für sich und das Kind. In großer Erwartung fuhr sie mit dem Bus in die Stadt. Seit ihren Brechattacken wollte sie nicht mit dem Auto fahren, aus Angst, ihr würde beim Fahren etwas passieren. Für den Bus hatte sie sich vorsorglich eine Tüte mitgenommen.

Leider war Doris verhindert und konnte nicht mitkommen

Die Beratungsstelle befand sich im Ärztehaus unweit des Gymnasiums, wo Harald Wegmann und nun auch Doris arbeiteten.

An diesem Morgen waren die Räumlichkeiten der Beratungsstelle noch menschenleer. Carla war sehr froh darüber und konnte sich so noch etwas sammeln und versank wieder in ihren Gedanken.

Als eine freundliche Stimme ihren Namen aufrief, stand sie nicht auf, sondern drehte sich langsam wie eine mechanische Puppe in die Richtung, aus der sie gerufen wurde.

»Frau Wildner?«, hörte sie ihren Namen noch einmal und erhob sich nun langsam.

Eine Frau kam auf sie zu, etwa um die fünfzig Jahre alt, und reichte ihr die Hand. *»Engelmann, mein Name. Frau Wildner? Schön, dass sie da sind, bitte kommen Sie mit«,* und führte Carla in ein kleines Büro, das mit seinen Blumen und schönen Bildern an der Wand eine gewisse Behaglichkeit ausstrahlte.

Carla zog ihre Jacke aus und hing sie an die Garderobe.

»Bitte nehmen sie Platz.«

Sie wies Carla mit einer leichten Handbewegung zu einer Sitzgruppe.

Die Frau nickte ihr freundlich zu und saß dann Carla gegenüber.

»Frau Wildner, bitte erzählen sie mir, weshalb sie hier sind. In unserem Telefongespräch hatten sie schon die Problematik angesprochen. Ist der Stand der Dinge unverändert?«

Carla überlegte, wie sie am besten anfangen sollte, und obwohl sie sich ihre Worte auf der Fahrt schon zurechtgelegt hatte, kamen sie ihr nun doch nicht über die Lippen. Sie schämte sich einfach viel zu sehr.

»Wissen Sie, Frau Wildner«, fuhr die Frau ruhig fort, *»sie sind mittlerweile in der zwölften Schwangerschaftswoche. Bitte sagen sie mir, wie sie zu ihrer jetzigen Situation stehen.«*

Carla begann langsam von ihrem Kinderwunsch zu erzählen, von der ablehnenden Haltung ihres Mannes, seinem eiskalten Gebaren und von den Konsequenzen, mit denen er ihr drohte, wenn sie das Kind behalten würde. Carla kullerten die Tränen.

Frau Engelmann hörte sich alles geduldig an, stand dann aber auf, rückte sich einen Stuhl heran und legte Carla tröstend die Hand auf den Arm.

Sie erklärte ihr, dass sie oft Frauen bei sich hätte, die unschlüssig seien, teilweise auch deshalb, weil sie gar nicht wussten, dass sie auch Hilfe bekommen könnten.

»Wissen Sie, ich bin selbst Mutter von drei Kindern und schon zwei Mal Oma«, erklärte Frau Engelmann mit einem gewissen

Stolz. *»Ich weiß, wie schwer es für Sie ist, sich entscheiden zu müssen. Aber glauben Sie mir, wenn ich Ihnen sage, dass sich alle Frauen, die sich für ihr Kind entschieden haben, es nie bereut haben. Hören sie tief in sich hinein, es geht um die entscheidenden Fragen, ob sie ihrem Mann zuliebe auf das Kind für immer verzichten wollen, oder ob Ihre Partnerschaft, so wie sie ist, Ihnen Kraft gibt, aber auch stabil genug ist, um den Abbruch zusammen durchzustehen. Und glauben Sie mir, jede Entscheidung zum Abbruch kostet die Frauen sehr viel Kraft und Nerven. Haben sie denn jemanden, dem Sie sich wirklich anvertrauen können?«*

»Ja, natürlich«, sicherte Carla zu. *»Meine Freundinnen und meine Eltern. Wenn ich das Kind wirklich bekomme, wird sich mein Mann endgültig von mir trennen, und ich muss mir eine Wohnung suchen. Dann bin ich allein und auf mich selbst gestellt, das weiß ich.«*

»Frau Wildner,« wollte Frau Engelmann Carla beruhigen, aber ihr auch Wege aufzeigen für ihr Weiterkommen.

»Sie müssen diese Entscheidung selbst treffen, die kann Ihnen niemand abnehmen. Hören Sie auf Ihr Bauchgefühl und erspüren sie tief in sich, was es Ihnen wohl bedeutet, dieses Kind zu bekommen. Wir sind für Sie da, ganz gleich, wie sie sich auch entscheiden.

Machen Sie einen zweiten Termin, solange der Abbruch noch möglich ist.« Sie machte eine Pause und betrachtete Carla mitfühlend.

»Noch haben Sie ein bisschen Zeit zum Überlegen, aber denken sie bitte dabei in erster Linie an sich und ihr Kind, nicht an ihren Mann. Ich glaube, wenn ihr Mann Sie jetzt schon derart behandelt und ihr gemeinsames Kind so vehement ablehnt, ist es nur eine Frage der Zeit, bis er auch Sie ablehnt.«

Sie unterbrach kurz und blickte Carla mitfühlend an.

Carla verstand ihre Worte und nickte schweigend.

»Bitte überlegen Sie, ob ihre Wohnsituation für Sie weiter so geeignet ist. Letztendlich geht es auch um ihre Sicherheit. Wir sind Ihnen, wenn es nötig ist, auch bei der Wohnungssuche behilflich. Bitte horchen Sie in sich hinein, um am Ende zu einer Entscheidung zu kommen, bei der sie sich ganz sicher sind, dass sie die Richtige ist.«

Frau Engelmann reichte ihr abschließend die Hand.

»Haben Sie vielen Dank, Frau Engelmann, Sie haben mir sehr geholfen.«

Nachdem Carla sich verabschiedet hatte, war sie erleichtert, nahm ihre Jacke vom Haken und ging aus dem Zimmer.

Sie hatte noch Zeit bis zum Arzttermin, also schlenderte sie ein wenig durch die Stadt und setzte sich auf eine Bank.

Allein mit sich selbst, schloss Carla die Augen, und augenblicklich begann sich das Gedankenkarussell in ihrem Kopf wieder
zu drehen. Mit jeder Umdrehung hallten die Worte der netten
Beraterin wider: *»Hören sie in sich hinein!«,* hatte sie besonders
betont. *»Was soll ich denn nur tun«,* dachte Carla verzweifelt.
*»Ich habe Tom immer so sehr geliebt, aber in den letzten Wo-
chen und Monaten ist er mir so fremd geworden.«*
Eine gefühlte Ewigkeit saß sie so auf der Bank und hing ihren
Gedanken nach. Als ihr dann allmählich kalt wurde, machte sie
sich auf den Weg.
Unterwegs rief sie Doris an und fragte, ob sie sich nicht sehen
könnten. Freudig willigte Doris ein und kurze Zeit später trafen
sich beide in einem Café.
Die ganze Zeit über war Doris in großer Sorge um Carla gewe-
sen. Wegen einer Fortbildung in Berlin konnte sie nicht beim
Herbstfest dabei sein und hatte kurzfristig auch noch einen
wichtigen unaufschiebbaren Termin in der Bank bekommen.
Sie nahm Carla beim Eintreffen in die Arme und drückte sie liebevoll an sich.
»Wie geht es dir, meine Liebe«, wollte Doris wissen.
»Doris«, seufzte Carla und erzählte von der Situation mit Tom,
den schönen entspannten Tagen und den Gesprächen mit den
Eltern. Abschließend erwähnte sie das nette Gespräch in der

Beratungsstelle. Als Carla von dem Besuch bei Sonja berichtete, war Doris beruhigt. Sie hörte Carla zu, und schaute ihrer Freundin dann fest in die Augen.

»Liebes, wenn du dieses Kind willst, mit allen Konsequenzen, dann kriege es. Wenn du es nicht behalten kannst, weil du Tom nicht verlieren willst, dann bringe es auf die Welt und gib es zur Adoption frei. Dann solltest du das mit ihm noch einmal besprechen. Nur, ehrlich gesagt, hatte ich beim letzten Mal nicht den Eindruck, dass er dich umsorgt und liebt. Er hat dich misshandelt, dabei hätte euch beiden noch viel mehr passieren können. Egal, wie du dich entscheidest, ich steh' zu hundert Prozent hinter dir und helfe dir, wo ich kann. Du hast nicht mehr so viel Zeit, um dich endgültig zu entscheiden. Du weißt es doch innerlich schon längst, Carla. Sei ehrlich zu Dir selbst.«

Carla schluckte schwer und ergriff die Hände von Doris.

»Ich habe mir immer ein Kind gewünscht und jetzt, wo ich es in mir trage, soll ich es abtreiben lassen«?

Carla machte eine kurze Pause.

»Oder aber ich behalte es und verliere dafür Tom. Es macht mir Angst, wenn er immer so ist. Aber ohne ihn habe ich nichts mehr, bisher gab es doch nur ihn für mich.«

»Weißt du, Carla«, versuchte Doris die Situation aus ihrer eigenen Sicht zu erklären.

»Ich muss dir was sagen, was ich dir schon viel früher hätte sagen wollen, aber du warst so blind vor Liebe und du hättest es nicht geglaubt.« gestand ihr Doris.

»Du hast immer zu Tom aufgeschaut. Während er sich weiterentwickelt hat, bist du selbst stehen geblieben. Du hast nur deinen Beruf, den du liebst, hast alles andere, was dir immer Freude machte, alles ihm zuliebe, aufgegeben. Deine Hobbys, deine Freunde und deinen Freiraum. Er hat sich das alles immer erhalten.« Carla nickte beschämt.

»Warum zum Teufel ist er denn in so einer wichtigen Situation überhaupt nicht für dich da? Er erpresst dich mit dem Abbruch, andererseits gibt er dir nicht das Gefühl, dass er zu dir steht, wenn du ihm zuliebe den Abbruch wählen würdest. Er ist dir längst so fremd geworden und du hast sogar Angst vor seinen Ausbrüchen. Er verletzt dich so tief in deiner Seele, und du leidest still.«

Doris überlegte, wie sie es Carla schonend beibringen konnte, damit sie es auch wirklich verstehen würde.

»Wach endlich auf, Liebes. Carla, bitte mach die Augen auf und denke jetzt endlich einmal an dich und dein Leben, sonst wirst du für den Rest deines Lebens unglücklich sein! Glücklich, wirklich glücklich, warst du doch nur noch dann, wenn du in der Schule bei deinen Kindern warst. Er hat dich verändert. Doch

Gewalt gehört niemals in eine Beziehung. Es gibt so viele gute Männer auf der Welt, die auch ein Kind lieben können, welches nicht von ihnen ist. Wenn er dich wirklich rausschmeißt, kannst du auch bei mir wohnen. Du weißt, ich habe eine große Wohnung. Bis wir was Schönes für dich finden, ist das kein Problem. Hör in dich hinein, was du wirklich für dich willst und triff deine Entscheidung.«

Endlose Stille.

Dann endlich hatte Carla es begriffen. Sie war Doris unendlich dankbar und fühlte sich nicht mehr so hilflos.

Sie wusste jetzt, was zu tun war und eröffnete Doris nach kurzer Pause, dass sie das Kind definitiv behalten würde, und beide Frauen fielen sich gelöst in die Arme, lachten und weinten Tränen der Freude.

Aufgeregt verabschiedete sich Carla von Doris, denn es stand noch ein ganz wichtiger Termin an.

Wie leicht ihr auf einmal ums Herz war. Am liebsten hätte sie laut los gesungen vor lauter Zuversicht, so gelöst fühlte sie sich.

Glücklich und innerlich entspannt ging Carla zu ihrem Frauenarzt und gestand ihm freudestrahlend ihre Entscheidung. Er freute sich mit ihr und war froh, dass sie sich für das Kind entschieden hatte und nun auch wieder voller Hoffnung für ihr eigenes Leben war.

Als Carla am Abend in ihrem Bett lag und sich behutsam über ihren Bauch streichelte, wusste sie mit einem guten Gewissen, dass ihre Entscheidung die Richtige war. Der Preis dafür war so oder so der Gleiche. Sie hatte Tom verloren.

Am nächsten Morgen erwachte Carla mit einem Glücksgefühl, denn sie hatte gut geschlafen und einen schönen Traum gehabt. Sie hielt ihr Kind im Arm. Ein Mädchen, und als sie in seine kleinen dunklen Augen sah, war sie unendlich glücklich.

»Ich weiß, dass ich mich richtig entschieden habe und bin so froh, denn ich liebe dich über alles, Nina, mein Kind.«

Einige Tage später fand Carla im Briefkasten die Scheidungspapiere sowie einen Brief von Tom. Mit zitternden Händen öffnete sie ihn, er umfasste nur eine halbe Seite und enthielt weder Anrede noch Gruß.

»Ich bin ehrlich gesagt froh, dass du mir die Entscheidung abgenommen hast, so ist es leichter für mich. Wir sind einfach zu verschieden. Ich hätte mich nie auf ein Kind einstellen wollen. Lass mich bitte mit der Vaterschaft in Ruhe. Ich dulde dich noch etwa vier Wochen in meinem Haus. Da du nicht mit im Grundbuch stehst, versteht sich das von selbst, aber dann solltest du ausgezogen sein. Ich werde nicht da sein. Du hast keinen Anspruch auf das, was ich vor der Heirat besessen habe, und

möchte dich daher bitten, nur die Dinge mitzunehmen, die dir gehören.«

Carla war sprachlos. Zeigte Tom jetzt sein wahres Gesicht? Carla fiel augenblicklich ein Spruch ein, den sie irgendwo mal auf einer Karte an einem Kiosk gelesen hatte, sie konnte sich aber nicht mehr an den Verfasser erinnern. Doch der Spruch passte jetzt genau: **»Den Charakter eines Menschen erkennt man nicht bei der ersten, sondern bei der letzten Begegnung.«**

Traurig, aber wahr. Es tat ihr trotz allem weh, dass sich ihr Mann nach fast zehn Jahren so von ihr verabschiedete.

Tom, den sie einmal so aufrichtig liebte, war nun eiskalt und ohne Reue. Er dachte nur an sich, und Carla sollte sich wie eine räudige Katze davonschleichen.

Erst jetzt, nach der grenzenlosen Enttäuschung und nach der schmerzhaften Entscheidung gegen Tom, begriff sie die Worte von Doris, ihren Eltern, Dr. Müller und Frau Engelmann von der Beratungsstelle. Wie Recht sie doch mit allem hatten!

Sie hatte seinetwegen zu viel aufgegeben. Sie hatte ihr Selbst schon fast verloren in ihm und mit ihm. Aber nun wusste sie auch, dass sie sich nicht mehr zu fürchten brauchte.

Am nächsten Tag rief sie bei Doris an und erzählte ihr von dem Brief. *»Mach dir keine Sorgen, Carla, wir kriegen das hin. Sag* *mir, wann du ausziehen willst, und dann komme ich vorbei und helfe dir.«*

»Doris, ich bin so froh, dass es dich gibt! Ich danke dir!«

Carla war erleichtert, nahm die Scheidungspapiere und füllte sie aus. Es tat ihr unsagbar weh, alles aufzuschreiben, was alles in der letzten Zeit passiert war. Immer wieder hielt sie inne und erinnerte sich, an die schlechten aber auch an die guten Tage. Als sie den Brief am Tag darauf in den Briefkasten warf, war ihr nicht viel wohler. Aber es musste sein. Sie hätte es auch nicht mehr ändern wollen. Carla dachte an Sonjas Worte. Sie musste loslassen, um endgültig ihren eigenen Weg gehen zu können.

In den darauffolgenden Tagen fing Carla an zu packen. Sie hatte das Radio angeschaltet und versuchte es leichter zu nehmen. Ihr wurde bewusst, wie lange sie schon keine Musik mehr gehört hatte. Sie tat ihr jetzt gut. Aber in der schrecklichen Zeit hätte sie es nicht ertragen. Sie ging durch das Haus und war sich sicher, dass sie von all den Sachen, die hier standen und hingen, nichts mitnehmen wollte. Es gab eigentlich kaum etwas, was sie zusammen angeschafft hatten oder was sie beide verband. Sie blieb einige Minuten vor dem großen Portrait ihres Mannes stehen und fühlte sich darunter klein und verloren, doch dann wand sie sich entschlossen ab. Auf der Anrichte stand ihr Hochzeitsbild. Sie nahm es in die Hand und setzte sich damit auf die Couch im Wohnzimmer.

Plötzlich, als sollte es gerade jetzt so sein, hörte sie im Radio ihr Hochzeitslied, eine italienisch-englische Ballade. Eng umschlungen tanzten sie damals nach diesem Lied.

»Ich gehör zu dir, du gehörst zu mir, für immer.«

Für immer? Es war nun endgültig aus, für immer und ewig. Tränenreich war ihr Blick, als sie das Bild dazu betrachtete und das glückliche Lachen von einst in ihren Gesichtern sah. Sie erinnerte sich, dass Tom sie auf seinen starken Händen getragen hatte und sah ganz deutlich die Bilder wieder vor ihren Augen. Die Hochzeit war ein Traum und das Ende ein Alptraum.

»Nein! Schluss! Es ist zu Ende. Ich will jetzt stark sein«, zwang sich Carla, erhob sich ruckartig von der Couch und stellte das Bild wieder zurück auf seinen Platz. Sie wollte dieses Bild nicht mitnehmen und schaltete auch kurz darauf die Musik aus. Sie wischte sich die Tränen aus den Augen. Es war klar, dass sie diesen Lebensabschnitt endgültig hinter sich lassen und neu anfangen musste. Nur das war die einzige Chance auf ein besseres Leben, der einzig richtige Weg für sich selbst und ihr Kind.

So vergingen die Tage eher ruhig. Die Übelkeit verschwand so wie sie kam und Carla ging es zunehmend besser.

Der Appetit hielt sich noch immer in Grenzen.

»Sie müssen sich gesund und ausreichend ernähren, denn ihr Kind isst ja mit«, meinte besorgt ihr Frauenarzt Dr. Müller.

Sie hatte den Entschluss gefasst, wieder den Schuldienst anzutreten, sobald es ihr besserging.

In der Schule sprach sie mit Sigrun Wegmann über ihr Vorhaben und diese freute sich mit ihr.

Als Carla am darauffolgenden frühen Abend vom Einkauf heimkam und das Auto vor dem Haus geparkt hatte, wunderte sie sich, dass im Haus Licht brannte.

»Ist Tom doch gekommen?«, dachte Carla und spürte sofort ein starkes Kribbeln im Bauch. Er war immer noch präsent in ihr.

Als sie jedoch die Haustür öffnete und kurz darauf das Wohnzimmer betrat, bemerkte sie recht schnell, dass er nicht allein war. Ein dezenter Damenduft lag in der Luft und Tom erhob sich langsam mit einem hämischen Lächeln von der Couch und mit ihm eine junge Frau.

Beim Anblick des Paares versetzte es Carla unverzüglich einen tiefen Stich in die Magengrube.

»Obwohl es dir jetzt egal sein kann, das ist Frau Berger, meine neue Assistentin«, erklärte Tom, als wäre es die selbstverständlichste Sache der Welt.

»*Sie hatte leider eine Autopanne und wird heute im Gästezim-mer übernachten. Ich werde mit ihr morgen früh in die Firma fahren. Ich denke, du hast nichts dagegen.*«

Die Ironie in seiner Stimme, war kaum zu überhören. Außerdem sprach er fast wieder normal mit ihr, das erste Mal seit Wochen nach seinem Ausbruch.

Der jungen Frau schien die Situation unangenehm zu sein. Zag-haft lächelnd trat sie auf Carla zu und wollte ihr die Hand geben.

»*Tina Berger. Ich hoffe, dass es Ihnen keine großen Umstände macht.*«

Sie war sehr schön und in ihrem dunklen enganliegenden Kos-tüm mit weißer Bluse darunter, perfekt gestylt. Allerdings erin-nerte sie Carla eher an eine Stewardess. Ihre blonden Haare waren kurz geschnitten und verliehen ihr etwas Jungenhaftes. Durch ihre High Heels, die sie trug, war sie genauso groß wie Tom. Carla reichte ihr aber nicht die Hand, sondern schüttelte nur stumm den Kopf. Hastig drehte sie sich um, flüchtete hoch in ihr Zimmer und ließ Tina Berger einfach stehen. Sie wollte nicht, dass Tom und diese fremde Frau jetzt ihre Tränen und diesen endlosen Schmerz sahen.

Tom machte es sich kurz darauf mit seiner Kollegin auf der Couch wieder bequem und schon wenig später hörte Carla die beiden ausgelassen lachen und sich angeregt unterhalten.

Dass er sogar eine Frau mit heimbringt, hätte Carla vielleicht noch bis zu ihrem Auszug überstanden. Aber dass beide sich so vertraut waren, machte sie wütend.

»Wann haben Tom und ich, denn das letzte Mal zusammen so gelacht und wann waren wir das letzte Mal so richtig glücklich«, schrie Carla stumm in sich hinein, bekam aber keine Antwort. Sie konnte sich so schnell auch gar nicht mehr erinnern. Zu sehr beherrschte die Situation ihr Denken. Sie fühlte sich mit einem Mal elendig, als hätte er ihr eben mit bloßen Händen das Herz aus ihrem Leib gerissen, als würde er ihr die Luft zum Atmen nehmen.

Sie setzte sich aufs Bett und wollte stark sein, aber sie weinte und durchlebte wieder innerlich seelische Qualen. Carla fühlte sich so endlos allein, so von Tom verraten, um ihre Liebe betrogen. *»Nein«*, dachte sie, *»Es muss endlich aufhören!«*

Sie griff zum Telefon und fasste einen endgültigen Entschluss. Als sie Doris am anderen Ende der Leitung vernahm, erklärte sie verzweifelt die Situation und bat Doris, ob sie denn kommen könnte, um sie abzuholen.

Als es einige Zeit später an der Tür klingelte, öffnete Tom verdutzt die Tür und bevor er fragen konnte, schob Doris ihn mit ernster Miene und drohenden Zeigefinger beiseite und erblickte eine verunsicherte Tina Berger im Wohnzimmer.

Wütend stieg sie die Treppen hoch. Sie machte dann leise die Tür auf, ging zu Carla und nahm sie tröstend in den Arm, wütend und selbst den Tränen nahe.

»Wie kann er nur …. Lass die Tränen laufen, Liebes. Ich kann dich so gut verstehen. Dass der sich nicht schämt! So ein Arsch, wie kann er dir sowas nur antun!«, entfuhr es der sonst so ruhigen Doris. *»Sorry, Carla, aber er ist es einfach nicht wert. Er ist es nicht wert! Verstehst du! Der,«* und sie zeigte mit dem Zeigefinger zur Tür, *»Der würde dich irgendwann mit seiner Art umbringen. Du musst hier raus! Das Haus ist so negativ, es hat dir nie gutgetan. Es wird alles besser, du wirst sehen.«*

Eine Stunde später saßen die beiden Frauen, vom Einladen und der Situation erschöpft, im Auto von Doris. Die Sachen, die Carla gehörten, standen zum Glück bereits gepackt in der Garage und so mussten ihre persönlichen Dinge nur noch in beiden Autos verstaut werden.

Tom half weder mit, noch ließ er sich zum Abschied blicken.

Er war längst mit der Frau und seinem Porsche wieder unterwegs.

»Vielleicht war es auch das Beste so. Warum musste er jetzt auch noch diese Frau mitbringen?«

Carla saß wie versteinert, spürte keinen Schmerz, keine Eifersucht, keine Trauer, nichts mehr. Nur diese unendliche Leere in sich. *»Lass uns fahren«*, meinte Doris mitfühlend und legte ihre Hand auf Carlas Hand.

»Du wirst bald Mama und nur das zählt jetzt. Du wirst ihn vergessen und irgendwann den Mann finden, der dich wirklich liebt.«

»Ich bin so unendlich froh, dass ich dich habe« und Carla fiel Doris um den Hals.

»Alles wird gut, glaub mir«, versuchte Doris ihre Freundin zu trösten. *»Außerdem bin ich ja da und helfe dir.«*

Ihr hatte das unvorhergesehene Aufeinandertreffen mit Tom und dieser Frau ebenfalls zugesetzt.

»Bist du sicher, dass du selbst fahren willst? Wir können Dein Auto auch morgen holen, du bist jetzt nicht in der Verfassung.« fragte Doris skeptisch, doch Carla bestand darauf.

»Ich möchte nach diesem Abend hier nie mehr herkommen müssen, verstehst du?«

Carla stieg aus und blieb einen Moment vor dem Haus stehen. Die kurze Zeit hier war für sie zu einer Odyssee geworden, zu einer furchtbaren Erfahrung, die sie so nicht noch einmal durchmachen wollte. Carla stieg kraftlos in ihr Auto, und dann fuhren beide Autos los. Carla schaute nicht mehr zurück.

Es begann eine ruhige und schöne Zeit für Carla. Doris hatte sich einige Tage Urlaub genommen und zusammen suchten sie in den Anzeigen nach einer geeigneten Wohnung für Carla und das Baby.

»Du bleibst so lange hier, bis wir was richtig Schönes für euch zwei gefunden haben«, versprach Doris. *»Noch haben wir Zeit, bis das Kleine da ist.«*

Carla war ihrer Freundin unendlich dankbar. Doris versuchte alles Erdenkliche, um Carla aufzuheitern. Sie unterhielten sich oft bis in die Nacht hinein, unternahmen Ausflüge, gingen Tanzen, einkaufen und ins Kino, lachten und hatten jede Menge Spaß.

»Es ist fast wieder wie früher, nur sind wir nun zu dritt unterwegs«, scherzte Doris. Carla war wieder sie selbst.

Sie unterrichtete seit einigen Wochen wieder in der Schule und war voller Glücksgefühl bei ihren Kindern.

Zwischendurch besuchte Carla mal allein, mal mit Doris oder Sonja und Basti die Eltern und genoss mit ihnen das Familienleben. Heinz und Inge waren unendlich froh über Carlas Entscheidung.

Mit ihrer Mutter kaufte sie die ersten Babysachen.

Carla nahm endlich zu und aus der blassen jungen Frau wurde eine strahlende werdende Mutter.

Nach und nach formte sich ihr Bäuchlein zu einer großen Kugel.

Sie spürte immer wieder die kleinen Tritte in sich, als wolle ihr Kind sagen: »*Mama, ich bin da und freu mich schon auf dich.*« Ihr Frauenarzt war sichtlich zufrieden und Carla bekam noch ein weiteres Ultraschallbild ihres Kindes. Sie wusste nicht, ob es ein Junge oder ein Mädchen werden würde. Sie wollte sich überraschen lassen. Die Hauptsache war, dass es gesund zur Welt kam.

Die Scheidung von Tom war zwischenzeitlich vollzogen. Loslassen schien trotz allem, was Carla jetzt an Neuem und Schönem erlebte, noch immer schwer zu sein. Doch sie wollte nach vorn schauen. Sie lebte immer mehr auf und hatte nach kurzer Zeit eine schöne kleine Wohnung gefunden, nur zehn Minuten Fußmarsch von Doris entfernt. Ganz selten dachte sie an Tom. Das Leben, das sie mit ihm so viele Jahre geführt hatte, verdrängte sie, so gut es ging.

Langsam wurde es Winter. Als dann die Weihnachtszeit nahte, wurde sie doch immer wieder unfreiwillig an die Zeit mit Tom erinnert. Er saß noch immer wie ein Stachel in ihrer Seele und sie kam nicht davon los. Carla dachte an den Kamin im Haus und den zerplatzten Traum von den hängenden Weihnachtsstrümpfen der Kinder.

Wahrscheinlich würde das Haus niemals Kinder erleben.

223

Die Feiertage verbrachte Carla mit Doris bei ihren Eltern. Carlas Eltern verstanden sehr wohl, was sie bedrückte.

»Das Leben, das du mitgeführt hast, gibt es nicht mehr und ein neuer Lebensabschnitt steht dir bevor. Die Erinnerung an all die Zeit mit ihm und der Schmerz, der dich so belastete, wird langsam vergehen. Bestimme dein Leben jetzt selbst.«

Als Carla dann von Doris zu einer Feier im Nachbarort eingeladen wurde und dort Jan Merten kennenlernte, schien ihr Glück fast wieder vollkommen.

Äußerst behutsam entwickelte sich eine Freundschaft zwischen den beiden, obgleich Carla lange Zeit keine Gefühle zulassen konnte.

Aber Jan war anders als Tom. Er wollte sich gern um Carla und das Baby kümmern. Er war Ingenieur und vier Jahre älter als Carla, bodenständig und besaß eine kleine gemütliche Eigentumswohnung. Es konnte wohl kein Zufall sein, dass er im gleichen Ort wie Harald Wegmann wohnte und sich beide von der Hundeschule kannten.

Seine große Labradorhündin namens Kira hatte Carla auf Anhieb ins Herz geschlossen. Mit Jan teilte sie viele gemeinsame Interessen und sie sahen sich so oft es ging. Und dieses Mal war das nicht nur Carlas Wunsch.

Mittlerweile war Carla im 9. Monat und fühlte sich wohl. Schon bald würde sie ihr Kind in den Armen halten. Dank Jan, der Carla verwöhnte, wo er nur konnte und sich ganz fürsorglich und liebevoll um sie kümmerte, ging es ihr schon sehr viel besser. Oft waren beide mit Kira und gelegentlich auch mit Harald Wegmann und Jakob unterwegs in der Natur. Beide kochten leidenschaftlich gern. Die Freundschaft zu ihm tat Carla wahrlich gut. Dank ihm konnte sie die durch Tom verursachten Ängste, Zweifel und Beklemmungen wieder vollkommen loslassen und fand zurück zu ihrem fröhlichen Naturell. Die Zeit verging wie im Flug.

Carla traf sich ab und zu mit Sonja, und sie gingen zusammen mit Basti in den Park.

Inge rief einige Tage vor Silvester bei Carla an und fragte, ob sie denn nicht Lust hätte, mit ihren lieben Freunden zusammen bei den Eltern Silvester zu feiern. Carla war begeistert, ihre Freunde ebenfalls und so mieteten sie sich einen Van und fuhren vergnügt in den verschneiten Vorort von Berlin, um zusammen den Jahresausklang zu erleben. Carla mit Jan, Sonja mit Basti, Doris mit ihrem neuen Freund Peter Scott verbrachten allesamt mit Carlas Eltern die Tage um Silvester. Es wurde zusammen gekocht und gelacht und viel erzählt.

Alle fühlten sich wohl, waren ausgelassen und entspannt. Sogar Hilde und Andreas von nebenan waren eingeladen.

Andreas freute sich sehr für Carla, dass sie mit Jan einen liebenswerten Mann gefunden hatte. Er hatte kein Problem damit. Zudem hatte er Carla ein großes Geheimnis anvertraut, über das sie aber unbedingt Stillschweigen bewahren sollte.

Carla war endlich wieder glücklich. Sie sang und alle waren berührt.

Als der Countdown für die letzten Minuten im Jahr anlief und alle mit Gläsern bestückt auf der Terrasse der Solbergs auf das neue Jahr warteten, berührte Inge mit ihren Worten

»Ich wünsche uns allen von ganzen Herzen, dass uns die Hoffnung niemals verlässt und wir immer glücklich sind. Wir sind glücklich, weil wir Großeltern werden und Carlas Freunde sind auch unsere Freunde.«

Dann schlug es zwölf und mit lautem Feuerwerk über dem Ort wurde das neue Jahr eingeläutet. Alle fielen sich in die Arme und wünschten einander ein gesundes neues Jahr.

Weit hinter dem See sah man die vielen Lichter am Himmel. Es dauerte eine ganze Zeit, bis wieder Ruhe über dem See lag.

Carla stand zaghaft vor Jan. Sanft nahm er sie in den Arm und küsste sie das erste Mal zärtlich auf den Mund. Carla ließ es geschehen, denn es fühlte sich endlich gut und richtig an.

Sie schlang ihre Arme um Jan und freute sich. Plötzlich gab es Applaus von den Eltern und Freunden. Carla war zu Tränen gerührt und bedankte sich bei jedem einzelnen.

Peter wurde herzlich in den Kreis der Familie aufgenommen, da er liebenswert, unkompliziert und unheimlich lustig und humorvoll war. Alle erlebten schöne Tage. Sie gingen am nahegelegenen zugefrorenen See zum Schlittschuhlaufen, bauten zusammen einen Schneemann mit Basti und hatten jede Menge Spaß dabei.

Noch lange dachte Carla an Silvester zurück. Da kamen sich Jan und Carla auch das erste Mal näher und es war für beide wunderschön und ganz anders.

Damals, so dachte sich Carla, alle Männer wären wie Tom. Doch Jan war zärtlich, rücksichtsvoll und sehr romantisch. Für Carla hatte sich viel geändert. Sie war glücklich, denn sie war endlich angekommen. Jan war es, der ihr dieses einzigartige Gefühl gab. Dieses Gefühl der Vertrautheit, dass sie sich immer mit Tom gewünscht hatte, erlebte sie nun in wundervollen Momenten mit Jan.

Mittlerweile hatte sie ihre Wohnung für sich und das Baby nach ihren eigenen Vorstellungen und Wünschen liebevoll eingerichtet.

Sie hatte nach Herzenslust Blumen gekauft und in der Wohnung fand jeder Topf den geeigneten Platz. So liebte es Carla.

Jan half ihr bei vielen Arbeiten immer wieder gern, ob Tapeten kaufen, malern oder die Möbel für das Kinderzimmer aufstellen.

Jan hatte sie eines Abends beim Essen gefragt, ob sie sich vorstellen könnte, richtig mit ihm zusammen zu leben.

Carla war sprachlos, freute sich aber über seine Frage. Warum war bei Jan plötzlich alles so leicht, so verständlich und klar?

»Ich liebe dich wirklich sehr und sicher werden wir auch irgendwann zusammenwohnen, nur lass mir noch ein bisschen Zeit.«

Jan drängte sie nicht, nickte zufrieden und verstand Carla.

Die Wunden waren noch nicht verheilt.

Carla arbeitete bis zu ihrem Mutterschaftsurlaub in der Schule und hatte viel Freude dabei. Denn was gab es schöneres, als in strahlende Kinderaugen zu blicken.

Die Zeit verstrich. Die Jahreszeiten wechselten. Carla hatte nun Urlaub und erwartete schon bald ihr Kind.

Es war Mai geworden. Ringsumher blühte alles in den schönsten Farben und ein leichter Wind trug den Duft von Rosen und frischem Grün durch die Straßen.

Die Pfingsttage standen vor der Tür und Carlas Eltern waren mal wieder zu Besuch. Sie wollten sich mit den Freunden am

Nachmittag im Park treffen. Ein Wiedersehen, auf das sich alle freuten. Es war ein milder warmer Frühlingstag. Die Cafés hatten geöffnet und es herrschte überall eine friedliche Stimmung. Einige Menschen schlenderten gelassen durch die Fußgängerzone der Einkaufspassage. Ab und an drang leise Musik aus den Geschäften und überall verbreitete der Frühling neue Hoffnung.

Heinz und Inge waren mit Carla in die Stadt gefahren. Die Eltern saßen in einem Café, tranken Cappuccino und genossen die wärmenden Strahlen der Frühlingssonne. Sie warteten geduldig auf Carla, die noch eine Kleinigkeit besorgen wollte. Ein Geschenk für Jan.

Vor dem Blumenladen standen in zahlreichen Kübeln, duftende Rosen in zarten, aber auch intensiven Farben, üppig gewachsene Pfingstrosen und natürlich Tulpen und Freesien in Hülle und Fülle. Carla ließ sich einen schönen Strauß aus allem zusammenstellen und war unendlich zufrieden.

In nächsten Moment klingelte ihr Handy und als sie sich freudig meldete, hörte sie Jan am anderen Ende.

»Hallo, du mein Sonnenschein. Hast du Lust, heute Abend mit mir auszugehen?« Hörte sie Jan voller Freude fragen.

»Wir sind nun schon fünf Monate zusammen. Du kannst entscheiden, wohin wir gehen.« Carla gefiel der Vorschlag und sie

war überglücklich, denn genau das wollte auch sie ihm vor-
schlagen. Beide passten so gut zueinander und verstanden sich
auch ohne viele Worte.

Carla lief beschwingt mit ihrer Einkaufstüte und den Blumen in
der Hand auf den Fußgängerüberweg zu, wo sie jedoch stehen
blieb, und die Ampel währenddessen auf Rot schaltete.

Carla strahlte und freute sich wie ein kleines Kind auf den be-
vorstehenden Abend mit Jan.

»Du bist lieb. Dann treffen wir uns um...« und bevor sie weitersprechen konnte, fiel ihr Blick ganz zufällig auf die andere Straßenseite, dorthin, wo sich ein Paar ungeniert küsste. Sie lächelte noch, denn endlich tat es nicht mehr weh, wenn sie verliebte Paare sah.

Sie wollte ihren Blick schon wieder abwenden und zur Ampel
schauen, als sich das Paar aus der Umarmung löste und sie
den Mann erkannte. Es war Tom und diese Frau neben ihm:
»Tina Berger.«

»Oh mein Gott... Nein!« murmelte Carla noch erschrocken,
dann stockte ihr der Atem und für einen Moment fühlte Carla
nichts. Es schien so, als wäre selbst ihr Herzschlag verklungen
und alles Leben aus ihr gewichen.

Erstarrt blickte sie zu dem Paar, dass nur Augen für sich selbst
hatte und sie nicht bemerkte.

Der Stachel, der noch immer in ihr saß, bohrte sich jetzt endgültig durch ihr vernarbtes Herz.

Mit einem Mal war sie wieder in der Vergangenheit angekommen, obwohl alles längst vergessen schien.

All das, was Tom ihr angetan hatte, spürte sie in ihrem Körper.

All der Schmerz, die Verletzungen und Demütigungen, die sie so lange in sich verborgen hatte, wollten nun endlich raus aus ihr. Sie hatte das Gefühl, als würde ihr Herz augenblicklich zerspringen.

»Tom« schrie es in ihr, vielleicht hatte sie es auch laut gerufen, doch bei dem Autolärm war es nicht zu hören. Noch bevor sie realisieren konnte, dass sie sich doch im Hier und Jetzt befand, entglitt ihr das Handy und fiel zu Boden.

Aber das erfasste Carla schon nicht mehr. Sie konnte den Blick vom Paar auf der anderen Straßenseite nicht mehr lösen.

Die Gedanken an all das Erlebte vor einem Jahr zogen sie mit sich wie in einen tiefen Strudel, und Carla taumelte und verlor jegliches Gefühl für Raum und Zeit. Sie erschauderte mit einem Mal und schüttelte sich, als könne sie so das eben Gesehene von sich abwerfen, als hätte sie nur eine Fata Morgana gesehen. Warum ausgerechnet hier.

Jan hörte noch den dumpfen Aufschlag des Handys auf den Boden und rief erschrocken ihren Namen in sein Handy, dann erstarb jeder Ton. Da ahnte er, dass etwas Furchtbares passiert sein musste.

Keiner der umstehenden Passanten bemerkte Carlas plötzlichen Wandel. Sie konnten auch nicht ahnen, dass Carla unerwartet, ohne auf die Ampel zu achten, wie unter Hypnose, einfach auf die Straße lief. Nur einen Wimpernschlag später erfasste sie ein herbeifahrendes Auto und es kreischten Autoreifen.

Dann der Aufprall. Der laute Aufschrei einer Passantin ließ die Umstehenden erstarren.

Plötzlich war es still.

Betroffen standen die Menschen an der Ampel und waren geschockt. Ein kleines Kind an der Hand seiner Mutter begann laut zu weinen.

Carla hatte noch diesen herben Ruck an ihrer Seite gespürt, den Aufprall ihres Kopfes auf das harte Kopfsteinpflaster nicht mehr, während sie tiefer und tiefer fiel.

Dumpf erreichten sie die Rufe der aufgebrachten Passanten, als hätte sie Watte in den Ohren.

»Tom«, schrie es immer wieder laut und verzweifelt in ihr selbst.

Das Bild von Tom und dieser Frau, dass sie immer noch vor sich sah, löste sich augenblicklich wie Nebel auf.

Dann wurde es dunkel um Carla.

Während ein Passant sofort über sein Handy den Notruf absetzte und einen Rettungswagen mit Notarzt anforderte, versuchten Ersthelfer, Carla zu versorgen.

Sie lag auf dem Rücken, ihre Füße halb unter dem Auto, die Einkaufstüte noch immer fest in der Hand. Ihre Haare färbten sich langsam blutrot. Rings herum um sie lagen verstreut ihre Frühlingslumen, sogar auf ihrem Bauch.

Den Passanten am Straßenrand bot sich ein grauenvolles Bild. Der Schock saß tief.

Carla hatte das Auto beim Einbiegen in die Straße nicht wahrgenommen. Das Auto erwischte Carla, trotz angemessener Geschwindigkeit und abruptem Bremsmanöver.

Behutsam zogen herbeieilende Helfer Carla unter dem Auto hervor und da sie bewusstlos war, begannen zwei Leute umgehend mit der Reanimation. Eine Frau kam eilig mit dem Erste-Hilfe-Kasten aus ihrem Auto dazu und versuchte, mit Kompressen und Binden die Blutung am Kopf von Carla zu stoppen.

Gegenüber der Unglücksstelle hielt ein Polizeiauto.

»Sie war einfach bei Rot auf die Fahrbahn gelaufen«, berichtete ein Passant fassungslos dem hinzugekommenen Polizisten.

»Der Autofahrer hat keine Schuld. Er konnte sie doch nicht sehen. Er war nicht mal zu schnell. Keiner hier konnte ahnen, dass sie plötzlich einfach so losläuft. Alles ging so furchtbar schnell.

Dabei ist sie auch noch hochschwanger.«

Der Fahrer stand, offensichtlich unter Schock, bei den Ersthelfern und weinte. Eine Passantin legte ihm ihre Hand auf die Schulter und versuchte, ihn zu beruhigen. Verzweifelt schauten beide auf Carla und die Helfer.

»Ich habe so etwas noch nie erlebt. Ich fahre jetzt schon seit fünfzig Jahren und hatte noch nie einen Unfall«, antwortete er mit Tränen in den Augen und mit zitternder Stimme und hielt sich verzweifelt die Hände vors Gesicht

»Wird sie es überleben?« fragte zögerlich der erschütterte Passant, der mit dem Polizisten auf das Geschehen blickte.

Der Polizist drehte sich betroffen zu den Umstehenden, denen der Schock sichtlich ins Gesicht geschrieben stand. Ergriffen von der Situation schaute er hilflos zu den Helfern und zu Carla, rief ungeduldig nochmals die Leitstelle an, ob sie denn schon unterwegs seien.

Von weitem vernahm man das Martinshorn und kurz darauf traf der Rettungswagen am Unfallort ein.

Einer der Passanten fand das Handy und hob es auf. Er nahm die Einkaufstüte, die die Sanitäter aus Carlas Hand nahmen und beiseitestellten und gab beides dem Polizisten. Dieser rief geistesgegenwärtig die Nummer zurück, die auf dem Display zu sehen war.

So erfuhr Jan von dem Unglück und benachrichtigte völlig geschockt die Eltern von Carla, und Doris. Als Sonja gerade vom Einkaufen nach Hause kam, spürte sie plötzlich ein Unwohlsein in sich, etwas, was sie sich nicht erklären konnte, dachte aber instinktiv an Carla.

...Schon seit Stunden standen Jan und Doris auf dem Flur vor dem OP des Krankenhauses.

Endloses Schweigen und Bangen. Beide starrten vor sich hin und hielten sich an den Händen. Die Eltern saßen dicht zusammen und Heinz hatte den Arm um seine Frau gelegt. Beide hielten sich verzweifelt aneinander fest. Keiner der Anwesenden konnte so richtig fassen, was passiert war.

Jan weinte stumm vor sich hin und vor lauter Verzweiflung kullerten auch bei Doris die Tränen unaufhaltsam über die Wangen. *»Sie war von mir abgelenkt«,* begann Jan auf einmal.

»Wenn ich doch nur nicht mit ihr telefoniert hätte, wäre es nicht passiert. Sie hat noch irgendwas gesagt, aber ich habe es einfach nicht verstehen können.«

Doris versuchte, Jan zu trösten, dass ihn keine Schuld traf.

Inge schaute ihren Mann an, dann stand sie gebeugt unter der Last der Ereignisse auf und setzte sich zu Jan.

»Du hast keine Schuld, mein Junge«, beruhigte ihn Inge.

»Keiner weiß, was sie so erschreckt hat und weshalb sie loslief. Du bist das Beste, was Carla passieren konnte, du hast das Glück in ihr und unser Herz zurückgebracht.«
Stille……

»Jetzt müssen wir alle ganz stark sein und hoffen und beten, dass alles nicht so schlimm ist und Carla mit dem Baby durchkommt.« Sie nahm seine Hand und war selbst innerlich am Verzweifeln.

Nach einer endlosen Zeit des Wartens, öffnete sich die Tür vom OP. Chefarzt Dr. Tengler kam in grünem OP-Kittel und bat alle zum Gespräch. Er war Mitte Vierzig und wirkte auf die Eltern und Freunde solide und reif. Er bat alle ins Besprechungszimmer. Für einen kurzen Moment, der allen endlos erschien, herrschte absolute Stille im Raum. Selbst der Chefarzt war in dieser Situation betroffen und rang nach Worten, um die Diagnose möglichst schonend zu vermitteln.

»Es tut mir sehr leid, was Ihrer Tochter bzw. Freundin heute widerfahren ist«, dabei schaute er zu den Eltern und dann zu Doris und Jan.

»Ich muss Ihnen leider sagen, dass es gar nicht gut aussieht für ihre Tochter.« Die Mutter schaute sprachlos und sichtlich erblasst zum Chefarzt.

»Ihre Tochter liegt mit schwersten irreparablen Kopfverletzun-
gen im OP», fuhr der Chefarzt zaghaft fort, *»Die Milz ist verletzt*
und ihr Zustand ist sehr kritisch. Die Fruchtblase war geplatzt
und darum wird sie gerade in diesem Moment per Kaiserschnitt
von ihrem Kind entbunden.«

Die Diagnose Hirntumor hatte er bewusst nicht ausgesprochen,
denn das wäre ebenfalls ein schwerer Schlag für alle Anwesenden gewesen und sie litten schon genug. Das, was jetzt hier
passierte mit der jungen Frau, war Schicksal und lag in Gottes
Hand. Sie würde sterben.

Alle starrten plötzlich wie gelähmt auf den Chefarzt, als hätte er
soeben einen bösen Fluch ausgesprochen.

Daraufhin brach Jan in leises Weinen aus und Doris legte tröstend den Arm um ihn und vergrub ihr verweintes Gesicht an seiner Schulter. Die Diagnose, die sie erhielten, konnten sie in ihrem ganzen Ausmaß noch gar nicht begreifen.

Die Eltern blickten sichtlich erschüttert auf den Chefarzt. Sie waren nicht im Stande klar zu denken und hielten sich zitternd bei
den Händen.

Carla hatte keine Chance

»Es tut mir so unendlich leid. Ihre Tochter wird sterben und wir
können nichts mehr tun.«, fuhr der Chefarzt fort und in seiner
Stimme schwang ehrliche Betroffenheit.

Eltern und Freunde lagen sich weinend in den Armen und konnten nicht fassen, dass das Leben dieser jungen Frau, die sie alle so liebten und schätzten, nur noch an einem seidenen Faden hing. Es dauerte einige Zeit, bis der Chefarzt weitersprechen konnte, denn Eltern und Freunde konnten sich kaum beruhigen.

So furchtbar war die Nachricht und so unvorstellbar der Gedanke, Carla zu verlieren.

Der Chefarzt sprach langsam weiter, als wüsste er schon, was die Mutter fragen würde.

»Was das Leben des Kindes anbelangt, so stehen seine Chancen etwa fünfzig zu fünfzig, dass es alles gesund und unbeschadet übersteht. Ob es aber durch den Unfall ebenfalls Verletzungen und Schäden davongetragen hat, bleibt abzuwarten. Wir können erst Näheres sagen, wenn alle Untersuchungen abgeschlossen sind und uns die endgültigen Ergebnisse vorliegen.«

Er machte eine kurze Pause.

»Geben sie uns bitte etwas Zeit und halten sie an der Hoffnung fest, dass alles gut wird. Bitte gehen sie jetzt nach Hause und ruhen sie sich ein wenig aus. Wir rufen Sie dann an.«

Inge erhob sich, von Heinz gestützt, obwohl er selbst kaum Kraft hatte und innerlich litt.

Sie wischten sich die Tränen aus den Gesichtern. Nur sehr leise konnte Inge sagen, was ihnen allen jetzt das Wichtigste war.

»Gestatten sie uns bitte, hier bei unserer Tochter zu bleiben. Wer weiß schon, wieviel Zeit uns mit ihr noch bleibt.«

Keiner der Betroffenen brachte mehr als ein Schluchzen heraus. Keiner von ihnen wollte die Realität akzeptieren.

Es war so eine Art Zwischenstufe, in der sie steckten, in der noch alles offen war.

»Vielleicht ist es einfach noch zu früh für solch eine Diagnose? Es passieren doch tagtäglich Wunder. Warum nicht jetzt auch hier, hier bei Carla? Warum nur? Mein geliebtes Kind«, rauschten die Gedanken durch Inges Hirn und offenbarte sie den anderen.

»Sie können zu ihrer Tochter, sobald sie den OP verlassen hat. Ruhen Sie sich jetzt ein bisschen aus.«

Inge war trotz dieser schockierenden Nachricht die erste, die ihre Fassung wiedererlangte und das Wort ergriff.

Sie nahm die Hand ihres Mannes, schaute dann zu Doris und Jan. Beide nickten ihr mit blassen und verweinten Gesichtern zu. *»Wir möchten lieber hier warten und immer in ihrer Nähe sein.«* Der Chefarzt war einverstanden.

Jan konnte dem Druck nicht mehr standhalten und stürzte aus dem Besprechungszimmer.

Doris folgte ihm. Draußen auf dem Flur brach er zusammen und die herbeieilende Schwester gab ihm ein Mittel zur Beruhigung.

»Ach, und bitte kümmern sie sich um Carlas Freund. Er hat keine Schuld. Was Carla auch immer an der Straße bewogen hat, loszulaufen, wir werden es wohl nie erfahren. Es wäre jetzt auch nicht mehr wichtig.« Er reichte allen mitfühlend die Hand und wünschte Ihnen viel Kraft für das, was ihnen noch bevorstand.

»Wenn sie etwas trinken wollen, in unserer Stationsküche gibt es Kaffee, Tee und kalte Getränke. Fragen sie einfach die Schwester, auch wenn sie etwas zur Beruhigung brauchen.«
Heinz und Inge bedankten sich und beide gingen schweigend, sich in den Armen haltend hinaus.

Der Chefarzt machte sich wieder auf den Weg zum OP- Saal.

Er war geschafft.

So schlimme Nachrichten zu überbringen, ließen ihn manchmal innehalten, und er dachte dann an seine Familie, an seine Frau und seine zwei kleinen Kinder. Dann wieder an die Arbeit zu gehen war schwer, doch er musste es beiseiteschieben, um konzentriert arbeiten zu können.

Die Eltern betraten den Flur und sahen dort Doris und Jan sitzen. Jan stand sofort auf und ging auf die Eltern zu. Beide nahmen ihn in die Arme.

Tränen, Schluchzen, Verzweiflung. Noch immer konnte er sich kaum beruhigen.

»Sie war doch so guter Dinge. Und plötzlich hat sie gestockt, ... und noch was gesagt«, beharrte er, *»...und ich weiß nicht, was es war. Ich konnte sie nicht verstehen. Aber da muss irgendetwas gewesen sein, was sie sehr erschreckt hat. Dann war das Handy aus.«*

Doch diesmal nahm Heinz den jungen Mann beiseite und setzte sich mit ihm hin. Er legte den Arm um Jan und wieder mussten alle weinen. Sie hielten einander bei den Händen, teilten den großen Schmerz miteinander und schwiegen.

»Jan mein Junge, ich weiß, es ist auch für dich sehr schwer, aber dich trifft absolut keine Schuld und auch wenn wir nie erfahren, wie es zu diesem tragischen Unglück kam. Keiner weiß, was passiert ist, oder was sie sah und ihre letzten Worte auch waren. Und es würde Carla jetzt nicht helfen, auch wenn wir es wüssten.«

Doris setzte sich zu Jan.

»Wir haben doch nicht mehr als die Hoffnung, die uns bleibt. Halten wir an ihr fest und beten, dass ein Wunder geschieht, und Carla und ihr Kind am Leben bleiben. Wir müssen für beide jetzt stark sein, auch wenn es schwer für uns alle ist und uns das Herz vor lauter Schmerz zerreißt.

Wir müssen fest daran glauben, dass alles wieder gut wird.»

In den Momenten der Stille war nur das Ticken der Stationsuhr zu hören.

Doris stand auf und lief zum Schwesternzimmer. Sie kam kurze Zeit später mit einem Tablett aus der Stationsküche zurück.

Die Schwestern hatten ihr anstandslos eine Kanne Kaffee und Tassen mitgegeben. Doris goss den Kaffee in die Tassen und verteilte sie schweigend.

Vor einigen Stunden war die Welt noch in Ordnung.

Carla war glücklich und freute sich auf den Abend mit Jan.

Mit einem Schlag war die kleine Welt der Eltern und Freunde so gewaltig aus den Fugen geraten.

Die Eltern brauchten einen Ort, wo sie ungestört sein konnten, und fuhren mit dem Aufzug bis zur Dachterrasse des Krankenhauses. Oben angekommen, öffneten sie die Tür zur Dachterrasse, betraten diese und schnappten nach Luft, um wieder klar denken zu können, was natürlich nach diesem Schock unmöglich war. So hielten sich Heinz und Inge eine ganze Weile in den Armen, beide laut schluchzend, und ließen ihren Tränen freien Lauf. Mehr und mehr realisierten sie das Unfassbare, diese unbegreifliche Tragödie, wie schlimm es wirklich um ihre Tochter stand. Sie setzten sich kraftlos auf eine der Bänke und schauten sich in die Augen.

Inge sah ihrem Mann an, wie sehr er mit sich kämpfte, diese Situation zu erfassen und wie sehr er, genau wie sie, darunter litt. Ihr einziges Kind kämpfte bereits seit Stunden um ihr junges Leben. Stumm hielten sich beide im Arm und hofften.

Nach einer gefühlten Ewigkeit klingelte das Handy von Heinz und die Eltern wurden vom Chefarzt informiert, dass Carla aus dem OP auf die Intensivstation verlegt wurde und sie nun zu ihr konnten. Sichtlich nervös und angeschlagen stiegen Heinz und Inge in den Aufzug und fuhren auf die Station.

Jan hatte in der Zwischenzeit versucht, Sonja zu erreichen. Als sie von dem tragischen Unglück erfuhr, war sie wie gelähmt und brach weinend zusammen. Nachdem sie sich wieder gefasst hatte, machte sie sich auf den Weg ins Krankenhaus. Basti konnte sie glücklicherweise bei der Nachbarin in Obhut geben.

Als Sonja aufgeregt auf dem Flur des Krankenhauses auf Eltern und Freunde traf, wurde sie sogleich umarmt und spürte trotz dieser tragischen Umstände den Zusammenhalt und Beistand der Eltern und Freunde.

Noch immer zeichnete sich Fassungslosigkeit auf den Gesichtern ab und so standen alle kurze Zeit später in langen grünen Kitteln am Bett von Carla und waren schockiert von der vielen Technik, an die sie angeschlossen war.

Sie so an Schläuchen und Kabeln liegen zu sehen, brach ihnen fast das Herz, und alle fingen wieder an zu weinen. Carla trug einen weißen Verband, einem Turban gleich, um ihren Kopf gewickelt.

Inge ging ans Bett und küsste Carla auf die Stirn.

Heinz stellte sich zu seiner Frau und beide betrachteten das bleiche Gesicht ihrer Tochter. Zum Glück musste sie nicht beatmet werden.

Immer wieder klopfte es leise an der Tür und eine Schwester kam herein und überprüfte die Gerätschaften an Carla und die Werte auf den Monitoren. Oft mit ernstem, manchmal auch mit traurigem Gesichtsausdruck verließ sie dann das Zimmer.

Jeder der Angehörigen und Freunde nahm sich einen Stuhl und sie setzten sich zu Carla ans Bett. Jan, Sonja und Doris links vom Bett, Heinz und Inge rechts.

Inge streichelte ihrer Tochter sanft über die Stirn.

Stille.

Keiner der Anwesenden wagte groß zu atmen, in der Angst, ein Lebenszeichen von Carla zu überhören.

»Mein liebstes Kind«, fing Inge an, doch immer wieder musste sie für kurze Zeit innehalten, weil ihr vor lauter Tränen die Stimme nicht gehorchte

»Wir alle lieben dich und werden dich immer lieben.«

Plötzlich, als hätte Carla die Worte ihrer Mutter wahrgenommen, öffnete sie ganz langsam die Augen.

Ein quälender pochender Schmerz bohrte in ihrem Kopf. Sie erkannte ihre Eltern, sah das verweinte Gesicht ihrer Mutter.

Carla wand langsam den Kopf und blickte zu den Freunden und schaute in deren traurige Gesichter.

Es war alles so dumpf, so still und trotzdem so ganz anders.

Als Inge sah, dass Carla die Augen geöffnet hatte, nahm sie vorsichtig die Hand ihrer Tochter.

»Carla Liebes, wir sind alle da, ruh dich aus, alles wird gut.«

rief Inge überrascht und freudig zugleich und hob den Kopf, als müsste sie den anderen Bescheid sagen, doch Heinz und die Freunde standen bereits an Carlas Bett und blickten verblüfft, mit verweinten Gesichtern auf Carla.

Inge griff instinktiv zur Klingel und drückte sie ein paar Mal ganz wild und selbst die herbeieilenden Schwestern waren sprachlos.

Der Chefarzt kam nur Minuten später verdutzt zur Tür herein.

Inge war vollkommen aufgewühlt und voller Hoffnung.

»Sie hat die Augen aufgemacht,« rief Inge aufgeregt, als wäre es ein gutes Zeichen, ein kleiner Hoffnungsschimmer.

Die Eltern hielten die Hände ihrer Tochter und streichelten sie sanft. *»Carla mein Engel, du hast mich gehört«,* raunte Inge.

Anscheinend hatte es Carla tatsächlich mitbekommen, denn sie versuchte den Mund zu öffnen und man las auf ihren Lippen mit einem Mal ein stummes **»MAMA«**, dann schloss sie die Augen. Der Chefarzt schluckte, legte der Mutter die Hand beruhigend auf die Schulter.

»Wir können nichts tun, nur abwarten, es tut mir so leid, glauben Sie mir.« Dann ging er bedrückt hinaus.

So saß eine kleine Gruppe verzweifelter Menschen im Zimmer bei Carla.

Sie hielten sich bei den Händen und warteten. Inständig hofften sie auf ein neues Leben und auf ein Wunder, dass Carla am Leben bleiben würde.

Wieder vergingen endlose Stunden. Dann endlich öffnete sich langsam die Tür. Sichtlich erschöpft kam der Chefarzt auf die Eltern und Freunde zu.

»Ich habe jetzt mal gute Nachrichten mitgebracht.«

Er hielt ein kleines Bündel in seinen Armen und ein Lächeln huschte über sein Gesicht.

»Wir haben noch einige Tests gemacht. Ich habe nun alle Untersuchungsergebnisse vorliegen und wie es scheint, ist dieses kleine Mädchen hier wie durch ein Wunder vollkommen gesund«, und legte der sprachlosen Inge behutsam ihr Enkelkind in den Arm.

»Die Hoffnung lebt immer weiter«, sagte der Chefarzt leise und schaute Inge an. Er strich ihr liebevoll über die Schulter, dann ging er.

Eltern und Freunde schauten sich verwundert an und staunten, standen auf und umringten Inge mit dem Kind im Arm.

»Ein Mädchen«, rief Inge überglücklich und als könnte es Carla hören, rief sie ihr zu, *»Carla Liebes, schau, es ist ein Mädchen.«* Dieses kleine Wunder blickte mit seinen großen dunklen Augen, als wollte es sagen: *»Hallo meine liebe Oma, jetzt bin ich da und alles wird gut.«*

Inge wiegte das Kind in ihrem Arm hin und her, so wie sie es mit Carla als Baby oft gemacht hatte. Doch mit einem Mal stand sie auf und drehte sich urplötzlich zu ihrem Mann und gab ihm schnell das Neugeborene in den Arm. Sie fühlte sich auf einmal unheimlich matt und kraftlos. Zu sehr hatte sie die Tragödie um Carla mitgenommen. Erschöpft setzte sie sich wieder.

Heinz spürte, dass es Inge sehr schlecht ging, konnte aber nichts tun gegen den übermächtigen Schmerz, der auch ihn wie ein gewaltiger Dämon beherrschte. So etwas hatten sie nie zuvor erlebt.

Es war so schlimm.

Seine Enkeltochter dagegen im Arm zu halten, war wie ein sanfter klitzekleiner Sonnenstrahl im riesigen Gewitterfeld, der sich kraftvoll durch die Wolken drängte, um schon bald schöneres Wetter zu verkünden.

Doris und Jan nahmen nacheinander die Kleine in den Arm. Sie waren fasziniert und betrachteten es in tiefer Ehrfurcht vor dem Leben, denn sie wussten: »*Dieses Baby ist Carlas Baby. Es ist das, was sie der Welt hinterlassen wird, wenn sie die kritische Zeit nicht übersteht.*«

Als Sonja das kleine Mädchen in ihren Armen hielt, schaute sie es aufmerksam an und streichelte ihr sanft über den Kopf. Plötzlich spürte Sonja mit einem Mal einen inneren Kampf in sich, Tränen, die sie unterdrücken wollte, stiegen stetig hoch in ihr und am liebsten hätte sie laut losgeheult, so schmerzte sie dieses Schicksal um Carla. Sie litt wie alle anderen auch. Kurz darauf erhob sich Sonja, ging auf Inge zu und legte ihr behutsam das Enkelkind wieder in den Arm und strich Inge ebenfalls liebevoll über die Schulter.

Nach einer Weile des Schweigens räusperte sich Heinz.

»*Wie soll die Kleine denn jetzt eigentlich heißen?*« fragte er in die Runde, doch alle zuckten nur unschlüssig mit den Achseln.

Inge blickte fragend zu Doris hinüber.

Sie hatten zwar mit Carla schon darüber gesprochen und Carla hatte auch schon einige Namen parat gehabt, wollte die Eltern aber überraschen.

»Naja«, meinte Doris: »*Wir hatten schon darüber gesprochen. Es sollte eine Überraschung werden. Wenn es ein Junge geworden wäre, so hätte sie ihn Tobias nennen wollen und bei einem Mädchen fand sie Nina schön, nach ihrer Großmutter Antonia, und wollte als zweiten Namen unbedingt den Vornamen ihrer Mutter dazu.*«

Inge kam aus dem Staunen nicht heraus, nickte ihr unter Tränen zu und blickte zu den anderen.

Sie nickten ebenfalls und das Baby erhielt die Wunschnamen von Carla. Eine kleine Nina Inge hatte auf tragische Weise das Licht der Welt erblickt.

Es klopfte an der Tür und der Chefarzt kam mit einer jungen Schwester zurück. Die Schwester sollte das Neugeborene abholen und zur Säuglingsstation bringen. Als sie vor Inge stand, nahm sie ihr das Baby vorsichtig ab.

»*Wissen sie schon, wie die Kleine denn heißen soll*«, fragte nun auch der Chefarzt vorsichtig.

»*Ja Herr Doktor*«, entgegnete Doris mit einem gewissen Stolz in der Stimme. »*Nina soll sie heißen. Nach dem Kosenamen ihrer Großmutter Antonia. Und Inge nach ihrer Mutter. So hätte…*«, Doris schluckte schwer,» *Nein, so hat sich Carla das gewünscht.*« Doris nahm augenblicklich beide Hände vor ihr tränenerfülltes Gesicht und drehte sich um. Jan stand auf und nahm Doris behutsam in den Arm. Es war so schwer und für alle kaum auszuhalten.

Der Chefarzt lächelte, als er den Namen erfuhr, dann wurde er wieder ernst und blickte auf Carla.

»Der Zustand ihrer Tochter ist weiterhin sehr kritisch.«

Als der Chefarzt mit der Schwester kurz darauf das Zimmer verlassen wollte, berührte Inge vorsichtig seine Hand.

»Sie haben unserem Enkelkind das Leben geschenkt und dafür sind wir Ihnen unendlich dankbar.«

Sie hielt einen Moment inne und schluckte. Sie wollte stark sein, aber man sah ihr deutlich an, wie sehr sie sich zusammenreißen musste.

»Doch nun habe ich eine Bitte, die sie mir nicht abschlagen dürfen. Ich bitte sie als verzweifelte Mutter, auch im Namen meiner Tochter.«

Dr. Tengler schaute sie fragend an. Inge musste sich mächtig zusammenreißen, um dem Arzt diesen schmerzvollen Herzenswunsch vorzutragen.

»Bleiben sie mit Nina bitte noch hier. Ich wünsche mir von ganzen Herzen und für alle anderen hier, dass unsere Tochter und Freundin ihr Baby einmal im Arm halten und spüren kann, wenigstens einmal«, schluchzte Inge.

Der Chefarzt war sichtlich blass geworden.

Heinz und Inge hielten sich fest an den Händen und traten zaghaft an Carlas Bett. Die Eltern blickten in das blasse Gesicht ihrer geliebten Tochter und Inge nahm Carlas Hand und konnte kaum noch an sich halten.

Verzweiflung und Trauer hatten nun vollständig Besitz von ihr ergriffen und was blieb ihr sonst übrig, Sie konnte nichts tun als da zu sein und zu hoffen, so aussichtslos es auch war.

»Bitte Herr Doktor, schlagen sie uns das nicht ab. Vielleicht ist es auch gut für Carla, ihr Kind zu spüren. Ich bitte sie, ich flehe sie an, als Mutter.«

Auch Doris, Jan und Sonja erhoben sich und traten nun näher an das Bett.

Der Chefarzt und die Schwester waren von der Situation sehr bewegt. Das erlebten sie auch nicht alle Tage.

Die Luft war geschwängert von Schmerz, Hoffnung und Bangen.

Als Inge sich etwas beruhigt hatte, nickte sie dem Chefarzt zu und dieser deutete der Schwester mit einer Handbewegung an, dass sie Carla ihr Baby in den Arm legen konnte.

Mit Tränen in den Augen nahm die junge Säuglingsschwester das Baby vor sich und zog Carlas Decke etwas herunter. Sie legte Carla behutsam ihre Tochter auf die Brust und zog ihren Arm sanft um das Neugeborene.

Ruhig und friedlich lag Carla da, als würde sie nur schlafen. Dieser liebliche Anblick trieb jedem im Raum die Tränen in die Augen. Allesamt verharrten sie lautlos mit offenen Mündern.

Und plötzlich, als spürte das kleine Wesen, dass dies der vielleicht einzige Moment in seinem gerade erst begonnenen Leben mit seiner Mama war, fing es leise an zu weinen, wurde immer lauter und schaute unentwegt zu Carla, als könnte es Carla so erwecken.

Solch eine erschütternde Situation hatte selbst der Chefarzt noch nie erlebt. Die Schwester wischte sich ihre Tränen aus dem Gesicht und war sichtlich betroffen.

An einem der Monitore erhöhte sich kontinuierlich die Herzfrequenz, als würde Carla nun ihr Kind tatsächlich wahrnehmen und spüren. Hier fehlten jedem die Worte und alle im Zimmer starrten mit offenen Mündern auf Carla und ihr Kind.

Nina beruhigte sich in Carlas Arm.

Unverhofft öffnete Carla noch einmal die Augen und schaute ihre blasse regungslos dastehende Mutter an und versuchte den Mund zu öffnen, um etwas zu sagen. Und abermals kam nur ein stummes »MAMA« über ihre Lippen.

Inge konnte es kaum noch aushalten, ging dicht mit ihrem Gesicht an Carlas Gesicht heran und streichelte ihr über die Wange.

»Mein Engel, der Papa und ich, Jan, Sonja und Doris, wir alle lieben dich unendlich. Du hast jetzt deine kleine Tochter Nina im Arm. Wir sind so stolz auf dich. Alles wird gut, mein Liebes.«

Alle blickten gebannt auf Carla und waren überwältigt.

Selbst dem Chefarzt liefen in dieser Situation Tränen der Rührung übers Gesicht. Inge schaute ihn flehend an, als würde es vielleicht doch noch eine Möglichkeit geben, Carlas Leben zu retten.

Der Chefarzt verstand, schüttelte jedoch nur schweigend den Kopf. Die junge Schwester stand hilflos da, schluchzte und war ebenso von dem Geschehen sehr berührt.

Doch was war das? Carla hatte mit einem Mal Tränen in den Augen, dann schloss sie langsam die Augen.

Plötzlich und unerwartet wurden fast zeitgleich alle Anwesenden durch einen schrecklich grellen Piep-Ton, der an den Monitoren Alarm meldete, aus der Stille gerissen.

Inge bekam es mit der Angst zu tun. Die Monitore zeigten allesamt ungleiche Ausschläge an und überall leuchteten jetzt rote Zahlen auf.

Der Chefarzt drückte rasch die Notklingel.

Dann ging alles furchtbar schnell.

Die Säuglingsschwester trat ans Bett und nahm Carla das Baby von der Brust, und ging zügig mit ihm aus dem Zimmer, wobei bereits mehrere Schwestern mit einem mobilen Notfall-Wagen in das Zimmer geeilt kamen.

Inge hatte sich so erschrocken und realisierte plötzlich nichts mehr. Sie blickte angsterfüllt auf Carla, wollte bei ihr bleiben, griff instinktiv nach ihrer Hand, doch der Chefarzt nahm sie bereits behutsam bei den Schultern.

Etwas Unvorhergesehenes war eingetreten, aber was war passiert?

Die Eltern und Freunde von Carla wurden vom Chefarzt behutsam mit den Worten: *»Bitte warten sie jetzt draußen«,* aus dem Zimmer geschoben.

»Carla, Liebes, Carla verlass uns nicht! Gib nicht auf! Hörst du! Kämpfe Carla! Carla ich liebe dich. Carla… «

Wie von Sinnen rief Inge immer wieder, völlig verstört den Namen ihrer Tochter.

Im Flur vor dem Zimmer fanden sich die Eltern mit Jan, Sonja und Doris gänzlich aufgelöst wieder.

Die Gruppe stand dicht beieinander und hielt sich bei den Händen und versuchte, sich so gegenseitig Halt zu geben.

Insgeheim beteten sie zu Gott und baten inständig um seine Hilfe. Es war der allerschlimmste Moment für alle, so unsagbar schwer, weil keiner wusste, was hinter der Tür mit Carla geschah.

So standen sie einige Zeit fast regungslos auf dem Flur, der, bis auf eine Schwester, die immer mal wieder aus dem Schwesternzimmer auf die verzweifelte Menge traf und Hilfe anbot, menschenleer war.

Diesen so furchtbaren Moment, in dem man nichts mehr denken konnte, weil der Kopf nicht begreifen wollte, warum ausgerechnet Carla, der liebste Mensch, den sie kannten, um sein junges Leben kämpfen musste. Sie nahmen auf den Stühlen wieder Platz und verharrten schluchzend, standen immer wieder beunruhigt auf, liefen verstört auf dem Flur auf und ab und hofften trotz der Schwere noch immer auf ein Wunder.

Nach einer Ewigkeit des Bangens öffnete sich die Tür von Carlas Zimmer. Wie in Zeitlupe verließen die Schwestern mit ihren Gerätschaften schweigend und mit gesenktem Haupt, gefolgt vom Chefarzt, das Zimmer.

Eine merkwürdige beklemmende Stille breitete sich aus, als käme sie samt dem Personal aus Carlas Zimmer.

Die Eltern und Freunde erhoben sich wie aufgezogene Puppen und der Chefarzt steuerte langsam auf die Wartenden zu und allesamt befürchteten bereits, dass er schlechte Nachrichten brachte. Er wirkte müde, und als er dann vor ihnen stand und Inge in die Augen blickte, verfluchte er innerlich diesen Moment.

»Wie sollte er diese schlimme Nachricht der Familie überbringen? Er war selbst Vater und spürte sehr wohl den Schmerz der Angehörigen.«

Als er sich innerlich gefasst hatte und der Gruppe eröffnete, dass Carla ihren schweren Verletzungen erlegen war, brach Inge laut schreiend in seinen Armen zusammen.

»Nein, nein, bitte nein! Das darf nicht sein! Mein Kind ist nicht … Bitte Herr Doktor! Carla nein …«

»Frau Solberg, es tut mir so leid.«

Heinz, Jan, Sonja und Doris standen mit bleichen Gesichtern wie erstarrt. Entsetzt schauten sie auf den Chefarzt und Inge, und brachten angesichts der Situation kein Wort heraus. Selbst die Tränen der Anwesenden schienen für einen kurzen Moment wie eingefroren.

Für einen Augenblick war die Zeit stehengeblieben und Carlas kleine Welt drehte sich nicht mehr.

Wie sinnlos Carlas Tod war, konnte noch keiner von ihnen begreifen.

»Nein«, rief Doris, »das kann nicht sein, Carla ging es sehr schlecht, aber sie war jetzt nicht …, nein, nein, nein…!!«
schluchzte sie.

Der Moment, in dem sich die Nachricht in den Köpfen der Angehörigen einbrannte, war unbeschreiblich grausam.

Heinz und Jan nahmen tief erschüttert, die völlig verstörte Inge aus den Armen des Chefarztes und stützten diese, denn sie konnte kaum noch stehen.

Wie im Wahn schrie Inge nach ihrer geliebten Tochter und flehte und bettelte für das Leben.

Doris war losgelaufen und brachte ein Glas Wasser. Gleichzeitig hatte sie in ihrer Angst um Inge eine Schwester gebeten, mitzukommen. Doris reichte Inge das Glas Wasser und die Schwester fragte behutsam, ob etwas zur Beruhigung nötig sei. Doch Inge schüttelte nur den Kopf, zitterte am ganzen Körper. Sie wollte keine Hilfe, auch nichts zur Beruhigung. Immer wieder rief sie vor lauter Verzweiflung nach Carla.

Der plötzliche Tod von Carla hatte ihr Mutterherz schmerzlich zerrissen. Heinz bat sie inständig, etwas zur Beruhigung zu nehmen. *»Inge, wir stehen das zusammen durch, ich schaff das nicht ohne dich,«* hauchte Heinz selbst an der Grenze seiner Belastbarkeit. Er flehte sie an und schließlich stimmte Inge einem Beruhigungsmittel zu.

Der Chefarzt beteuerte: *», Dass Carla nicht mehr aufgewacht sei. Ich weiß, dass es kein Trost für sie ist, aber vielleicht hilft es ihnen zu wissen, dass sie nicht mehr gelitten hat.«*

Jan saß wie versteinert und starrte vor sich hin. Wie im Zeitraffer streiften die schönsten Erinnerungen mit Carla durch sein Hirn und er konnte es einfach nicht glauben. Sonja hatte sich zu ihm gesetzt, griff nach seiner Hand und weinte still an seiner Schulter.

Doris, vom Geschehen tief betäubt, nahm ebenfalls Platz und so saßen sie wie gelähmt und hielten sich alle drei fest bei den Händen.

Keiner konnte auf das »WARUM« eine Antwort geben.

Heinz hielt Inge behutsam in seinen Armen und wirkte selbst mit seinem starren Blick wie abwesend.

Inge war vom vielen Schreien fast heiser und betete und rief immer wieder den Namen ihrer Tochter, vergrub ihr Gesicht in ihren zitternden Händen. Die Eltern wollten endlich zu ihrer Tochter. Der Chefarzt nickte stumm und sprach ihnen nochmals sein Beileid aus.

Heinz erhob sich, nahm Inge in seinen Arm und beide waren angesichts der Tatsache, ihrem toten Kind im nächsten Moment gegenüberzustehen, leichenblass. Vom unsagbaren Schmerz schwer gezeichnet, hielten sie sich aneinander fest, als hätten sie Angst einander auch noch zu verlieren.

Heinz schaute wie versteinert in Inges verweintes Gesicht und wischte ihr beherzt die Tränen ab. Gefasst nickte er ihr zu und griff entschlossen nach ihrer Hand. Heinz und Inge traten, innerlich bebend, vor das Zimmer ihrer Tochter, hielten für einen

Moment inne und holten noch einmal tief Luft. Für einen kurzen Augenblick war es so still geworden, doch im nächsten Moment schon beherrschte sie eine aufsteigende Angst vor dem Ungewissen.

Heinz reagierte fast mechanisch und griff nach der Klinke. Dann traten beide lautlos in das Zimmer und schlossen hinter sich die Tür.

Stille...

Die Monitore waren längst verstummt, doch in den Köpfen der Eltern rauschte es noch immer furchtbar.

Der unsagbare Verlust der geliebten Tochter brachte das Gleichgewicht aus dem Takt und die Eltern mussten begreifen und sich eingestehen, dass es für Carla kein Morgen mehr gab. Wie einem Engel gleich, lag Carla in ihrem Bett. Sie hatte diesen schweren Kampf verloren. Den Verband am Kopf hatten die Schwestern entfernt und sie für das Abschiednehmen gerichtet. Carlas Haare waren offen und ihr Gesicht friedlich.

Inge konnte sich nicht mehr zurückhalten und sank mit einem Weinkrampf auf Carlas Bett und streichelte ihrer Tochter immer und immer wieder über das Gesicht und küsste sie.

Noch immer konnte sie nicht glauben, dass Carla weder jetzt noch später oder überhaupt wieder aufwachen würde. Vielleicht wollte sie es auch gar nicht wahrhaben.

»Meine Kleine,« hauchte Inge, vom vielen Weinen versagte ihr fast die Stimme, und sie streichelte ihr liebevoll über die Wange. *»Wach auf Carla. Mein Ein und Alles. Hier ist deine Mama. Wie soll ich denn den Rest meines Lebens ohne dich ertragen?«* Inge ließ ihren Kopf auf Carlas Brust ruhen und schluchzte laut. Kein Herzschlag mehr, kein Leben in ihrer Tochter. Inge erhob sich augenblicklich und nahm ihre Tochter in den Arm.

Sie drückte sie fest an sich und spürte noch immer Wärme in Carla, aber ihre Leblosigkeit erschreckte sie. Inge schien regelrecht an der Tragödie zu zerbrechen.

»Herr Gott ich bitte dich, lass mir doch mein Kind«, flehte Inge immer und immer wieder. So verstrichen viele Minuten, die Inge ganz für sich mit ihrer Tochter hatte. Voller Verzweiflung, mit ihrem Kind im Arm, blickte Inge ihren Mann an, als könne er ihr noch helfen. Heinz stützte sich hilflos am Bettgitter ab und konnte nicht begreifen, dass er nichts weiter tun konnte. Sein kleines Mädchen war für immer eingeschlafen und er konnte ihr nichts mehr sagen.

Inge legte sichtlich geschwächt Carla wieder langsam zurück ins Bett und streichelte immer wieder ihr bleiches Gesicht.

Vollkommen aufgelöst trat Heinz zu Inge, fasste sie an den Schultern und nahm sie vorsichtig zurück. Inge drehte sich zu ihm und beide hielten sich laut weinend in den Armen.

Heinz konnte plötzlich nicht mehr an sich halten und der sonst so starke und gefasste Mann hielt dem innerlichen Druck nun nicht mehr stand.

»Ich kann und will es mir nicht vorstellen, dass wir Carla verlieren«, schluchzte er und Tränen liefen ihm über seine Wangen.

»Ich will meine Tochter doch einmal zum Altar führen«, brach es aus ihm heraus und er konnte sich kaum noch beruhigen.

»Sie war doch endlich glücklich mit Jan. Warum, Inge, warum nur? Sie wird nie mehr die Augen öffnen und mit uns sprechen und lachen. Sie wird niemals ihrem Kind in die Augen schauen und es in den Arm nehmen können und es niemals glücklich aufwachsen sehen. Nie erleben können, wie sie glücklich und selbst Mutter wird. Warum, Inge, warum sie, warum?« flehte er Inge an, als hätte sie eine Antwort auf all seine Fragen parat. Inge konnte nichts mehr sagen, als hätte der Schmerz ihre sämtlichen Gedanken ausgelöscht. Heinz und Inge fielen sich weinend in die Arme und ließen den endlosen Schmerz einfach zu.

Als sie sich nach einer gefühlten Ewigkeit voneinander gelöst hatten, trat Heinz ans Bett seiner Tochter. Er zitterte am ganzen Körper, als er Carla vorsichtig in den Arm nahm, um sie ein letztes Mal zu halten und zu spüren. Unzählige Bilder spukten ihm durch den Kopf. Sie hatten so vieles miteinander erlebt.

Die traurige Gewissheit, dass ihm von seiner Tochter nur diese Erinnerungen und Bilder blieben, lösten einen plötzlichen Weinkrampf in ihm aus. Er streichelte Carla liebevoll über den Kopf und gab ihr einen letzten Kuss auf die Stirn, dann wiegte er sie in seinen Armen, immer und immer wieder.

»Ich liebe dich Carla. Was sollen wir nur ohne dich tun«, flüsterte er ihr leise ins Ohr.

Inge schaute verloren auf ihren Mann und hielt sich schwer angeschlagen die Hand an ihre Brust, so sehr schmerzte ihr Mutterherz. So unfassbar noch immer die ganze Situation. So unerträglich der quälende Schmerz.

Schweren Herzens legte Heinz seine Tochter wieder zurück ins Bett, streichelte ihr über den Kopf und wandte sich seelenwund Inge zu. Sie nahm sein Gesicht in ihre Hände und gab ihm einen Kuss.

»Heinz, mein Liebster. Es zerreißt uns beiden das Herz, Carla zu verlieren. Das Liebste, was wir hatten, ist uns genommen worden. Ich weiß nicht, ob ich das je ertragen kann. Sie war doch noch so jung. Und was soll denn bloß aus Nina werden ohne Carla«, klagte Inge wie betäubt.

Heinz und Inge standen dicht am Bett von Carla und konnten es einfach nicht fassen. Wie sollten sie den Verlust jemals überstehen, geschweige denn damit leben können?

*»Wir versprechen dir, liebste Carla, uns um dein Kind zu küm-
mern und werden es so lieben, wie wir dich auch immer lieben
werden.«* versprach Heinz voller Verzweiflung am Sterbebett
seiner Tochter. Dann nahm er Inge in den Arm und gab ihr einen
Kuss, und sie setzten sich zu Carla ans Bett und hielten tränen-
erfüllt eine Zeitlang schweigend die Hände ihrer toten Tochter.

Nach einer gefühlten Ewigkeit klopfte es leise und zaghaft an
der Tür. Jan, Doris und Sonja traten ein und waren regelrecht
erstarrt, als sie zu Carla hinüberblickten.
Schon die Vorstellung allein, dass Carla nie mehr lachen würde,
ihr Muttersein nicht erleben durfte, war unvorstellbar.
 Doch sie nun ein letztes Mal so zu sehen, sie zu berühren und
zu streicheln, mit dem Wissen, dass jegliches Leben aus ihr gewichen war, versetzte die Freunde wie auch die Eltern in eine
Schockphase und tiefste Trauer.
Jan verursachte bei allen Anwesenden den nächsten traumati-
schen Gefühlsausbruch, denn als er zu Carla ans Bett trat, holte
er aus seiner Jackentasche ein kleines schwarzes Kästchen
heraus. Nach dem Öffnen kam ein glitzernder Stein an einem
Ring zum Vorschein.
Jan beugte sich zu Carla. Seine Anspannung war unüberseh-
bar, auch der Kampf mit den Tränen. Er griff innerlich bebend

nach ihrer Hand und streifte ihr den Ring über. Dann küsste er sie ein letztes Mal auf den Mund. Tränen des Schmerzes liefen über seine blassen Wangen und tropften auf Carlas lebloses Gesicht, dann setzte er sich zu ihr. Er wollte ihr bei dem heutigen Treffen den Ring und seine Liebe für ein ganzes Leben schenken. Er litt unendlich, weil er Carla ebenso geliebt hatte, wie all die anderen im Zimmer.

»Carla hätte »Ja« gesagt, und wir wären überglücklich gewesen«, meinte Heinz mit einem Mal mit gebrochener Stimme und nickte Jan wohlwollend zu. Diese Geste hatte jeder verstanden. Für die Eltern und Freunde war Carlas plötzlicher Tod so sinnlos, und sie mussten schmerzlich begreifen, dass sich ihr ganzes Leben komplett ändern würde, weil sie das Liebste verloren hatten. Heute noch konnten sie bei Carla sein. Sie war noch da. Doch was war morgen, und was würde dann werden, ohne sie. In tiefer Trauer und unsagbarem Schmerz standen die Eltern mit den Freunden zusammen an Carlas Bett und nahmen Abschied von einer über alles geliebten Tochter, einer jungen Mutter und einer liebevollen Freundin.

Abschied von Carla

Die Trauer war an diesem Tag überall spürbar und als wüsste der Himmel, welchen schweren Gang die Eltern und Freunde vor sich hatten, hing er seine Wolken tief herab und schickte immer wieder kräftige Regenschauer, der sich mit den endlosen Tränen in den Gesichtern der Trauernden vermischte.

Es war der letzte Maitag und ein letzter unsagbar schwerer Abschied. Inge schob apathisch den Kinderwagen vor sich her.

Sie wirkte in ihrem schwarzen Kostüm sehr schmal, war noch blasser als sonst und ihre Augen zeugten vom Elend der vergangenen Tage.

Die Nachricht vom tragischen Unfall ihrer Tochter, die Geburt ihrer Enkeltochter Nina und der Schmerz über den Tod ihrer geliebten Tochter hatten Inge erbarmungslos zugesetzt. Sie war vollkommen am Ende, wie eine Mutter nur am Ende sein kann, die ihr einziges geliebtes Kind zu Grabe tragen muss. Heinz hatte sich stumm bei Inge eingehakt und hielt schützend den Regenschirm über seine Frau und den Kinderwagen. Den Verlust ihrer Tochter zu akzeptieren, schien beiden unmöglich.

Mit Inge hatte er schwere Tage durchgestanden. Tage, an denen sie beide nahezu verzweifelten. Inge fand trotz starker Beruhigungsmittel keine Ruhe und schreckte nachts einige Mal hoch und rief laut schreiend nach ihrer Tochter. Heinz nahm sie dann in den Arm und sie weinten und versuchten, sich in dieser so aussichtslosen Zeit Halt zu geben.

Nun gewährten sie dem Schweigen seinen Platz und die Angst vor dem endgültigen Abschied von Carla war allgegenwärtig.

Hinter Ihnen folgten langsam Jan und Doris. Sie versuchten sich gegenseitig zu stützen, so schwer war die innerliche Last, die sie tragen mussten. Den Regen nahmen sie kaum wahr.

Es war der Schmerz und die Trauer, der sich in ihren Gesichtern abzeichnete. Jeder für sich hing den Gedanken an Carla nach, den schönen Erinnerungen, die das Gehirn durchströmten und nicht enden wollten. Als wollte auch sie sich verabschieden und ein letztes Mal an sich erinnern.

Dann waren sie vor der kleinen Kapelle auf dem Friedhof des Ortes angekommen. Kein Mensch war weit und breit zu sehen.

Doris schaute sich unsicher um. Wo nur war Sonja?

Fragend schaute sie zu Jan, doch er zuckte nur unschlüssig mit den Schultern.

Heinz schloss den Schirm und stellte ihn beiseite, öffnete die Tür der Kapelle und Inge fuhr den Kinderwagen in den Vorraum.

Sie nahm behutsam das schlafende Kind, in eine warme Decke eingewickelt, aus dem Wagen, und dann traten alle zu ihrer wohl schwersten Prüfung an die Tür. In den Köpfen schwirrten endlose Gedanken und die Füße wurden schwer wie Blei.

Als Heinz die massive Eichentür langsam öffnete und Eltern und Freunde aufgeregt eintraten, waren sie überwältigt, denn die Kapelle war brechend voll und bis auf den letzten Platz besetzt. Die Trauergemeinde erhob sich, als alle Vier mit dem Baby zum Altar schritten.

Stille......

Was für ein bewegender Moment für all die Anwesenden.

Inge griff nervös nach der Hand ihres Mannes und hielt sie fest.

Die Eltern sowie Jan und Doris blickten in viele bekannte und vertraute Gesichter und waren nicht in der Lage, die aufkommenden Tränen zurückzuhalten.

Als der Pfarrer die Angehörigen erblickte, kam er ruhig auf die kleine Gruppe zu, gab jedem die Hand und sprach sein Beileid aus. Seine Worte klangen gütig.

»Ihre Tochter war ein guter Mensch und sehr beliebt. Darum sind heute so viele Menschen gekommen, um mit Ihnen zusammen Carla Lebewohl zu sagen.«

Mit einer Handbewegung wies er auf all die Leute, die weinend in den Reihen standen und ihnen nun stumm zunickten.

Der Pfarrer begleitete Inge mit dem Baby, Heinz, Jan und Doris zur ersten Reihe, in der sie jetzt auch Sonja entdeckten.

Neben Sonja saß ein junger Mann, und neben ihm eine ältere Frau. Inge begann laut zu weinen, drehte sich zu Heinz und gab ihm das Baby in den Arm.

Andreas war aufgestanden und zu Inge getreten.

Sie nahmen sich weinend in den Arm. » ..., *dass du hier bist,*« mehr konnte Inge nicht sagen.

Sie löste sich von Andreas und ging auf seine Mutter Hilde zu. Beide umarmten sich.

»Danke Hilde und danke, dass ihr gekommen seid.«

Dann nahmen alle schweigend Platz.

Heinz legte Inge behutsam das Baby in den Arm. Immer wieder liefen den Eltern und Freunden die Tränen, und sie waren sichtlich berührt von der großen Anteilnahme bei all dem Schmerz, der erbarmungslos in ihnen wütete.

Am Altar brannten unzählige Kerzen und erleuchteten das Bild im weißen Rahmen. **Carla**.

Sie sah glücklich aus und lächelte, als würde sie sagen: *»Seid nicht traurig, ich werde immer bei euch sein.«* Das Bild entstand einige Tage vor dem Unglück. Daneben auf einem Podest, in weißen Lilien eingefasst, die Urne.

Auf den Stufen vor dem Altar aneinandergereiht, unzählige

Blumengebinde und einzelne Blumen mit den letzten Grüßen all der Menschen, die um Carla trauerten.

Inge hielt Carlas Kind, und Heinz hatte den Arm um Inge gelegt. Vor sechsundzwanzig Jahren hielt sie ihre Tochter im Arm, nun verabschiedete sie ihr Kind, mit ihrer Enkeltochter im Arm.

»War das Schicksal?« Inge hatte unbewusst Schuldgefühle, weil sie es nicht vorhersehen konnte.

Jan, Sonja und Doris hielten sich bei den Händen und konnten kaum den Blick vom Bild lösen.

»Wie wunderschön sie doch ist,« stammelte Jan vor sich hin.

Doris schaute mitfühlend in das blasse Gesicht von Jan.

»Sie war nicht nur schön," dachte Doris traurig, *„sie war eine Seele von Mensch, und ich vermisse sie so sehr.«*

Doris suchte nach einem Taschentuch. Jan griff in seine Jacke und gab Doris die ganze Packung. Sie steckte auch Sonja ein Taschentuch zu und beide drückten sich dankend die Hand.

Sonja weinte erneut. Ihr fiel augenblicklich die erste Begegnung mit Carla am See ein, und sie war in diesem Moment unendlich dankbar, dass sie Carla kennenlernen durfte.

Auf einmal erklang leise Musik und es ging ein Räuspern und Schniefen durch die Reihen. Alle lauschten, in sich gekehrt, der Melodie. Im Gedanken hatte jeder seine ganz persönlichen Begegnungen mit Carla im Rückblick, die nun stumm vor dem inneren Auge abliefen. Unglaublich viele Emotionen wurden frei gelassen.

Als die Musik endete, stand der Pfarrer auf, begrüßte alle Trauergäste erneut und begann von Carla zu erzählen.

Von ihrer Kindheit und Jugend, ihren Wünschen und Träumen, und dass sie ein lieber Mensch war, den man einfach mochte.

Als »Somewhere Over the Rainbow« erklang, schauten sich Eltern und Freunde traurig an und nickten sich zu.

Doris lehnte sich an Jans Schulter und sie hörten Lieder, die Carla so sehr liebte. Und so waren sie ihr für eine kurze Zeit wieder unendlich nah.

Sonja hatte die Augen geschlossen und war gedanklich in der Erinnerung mit Carla.

Doch der Moment des Zurückholens der Erinnerung erlosch, als die Musik endete und der Pfarrer darauf verwies, dass Carla auch eine schwere Zeit durchmachen musste. Die Trennung von ihrem Ehemann nach zehn Jahren, hatte ihr sehr zugesetzt, weil er ihr gemeinsames Kind ablehnte, sie sich aber für ihr Kind entschied.

»Sie hatte dann endlich das Glück mit ihrem Freund Jan wiedergefunden und wollte Mutter werden, als sie durch den tragischen Unfall aus der Mitte ihrer Lieben gerissen wurde.«

Er wandte sich direkt an die Eltern und Freunde von Carla.

»So tragisch und unfassbar der Verlust auch ist, den sie hin-nehmen müssen, so können sie in der Familie und mit den Freunden dankbar sein, dass Carla etwas so Kostbares und Wundervolles hinterlassen hat. Ihre Tochter Nina.«

Er kam zu Inge und streichelte Nina sanft über den Kopf. Sie lag noch immer selig schlafend in Inges Arm.

»Geben wir niemals auf und halten immer an der Hoffnung fest, nur so können wir jeden Morgen aufstehen und Kraft finden im Leben und in den besonderen Menschen, die uns täglich be-gegnen.«

In der Kapelle hörte man immer wieder die Menschen vor lauter Rührung weinen. Der Pfarrer fand für alle Trauernden beruhi-gende Worte des Trostes und wünschte ihnen in dieser so be-sonders schweren Zeit Hoffnung und Glauben und verwies auf die Liebe Gottes.

Als der Pfarrer am Schluss der Trauerfeier alle aufrief, den letz-ten Weg mit Carla gemeinsam zu beschreiten, erhob sich Inge mühsam, gestützt von Heinz, und beide schauten seelenwund auf das Bild ihrer Tochter. Jan und Doris folgten.

»Carla, wir werden dich immer lieben«, versprach Heinz schwe-ren Herzens. Inge weinte, schaute in das Gesicht ihrer schla-fenden Enkeltochter und wusste, dass sie noch viel Kraft schöp-fen musste für sich und das Baby. Heinz nahm Inge in den Arm

und nach einigen Minuten des Schweigens und dem Betrachten des Bildes ihrer über alles geliebten Tochter führte er Inge langsam hinaus.

Jan und Doris standen starr. Es war für beide noch immer unvorstellbar, dass sie ihre Freundin nie wiedersehen würden, nie mehr mit ihr Lachen konnten und wollten einfach nicht glauben, dass dieser Moment für sie und für alle hier ein endgültiger Abschied war. Sie weinten und hielten sich fest an den Händen, dann folgten sie den Eltern.

Sonja blieb betend vor dem Bild stehen und dankte Carla für die schöne Zeit und ihr Dasein.

Andreas stützte seine Mutter Hilde, als beide vor Carlas Bild stehen blieben. *»Leb wohl, Carla, vergiss mich nicht ganz auf deiner Reise«,* flüsterte Andreas und Hilde zerriss es innerlich, als sie seine Worte hörte, dann gingen sie hinaus zu den anderen. Nach und nach nahmen alle Anwesenden Abschied von Carla.

Inge hatte das schlafende Kind wieder sanft in den Kinderwagen gelegt und wartete mit ihrem Mann vor der Kapelle auf Jan, Sonja und Doris, und Andreas und Hilde. Als alle bei den Eltern eintrafen, umarmten sie sich noch einmal und spürten Halt, aber auch diesen unendlich lähmenden Schmerz. Andreas weinen zu sehen, schmerzte Inge sehr. Als Kind hatte er schon einige

Male losgeheult, wenn er mit kaputten Knien nach einem Fahr-radsturz nach Hause kam. Aber das hier tat ihr weh. Jan trat zu ihm und legte ihm freundschaftlich mitfühlend die Hand auf die Schulter. Er wusste von Carla, wie sehr sie sich seit Kindheits-tagen mochten und es tat ihm leid.

Endlich hatte es aufgehört zu regnen, die Luft war klar. Es roch nach frischer Erde und so drängte es alle aus der Kapelle.

Nach und nach versammelten sich hinter den Angehörigen Freunde und Bekannte und warteten darauf, dass der Pfarrer mit der Urne aus der Kapelle trat. Es war still und nur die Vögel zwitscherten. Kaum einer der Trauergäste nahm das jetzt wahr. In diesen schmerzvollen Momenten fehlten einfach die Worte, es fehlte der Blick für die Natur, weil der Schmerz so gnadenlos alles Schöne verdrängte.

Doch da, ganz plötzlich, ging ein Raunen durch die Menge und dann sahen es alle. Über dem kleinen Friedhof war ein Regen-bogen aufgezogen und leuchtete in allen Farben.

»Somewhere Over the Rainbow«. Danke für Alles, Carla.

Kurze Zeit später verließ der Pfarrer mit der Urne die Kapelle. Inge und Heinz, Jan, Sonja und Doris, Hilde und Andreas, und all die anderen Trauergäste folgten nun dem Pfarrer und plötz-lich erklang **»Halleluja«.** Die Eltern hatten sich das so ge-wünscht.

Dieses Lied hatte Carla am Weihnachtsabend so wundervoll gesungen, dass den Eltern und Freunden vor lauter Staunen die Münder offenstanden und Gänsehaut pur bescherte.

Dieses Lied mochte Carla besonders, dass nun aber allen Trauernden vor lauter Schmerz das Herz zusammenschnürte.

Als die Trauergäste an der Grabstelle ankamen, nahm ein Mitarbeiter der Friedhofsverwaltung dem Pfarrer die Urne ab und ließ sie langsam, nach einer Schweigeminute, an einer Kordel in die vorbereitete Grabstelle sinken.

Neben dem Grab stand eine Schale mit Sand und eine große Schale mit weißen Lilienblüten. Es waren Carlas Lieblingsblumen.

Die Musik verstummte und der Pfarrer sprach mit allen ein Gebet. Er nahm eine Handvoll Sand, ließ diesen auf die Urne fallen und ging zur Familie. Er reichte Heinz und Inge die Hand und sprach nochmals sein Beileid aus. Dann ging er.

Heinz nahm Inge bei der Hand und sie traten zitternd an die letzte Ruhestätte ihrer Tochter. Sie hielten sich fest, weinten und schwiegen.

Dieser Moment war für alle Umstehenden nur schwer auszuhalten und sie waren ohnmächtig gegen das Gefühl, dass sich so schmerzvoll bei allen Trauernden einstellte. Sie rückten näher zusammen und so mancher suchte die Hand des anderen.

Die Eltern fühlten sich leer und zerrissen. Inge konnte sich kaum noch auf den Beinen halten.

Jan und Andreas kamen näher, um Inge zu stützen, wenn es nötig gewesen wäre. Doch Inge stand das tapfer mit ihrem Mann durch. Sie wollten es für ihre Tochter.

Heinz und Inge griffen zusammen in die Schale mit den Lilienblüten und ließen sie langsam auf die Urne niederrieseln.

Sie starrten wie gebannt auf die Urne und nahmen sich dann laut schluchzend in die Arme. Dieser Anblick erfasste alle Umstehenden. Bedrückt standen die Trauernden mit gesenktem Kopf und der eine oder andere betete still vor sich hin.

Die Eltern hielten sich im stillen Abschied an der Hand, machten dann den Platz frei und stellten sich neben das Grab.

Jan und Doris traten als nächste hervor.

Sie ließen ihren Tränen freien Lauf und legten wenig später an den Rand des Grabes jeweils eine rote Rose nieder. Doris hockte sich hin und legte einen Umschlag mit zwei Fotos darin auf die Urne.

Die Trauernden schauten sich teils fragend an. Mit den Eltern hatten Jan und Doris gesprochen und den Vorschlag gemacht, Carla die Fotos mitzugeben.

Auf dem einem Foto posierten die Eltern mit Carla, Andreas Jan, Sonja und Basti, Peter und Doris am Silvesterabend.

Auf dem anderen die kleine Nina im Kreis aller Hinterbliebenen. *»So hast du uns immer bei dir«,* schluchzte Doris. Jan half ihr wieder auf und sie ging mit ihm zu den Eltern, die sie liebevoll in den Arm nahmen. Alle Trauergäste hatten verstanden und waren zutiefst berührt von dieser Geste.

Auch Sonja stand nun betroffen und weinend am Grab ihrer Freundin und legte ihr einen Brief mit der Aufschrift **»Liebe Freundin«** auf die Urne.

Sie hatte den Gedanken an einen Brief eine Weile mit sich getragen und wollte Carla somit einfach noch einmal danken für ihre herzliche Freundschaft. Dann griff auch sie in die Schale mit den Lilien und ließ eine Handvoll auf die Urne fallen. Vor zehn Jahren hatte sie ihre Mutter verloren und es schmerzte ebenso wie das Loslassen jetzt.

Einige fragten sich, wer wohl der gutaussehende Mann war, der nun mit einer älteren Frau im Arm an Carlas Grab trat.

Hilde weinte. Andreas holte eine kleine Schatulle aus seiner Jackentasche, öffnete sie und hielt sie Hilde hin, die hineingriff und einige der Blüten auf die Urne streute. Andreas nahm den restlichen Inhalt und ließ die Blüten langsam aus seiner Hand gleiten. Den Anwesenden stockte vor lauter Verblüffung der Atem. Ein sanfter Wind wirbelte die rosa Blüten auf, und schließlich fanden sie ihren Weg zur Urne und blieben darauf liegen.

Andreas war mit Carla in jungen Jahren regelmäßig im Frühling unter den Kirschbäumen in seinem Garten stehen geblieben.

Er erinnerte sich, wie glücklich Carla war, wenn der Wind durch die Kirschbäume fuhr und die Blüten wie Schneeflocken im Winter sanft auf sie niederfielen.

»Die fliegen bis in den Himmel und dort freuen sich all die, die schon da oben sind«, hatte Carla laut gerufen.

»Ob ich die dann auch mal sehe?« hatte sie Andreas lachend gefragt. Damals hatte er nur gegrinst und mit den Schultern gezuckt. Das ging Andreas durch den Kopf, nachdem er die Nachricht von Carlas Tod erhalten hatte, und verloren im Garten stand und die Blütenblätter sacht auf die Erde fielen.

War das vielleicht ein Zeichen?

Nach den Angehörigen und Freunden kamen all die Menschen, die Carla kannte und mochte. Sie waren ebenso traurig und erschüttert über den tragischen Tod und nahmen Abschied von Carla. Einige Leute aus der Studiengruppe und ehemalige Schulkameraden waren gekommen. Alle ihre Kollegen aus der Schule des Ortes, darunter auch Sigrun Wegmann und ihr Sohn Harald Wegmann, einige Eltern ihrer Schulkinder, Frau Engelmann und sogar Dr. Müller waren angereist.

So verabschiedete sich jeder für sich von Carla und legte seine mitgebrachten Blumen nieder.

Die Trauergäste drückten voller Mitgefühl den Angehörigen und engen Freunden die Hände und wünschten viel Kraft und Glauben und einige boten spontan Hilfe an.

Als sich der Kreis der Trauernden langsam auflöste, machten sich Heinz und Inge, mit Hilde und dem Baby auf den Heimweg nach Hause. Sie waren vollkommen erschöpft, innerlich zerbrochen und müde. Sonja kam mit Andreas auf Jan und Doris zu und so nahmen sich alle noch einmal in den Arm.

»Wir sehen uns wieder, versprochen?« fragte Sonja traurig. Doris nickte.

Hilde stand plötzlich hinter Sonja. *»Gehen wir zusammen zu Carlas Eltern.«* Sonja hakte sich dankend bei Hilde ein und schweigsam hing jeder seinen Gedanken nach.

»Wie es wohl Basti geht«, kam es Sonja in den Sinn und innerlich spürte sie eine tiefe Sehnsucht nach ihrem Kind. Sonja hatte eine gute Freundin und diese hatte sich spontan angeboten, auf Basti aufzupassen. Er sollte Carla so in Erinnerung behalten, wie er sie kannte. Hilde tat ihr gut als Begleitung.

Jan, Andreas und Doris standen noch mit einigen ehemaligen Studienkameraden von Carla nahe der Kapelle und tauschten Erinnerungen und Erlebnisse mit Carla aus, als Doris plötzlich das Gefühl hatte, beobachtet zu werden, denn sie spürte bohrende Blicke.

Sie hob den Kopf und schaute sich um. Etwas abseits an einer Hecke stand ein Mann und schaute zu ihr herüber.

Sie traute ihren Augen nicht.

Doch da stand tatsächlich Tom. Sie hatte ihn das letzte Mal gesehen, als Carla bei ihm auszog. Danach nie wieder. Und darüber war sie froh. Doch nun stieg ungeheure Wut in ihr auf und sie hastete, ohne lang zu überlegen einfach los. Völlig außer Atem kam Doris bei ihm an und blieb aufgebracht vor ihm stehen.

»Was machst du hier«, fragte sie ihn keuchend.

»Doris es tut mir leid, es tut mir wirklich so unendlich leid.«

Doris starrte ihn fragend an.

»Was willst du hier? Wir trauern hier um Carla und du wagst es, hier einfach aufzutauchen, gerade Du!« Tom schwieg.

»Hat sie denn unter dir und deinen Schlägen nicht genug gelitten?« Und plötzlich brach die ganze Wut aus Doris heraus. All das, was sie ihm schon damals habe sagen wollen.

»Du hast dich nie wirklich um sie gekümmert, vor allem dann nicht, als sie dich am meisten brauchte!«

Doris kam langsam auf Tom zu.

»Du hast sie in die Verzweiflung getrieben!«

Doris versuchte sachlich zu bleiben, konnte aber ihren Schmerz nicht verbergen.

»Sie ist fast daran zerbrochen, körperlich wie seelisch.«
Tom stand wie versteinert und war nicht in der Lage, den ganzen Beschuldigungen etwas entgegenzusetzen.
»Weißt du eigentlich, wie sehr sie verletzt war? Sie war deine Frau und ..." Doris machte eine Pause und wischte sich die Tränen aus den Augen.
»Sie hat dich so unendlich geliebt, bis zum Schluss. Kapiere das doch endlich einmal. Bis zum Schluss! Doch du warst viel zu sehr mit dir selbst beschäftigt, musstest ja unbedingt schon diese Frau mitbringen und hast ihr damit so unendlich weh getan.« Doris blickte in das regungslose Gesicht von Tom, der noch immer nichts sagte.
»Wir waren so froh, dass sie den Mut hatte, sich von dir zu trennen, und sie war so glücklich darüber, Mama zu werden.«
Es schnürte ihr die Kehle zu und sie konnte kaum noch reden.
»Doch nun ist sie tot! Verstehst du, sie ist tot.« schrie es aus ihr heraus und Doris weinte und war ungehalten.
»Warum sagst du nichts?« Tom zögerte und starrte Doris an.
Sie wartete auf eine Erklärung, doch Tom schwieg noch immer. Für einen Moment stand sie da, ohne Regung, doch sie hatte keinen Nerv mehr für Tom. Sie sah einfach keinen Sinn mehr in der einseitigen Unterhaltung. Es würde nichts mehr ändern.
»Geh mir aus den Augen. Es ist alles gesagt.«

Sie wollte an ihm vorbeilaufen, zurück zu Jan, Andreas und der Gruppe, als er plötzlich nach ihrer Hand griff. Doris blieb erschrocken stehen. Was wollte er plötzlich von ihr.

»Doris, ich weiß, du magst mich nicht. Du hast mich noch nie gemocht und das spielt jetzt auch keine Rolle mehr. Aber ich kann nichts dafür.«

Doris hob ruckartig den Kopf, wandte sich ihm zu und sah ihn sprachlos an.

»Was sagst du da? Du kannst nichts dafür, dass sie unter dir gelitten hat?«

»Nein, du verstehst nicht, Doris.«

»Lass mich los, Du Heuchler, ich will dich nie mehr sehen.«

Sie drehte sich um und wollte nur noch davongehen.

Doch Tom holte tief Luft, und was er dann von sich gab, schockierte Doris.

»Ich konnte doch nichts dafür, dass sie einfach losgelaufen ist. Es ist doch nicht meine Schuld. Die Ampel war doch ...« stammelte er leise, aber für sie noch hörbar.

Abrupt blieb Doris stehen, drehte sich langsam zu Tom um und schien an seiner Antwort zu zweifeln. Sie hatte sich doch sicher verhört. Oder?

»Was? Was hast du gerade gesagt?« stockte sie, als hätte sie es immer noch nicht erfasst. Doris brauchte einen Moment, um zu begreifen, was Tom ihr eigentlich sagen wollte. Als es ihr klar wurde, sah sie rot. Tausend Gedanken explodierten in ihrem Kopf, und sie rannte auf ihn zu, gab ihm eine schallende Ohrfeige und prügelte wütend wie wild mit ihren Fäusten auf ihn ein. Tom versuchte sie zu beruhigen, sie von sich abzuhalten, was ihm aber kaum gelang. *»Ich habe es doch auch erst später erfahren, dass es Carla war, Ich kam doch extra jetzt her.«*

Jan und Andreas hatten alles von weitem beobachtet, und Jan kam schnell angelaufen, um einzugreifen.

»Doris, was machst du«, rief Jan bestürzt und zerrte sie weg von Tom.

»Bist du verrückt? Was ist denn los mit dir?«

Doris konnte sich kaum beruhigen und kraftlos erwiderte sie:

»Versteh doch, er hat Schuld an ihrem Tod.«

Doris wollte unbedingt Antworten

Zu Tom gewandt: *»Du hast es gewusst und hast es für dich behalten bis jetzt, warum Tom?«*

»Sie ist wegen ihm losgelaufen...?« entfuhr es Jan zweifelnd.

Verwirrt schaute er zu Doris, dann wieder zu Tom und verstand die Situation nicht. Was war hier los?

»Wegen ihm...ja, wegen ihm.« Doris war außer sich.

»Jetzt haben wir endlich Gewissheit, versteh doch.«

Doris war vollkommen am Ende.

Jan kam augenblicklich der Unglückstag wieder in den Sinn.

Carla war erschrocken, sollte es wirklich wahr sein?

»Ihn hat sie gesehen an der Straße. Er war der Grund, warum sie loslief, versteh doch. Nun wissen wir, wie es war, du hast es doch geahnt, dass da was war!«

Doris schaute verzweifelt in das skeptische Gesicht von Jan.

»Aber das macht Carla nun auch nicht mehr lebendig ...« schrie sie Tom an und dann weinte sie hemmungslos.

Jan hielt Doris fest im Arm und versuchte sie zu beruhigen.

Er fühlte sich wie betäubt. *»Was hatte Doris da gesagt? Hat er das jetzt richtig verstanden? Es war Tom dort an der Straße, den sie gesehen hatte? Wegen ihm lief sie los?«*

Die Gedanken überschlugen sich. Kurzzeitig ein Moment der Stille, nur das Schluchzen von Doris war zu hören

Andreas hatte alles von weitem beobachtet und kam langsam auf die Gruppe zu. Er war nicht sicher, ob er eingreifen sollte, aber in ihm stieg grenzenlose Wut auf. Dass er Tom jemals wiedersehen würde und dann ausgerechnet hier, das war kein Zufall. Woher wusste er von der Beerdigung.

Jan begriff nun langsam, was wirklich geschehen war. Verächtlich fiel sein Blick auf Tom, der immer noch schweigend dastand. Am liebsten wäre er zu ihm gegangen und hätte ihm eine reingehauen. Doch seltsamerweise blieb er ruhig.

»*Geh*«, sagte Jan ernst und gefasst. »*Geh, denn du wirst damit leben müssen, dass sie wegen dir gestorben ist.*«

Tom verstand nicht.

»*Aber es war doch nicht meine Schuld*«, stammelte er kopfschüttelnd und sichtlich nervös.

»*Verschwinde endlich!*«, schrie Jan so laut, dass Tom erstarrte.

»*Aber sie war doch…*«, wollte Tom noch als Entschuldigung hinzufügen, doch Jan hatte endgültig genug.

»*Verflucht nochmal, geh doch endlich, verschwinde aus unserem Leben!*«

Und als hätte er es endlich begriffen, trottete Tom beschämt und mit gesenktem Kopf langsam davon.

Jan war sprachlos. »*Warum musste er hier auch auftauchen?*« So stand er noch eine Weile, unfähig klar zu denken und hielt Doris, völlig aufgelöst, in seinem Arm. Die Gedanken kreisten in seinem Kopf und sofort war auch die Situation wieder präsent, als er mit Carla telefonierte. Carla war so glücklich und von einer Minute auf die andere zerstörte die bloße Anwesenheit von Tom auf der anderen Straßenseite eine Liebe und ein Leben. Warum nur.

»*Er wird es nie verstehen, Doris.*«

Als sich beide nach einiger Zeit beruhigt hatten, machten sie sich auf den Weg zu Carlas Eltern.

Andreas entschuldigte sich, er würde nachkommen, er habe noch etwas zu erledigen. Langsam machte er sich auf den Weg und folgte Tom in einiger Entfernung.

Als Tom wie ein begossener Pudel seinen roten Porsche auf dem Parkplatz erreicht hatte und gerade in sein Auto steigen wollte, wurde er unsanft an den Schultern gepackt und fand sich kurz darauf im Dreck wieder. Der Boden war feucht und so klebte der Sand an Toms Kleidung und an seinen Händen. Schnell erhob er sich, rieb sich die Hände und war sichtlich geschockt von der Attacke. Als er sich umdrehte, erkannte er Andreas.

»*Was soll das!*« wollte er gerade sagen, als eine Faust ihn erneut niederstreckte.

Andreas griff Tom vorn an seiner Jacke und zog ihn zu sich. Tom blutete aus der Nase und sah ziemlich lädiert aus.

»*Na, wie fühlt sich das an, wenn man selbst mal einstecken muss.*« Andreas ließ ihn los und er fiel gegen sein Auto.

»*Was willst du von mir, das geht dich doch alles gar nichts an*«, meinte Tom wütend, wischte mit der Hand über sein Gesicht und betrachtete seine blutverschmierten Hände.

Was sollte er sagen, er war trotz Täter dieses Mal das Opfer.

»*Du hast nicht nur mir das Liebste auf der Welt genommen, sondern ihren Eltern die Tochter, ihren Freunden die beste*

Freundin und deinem Kind, du Idiot, kapierst du das, auch die Mutter! Du bist so ein mieser Typ. Ich habe mich all die Jahre gefragt, was Carla an dir fand. Du bist echt das Letzte. Der Schlag in dein Gesicht, ist nicht mal annähernd die Strafe, die dir eigentlich zusteht.«

Er machte eine kurze Pause.

»Dir ist schon damals in der Schule die Hand ausgerutscht, weißt du noch? Doch es wurde verschwiegen, auf Wunsch deiner Eltern verschwiegen. Das Mädchen wechselte dann an eine andere Schule wegen Dir. Hätte das Carla doch nur früher gewusst, was du wirklich für einer bist.«

Ich kann dich anzeigen, wegen Körperverletzung!«, versuchte sich Tom aus der Affäre zu ziehen. Er zog ein Taschentuch aus der Hose und wischte sich das Blut und den Dreck von den Händen.

»Kein Problem, kannst du gern machen. Aber was meinst du, wie viele Menschen bezeugen können, dass du deine schwangere Frau geschlagen, misshandelt und gedemütigt hast. Das kann man immer noch anzeigen, oder denkst du, das ist mit ihrem Tod erledigt?«

Andreas drehte sich angewidert um und ließ ihn stehen: *»Wenn Tom wirklich ein Gewissen hat, muss er zumindest jetzt vielleicht begriffen haben, was er Carla angetan hat. Aber der hat* *kein Gewissen«,* dachte Andreas bei sich, als er ging.

Tom hatte sich hastig nach Zeugen umgesehen, und war nach der Attacke in sein Auto gestiegen und schnell davongefahren.

Andreas starrte vor sich hin und rieb sich seine Hand, die nach dem Schlag ziemlich schmerzte. Gedankenlos wandte er sich um und ging zurück zum Friedhof.

An Carlas Grabstelle, mit unzähligen Blumen und Gebinden geschmückt, blieb er traurig stehen.

Ihr Bild trug er, seitdem er Carla kannte, immer tief in sich.

»Kleines Schwesterlein«, hatte er oft zu ihr gesagt. Jetzt fielen ihm die Worte wieder ein und sie brannten tief in ihm.

Er hätte am liebsten laut geschrien. Doch sie wäre auch dann nicht zurückgekommen. Er dachte an ihre gemeinsamen Bootsfahrten, an all die schönen Jahre, die beide verbracht hatten.

»Warum nur war das alles so passiert?«

Er hatte Carla in den Ostertagen sein Geheimnis anvertraut.

Sie war geschockt auf der einen Seite, erleichtert auf der anderen. Sie hatten miteinander in den langen Jahren eine sehr vertraute Bindung gehabt. Aber wie sollte sie das ihrer Mutter beibringen. Ihr Vater hatte auch keine Ahnung. Carla nahm das Geheimnis mit ins Grab. So blieb es weiter an Andreas hängen. Seine Mutter Hilde konnte es Inge nicht sagen. Sie hatte Angst, der Kontakt würde dann für immer abbrechen.

So trugen Hilde und Andreas weiter ihr Geheimnis in sich.

Als der Unfall passierte, stand Tom mit Tina Berger auf der gegenüberliegenden Seite der Straße und sie küssten sich hemmungslos und ungeniert. Seitdem er von Carla offiziell geschieden war, zeigte er auch öffentlich seine Liebe zu Tina Berger.

Durch das plötzliche Quietschen von Autoreifen wurden sie auf den Unfall aufmerksam. Sie konnten nicht sehen, wer dort angefahren wurde. Zu schnell standen Leute um das Geschehen, um zu helfen oder auch um nur zu gucken.

Er hörte noch, wie ein Passant aufgeregt rief: *»Die Ampel war rot gewesen. Warum lief sie denn einfach los?«*

Tom nahm seine Freundin in den Arm und beide gingen erschrocken davon. Carla wäre ihm da nicht in den Sinn gekommen. Von einem Bekannten erfuhr Tom einen Tag später, dass es Carla war, die vom Auto erfasst wurde und kurz darauf an den Unfallfolgen verstarb. Tom war schockiert.

Obwohl er Carla längst nicht mehr liebte, und sie beide einfach nicht zueinander passten, ihren Tod hätte er niemals gewollt. Womit er allerdings nicht klar kam, war die Tatsache, dass Carla auf der anderen Straßenseite gestanden hatte. Er konnte nicht begreifen, warum sie plötzlich bei roter Ampel losgelaufen war.

Von da an plagte Tom das schlechte Gewissen und er trug es tagelang mit sich herum.

Als er es Tage später seiner Freundin Tina Berger offenbarte, was ihn innerlich beschäftigte, brach diese in Tränen aus. »*Es tut mir so unendlich leid, was mit Carla passiert ist.*«

Es war ehrliche Anteilnahme und zugegebenermaßen auch bei ihr mit einem schlechten Gewissen verbunden.

»*Warum nur wollte sie bei Rot über die Straße?*« fragte sich Tina Berger.

Doch im gleichen Moment fuhr es ihr wie ein Blitz in die Glieder.

»*Warum nur lief sie los? Oh mein Gott, Tom. sie hat uns gesehen, sie hat dich mit mir gesehen, als wir uns küssten.*«

Tina Berger stand auf, ging schweigend auf Tom zu und beide nahmen sich in die Arme.

»*Ich kann doch nichts dafür, dass sie loslief*«, meinte Tom, ohne sich jegliche Schuld einzugestehen.

Die gewaltsamen Übergriffe auf Carla ließ er unerwähnt.

Tina Berger hatte keine Ahnung, welche Demütigungen Carla ertragen hatte und was sie davon noch in sich trug.

Sie dagegen fühlte sich schuldig, war sie es doch, die mit zu Tom fuhr und sich auf ihn einließ, obwohl sie wusste, dass er verheiratet war.

»*Wir waren längst geschieden*«, entgegnete Tom mürrisch.

»*Warum sollte sie wegen mir bei Rot auf die Straße laufen?*«

Tina Berger schämte sich.

»Tom, überlege doch einmal, sie hat dich so geliebt und konnte es einfach nicht ertragen, dass du mich gewählt hast. Ich hätte an dem Tag nicht mit zu dir kommen sollen, denn das hatte bei ihr alles noch verschlimmert.«

Sie fühlte sich augenblicklich mitschuldig am Tod von Carla.

»Sie hat bestimmt gesehen, wie wir uns küssten«, erwiderte Tina Berger. «Ja, aber sie wollte das Kind unbedingt bekommen, mit mir oder ohne mich, das war ihr doch egal«, versuchte Tom sich zurechtfertigen.

An diesem Abend saßen beide noch lange zusammen und versuchten die Tragödie zu verstehen, und mit ihrem schlechten Gewissen klarzukommen. Tom verschwieg seinen Eltern den wahren Grund für Carlas plötzlichen Tod, ebenfalls die Schwangerschaft. Damit wollte er nichts zu tun haben. Er fuhr nach Berlin, um Freunde zu treffen, so sagte er seinen Eltern. Über Carlas Tod wurde nur beiläufig geredet.

Einige Tage später stand Tom auf dem Friedhof und sah von weiten der Beisetzung zu. Er hatte keine Ahnung, was er machen sollte, doch tat es ihm unendlich leid, dass Carla tot war.

Als Tom nach diesem eskalierenden Wortwechsel mit Doris den Friedhof verließ, fühlte er sich elend und schuldig.

Das Aufeinandertreffen mit Andreas verschwieg er Tina Berger vor lauter Scham.

Jan und Doris kamen einige Zeit später vor Carlas Elternhaus an. Sie zögerten für einen Moment und klingelten dann.

Inge öffnete die Tür und merkte sofort, dass etwas passiert war. Doris fiel ihr in die Arme und weinte.

»Kommt rein, Kinder«, rief der Vater, der zu Inge an die Tür getreten war.

Was für ein seltsames Gefühl, die Wohnung zu betreten mit dem Wissen, dass Carla nicht gleich wieder wie sonst um die Ecke schaute und sie freudig empfing.

Nein, sie war nicht da. Nicht heute, nicht morgen, niemals mehr. Während Heinz und Jan zu Hilde ins Wohnzimmer gingen und sich auf die Couch setzten, schaute Inge besorgt zu Doris.

Diese entschuldigte sich eiligst und huschte ins Bad, um sich frisch zu machen.

Inge ging in die Küche und holte den Kaffee. Es war so schwer für sie und für all die anderen. Ohne Carla war das Leben leer und für Inge kaum noch lebenswert.

Doris schloss sich im Bad ein und ließ sich erschöpft auf den Rand der Badewanne nieder. Das war alles zu viel für sie gewesen.

»Carla, wo bist du nur hin«, dachte Doris traurig und erhob sich langsam. Was für ein schlimmer Tag, und die Bilder vom Friedhof holten sie wieder ein, und vor ihrem inneren Auge sah sie

291

Carlas Bild. Das Lachen in ihrem Gesicht, so wie Doris sie kannte, als es ihr gut ging.

Sie trat ans Waschbecken, drehte den Hahn auf und ließ das kühle Wasser über ihre Hand laufen, um sich kurz darauf die Tränen auf ihrem Gesicht abzuwaschen. Als sie in den Spiegel blickte, fiel ihr die Situation auf dem Friedhof wieder ein.

»Oh Carla«, dachte Doris verzweifelt. *»Du bist wegen ihm losgelaufen, warum Carla, du hattest doch endlich wieder Glück mit Jan, warum Carla, warum wegen ihm, das war so sinnlos! Ich vermisse dich so sehr!«*, still weinte sie vor sich hin.

Plötzlich klopfte es an der Tür. Doris zuckte erschrocken zusammen. Es war mittlerweile Zeit vergangen.

»Doris, ist alles in Ordnung?« hörte sie Inge hinter der Tür fragen. Doris trocknete sich rasch das Gesicht und die Hände ab und schloss die Tür auf. Inge streckte ihr die Hand entgegen und beide Frauen gingen gemeinsam Arm in Arm ins Wohnzimmer. *»Weißt du, Doris, wir können das Geschehene nicht mehr ändern und es bricht uns allen das Herz, dass Carla wegen Tom loslief. Jan hat uns alles erzählt.«*

Beim Kaffee wurde noch einmal über Tom gesprochen.

»Tom hatte endlich ein schlechtes Gewissen, deshalb kam er zum Friedhof. Er wird den Rest seines Lebens damit leben müssen, dass Carla wegen ihm loslief.«

Heinz deutete auch an: »*, Dass er aber dafür nicht belangt werden kann! Denn er war, wenn man so will, nur unfreiwilliger Zuschauer des Unfalls und hatte Carla ja auch nicht gesehen.*

Sie waren geschieden. Und obwohl es so schien, als hätte Carla mit allem abgeschlossen, lief sie einfach los. Wie tief müssen doch ihre Wunden gewesen sein!« .

»*Carla, jetzt hast du Frieden*« sagte Jan mit leiser Stimme. Sie nahmen sich bei den Händen und dachten still an Carla.

Auf einmal war leises Gebrabbel in der Stille zu hören und Inge erhob sich mühsam und ging langsam zum Nebenzimmer.

An der offenen Tür blieb sie stehen und schaute für einen Moment hinein.

Mit Tränen in den Augen und einem Lächeln im Gesicht drehte sie sich um und blickte in die Runde.

Sie winkte die anderen mit dem Zeigefinger heran und legte diesen auf ihren Mund. »Psst« machte sie und deutete damit an, ganz leise zu sein.

Als Heinz, Hilde, Jan und Doris dazu kamen und ins Zimmer blickten, wurde ihnen warm ums Herz, und ein sanftes Lächeln legte sich auf ihre verweinten Gesichter.

Nina lag in ihrem Bettchen, brabbelte vor sich hin und spielte mit ihren Fingern.

»*Danke Carla*«, sagte Inge »*für dieses wundervolle Geschenk.*«

Dann ging sie ans Bettchen und nahm ihre Enkeltochter behutsam in den Arm. Mit ihren dunkelbraunen, fast schwarzen Kulleraugen schaute Nina in die Runde und lächelte.

Alle Anwesenden waren verzaubert von diesem lieblichen Wesen, und als sie wenig später wieder auf der Couch saßen, wanderte Nina von Arm zu Arm. Jeder hielt sie eine Weile, drückte das kleine Kindlein sanft an sich, dachte dabei an Carla und war berührt. Dieses kleine Mädchen war so vollkommen wie ein kleiner Engel und unbeschadet nach diesem großen tragischen Unglück. Ein Wunder! Dass, was ihnen von Carla geblieben war.

Plötzlich klingelte es an der Tür. Hilde öffnete, als hätte sie geahnt, dass es ihr Sohn war.

Neben ihm stand Sonja, die, nachdem, sie mit Hilde bei den Solbergs angekommen war, etwas Zeit für sich brauchte und am See verweilte und tief betroffen und traurig an Carla dachte.

»Was für ein schönes Paar die beiden doch wären«, dachte Hilde beim Anblick von Sonja und Andreas so bei sich und schob den Schmerz für einen Moment unbewusst beiseite. Sie war eben auch eine Mutter.

Hilde nahm beide in die Arme, und als sie ins Wohnzimmer traten, blickten Inge, Heinz, Jan und Doris erstaunt auf Andreas, der seine Hand schnell hinter seinem Rücken versteckte.

Er entschuldigte sich und ging ins Bad. Er wusch sich seine Hände und überlegte, ob es Sinn machte, den anderen von der Aktion zu berichten.

»Was sollte er sagen, außer der Wahrheit?«

Er selbst konnte es auch nicht fassen. Diese Ohnmacht, sich eingestehen zu müssen, dass es egal war, was passierte, denn Carla war für immer fort.

Im Wohnzimmer, bei den anderen angekommen, erzählte er dann doch, dass er vor lauter Wut und Verzweiflung Tom eine reinhauen musste.

Inge sah ihn erstaunt, mit einer gewissen Bewunderung an.

»Ich bin vielleicht auch nicht besser als er, und es rechtfertigt es eigentlich nicht, auch wenn ich einen triftigen Grund hatte«, und musste tief schlucken, um weiter sprechen zu können.

Hilde nickte Andreas zu, als würde sie es ihm verzeihen.

»Es tut mir leid, mir ist noch nie in meinem Leben die Hand ausgerutscht. Aber... Ich denke, jetzt hat er begriffen, was er Carla angetan hat.« endete Andreas.

»Also mir darf er nicht über den Weg laufen. Ich könnte für nichts garantieren«, meinte Inge entschlossen.

Heinz sah sie erschrocken an.

»Aber Inge. Das wird nicht passieren, meine Liebe. Das wäre dann echt ein Zufall und außerdem großes Pech für Tom.«

Trotz der Trauer mussten nun doch alle schmunzeln.

Nina war sehr lebhaft, und so gab es hier und da mal ein Lächeln und dann auch wieder Tränen vor lauter Freude und wiederum vor lauter Trauer um Carla, denn durch Nina war sie irgendwie ja immer noch da und doch nicht.

Als es langsam Abend wurde, verabschiedeten sich Jan und Doris von den Eltern, von Sonja und von Hilde und Andreas.

Beide standen kurze Zeit später auf der Straße. *»Ich würde gern hier an den See gehen, kommst du mit?«* fragte Doris und Jan war einverstanden.

Doris hakte sich bei ihm ein, und beide gingen schweigend zum Steg. Das Boot, mit dem er und Carla so wundervolle Stunden hatten, lag ruhig an Ufer.

Dort, wo Carla ihm alle im Teich lebenden Fische aufzählte, sie einst mit Doris auf den See fuhr, mit Andreas angelte und mit Sonja und Basti badete. Doris und Jan stiegen ins Boot, Jan löste das Tau und schupste das Boot langsam vom Steg ab.

Es war ein warmer Abend, der letzte Abend im Mai, und wieder wurde ihnen bewusst, was sie heute so schmerzvoll erleben mussten. So saßen beide einige Zeit schweigend nebeneinander, jeder in Gedanken an Carla. Jan hätte am liebsten laut los geschrien, so zerrissen war sein Herz.

Mit einem Mal drehte sich Doris zu Jan und nahm seine Hand.

»Weißt du, ich bin froh, dass du heute dazu gekommen bist. Ich hätte nicht gewusst, was ich sonst noch tue. Und ich kann Andreas so gut verstehen.«

Jan schaute Doris lange an. *»Es ist alles gut, Doris. Das Schicksal hat uns nicht zerbrochen, es hat uns zerbrechlich und sensibel für den Moment gemacht und uns noch mehr miteinander verbunden. Auch ich habe mir den Kopf zermartert über das* **Warum,** *und es ist so unendlich schwer loszulassen. Den Menschen, den man so sehr liebt, loszulassen. Aber auch wenn ich nach vorn schauen muss, werde ich Carla niemals vergessen. Sie hat unser aller Leben so bereichert. Das wir nun daran verzweifeln und zerbrechen, dass hätte sie bestimmt nicht gewollt.«* Nach einer kurzen Pause des Schweigens meinte Jan: *»Lach jetzt nicht, ich rede mit ihr und es macht mir vieles leichter, denn ich möchte alles, was mir widerfährt, auch mit ihren Augen sehen. So wie jetzt hier am See, fühle ich es auch dort, wo wir uns kennenlernten.«*

Er hielt kurz inne und räusperte sich, blickte zum Himmel, und Zu Doris gewandt begann er leise zu reden: *»Carla schau, wir sind hier, wo du so gern warst und dich wohl gefühlt hast.«*

Sein Blick wanderte über den See mit seinen vielen Enten, zur grünen Wiese und den Pappeln, an denen eine Hängematte hing und sie als Kind darin träumte. *»Du hast die Natur so sehr geliebt. Alles das, was dich so berührte. Carla, wie oft haben auch wir das beide zusammen erlebt.«*

Doris lehnte ihren Kopf an die Schulter von Jan.

»Du bist so tapfer Jan, gib mir ab von deiner Kraft, dann schaffen wir es beide. Carlas Welt ist doch auch unsere Welt.«

Jan nahm die Hand von Doris und hielt sie fest.

»Mich hat besonders berührt, dass so viele Menschen zur Trauerfeier gekommen sind. Es waren Menschen, die Carla sehr am Herzen lagen. Mit Andreas ist Carla praktisch wie mit einem Bruder aufgewachsen. Diese Geste mit den Kirschblüten fand ich so berührend. Er leidet ebenso wie wir.«

Haltlos rannen ihr die Tränen über die Wangen, und sie konnte für einen Moment nicht weitersprechen.

»Und so kam auch Tom. Obwohl er der Auslöser der ganzen Tragödie war, kann ich nicht begreifen, dass er nicht einmal nach seinem Kind gefragt hat, aber um Carla hatte er sich ja am Schluss auch nicht mehr gekümmert.«

Doris blickte verzweifelt zu Jan. Er hielt noch immer ihre Hand.

»Schließen wir das ab und behalten unsere Freundin auf ewig fest in unserem Herzen.« Beide sahen hinaus auf den See und schwiegen in tiefer Trauer.

»Was wirst du nun tun, Jan«, fragte Doris wenig später.

298

Jan überlegte kurz und erzählte, dass sein Kumpel Mike, ihn eingeladen habe, zwei Wochen auf seiner Segeljacht zu verbringen. *»Da ist kein Trubel, den könnte ich jetzt auch nicht gebrauchen.*

Es ist eher ruhig und er ein guter Zuhörer. So kann ich dann den Schmerz vielleicht besser verarbeiten.«

»Und Du?« fragte er Doris.

Sie dachte kurz nach. *»Ich hatte vor, zu Peter in die USA zu fliegen und dort Ruhe und Halt bei ihm zu finden.«*

»Das freut mich für dich, Grüße ihn von mir und ich freu mich schon, wenn er mal wiederkommt, Du hast so ein Glück mit ihm, sag ihm das bitte.«

Doris nickte mit einem leichten Lächeln.

»Wenn ich aus dem Urlaub zurück bin, haben wir uns sicher viel zu erzählen. Ich wünsche dir viele Eindrücke und schöne Momente und dass du dich richtig erholen kannst.«

Spaßhaft fügt sie hinzu: *»und immer eine Handbreit Wasser unter dem Kiel.«*

Da lachten beide und nahmen sich fest in den Arm.

»Schön, dass es dich gibt, Doris.«

»Kann ich nur zurückgeben, Jan.«

»Wollen wir zurück?« fragte Jan, Doris nickte stumm und Jan paddelte fast lautlos zurück an den Steg.

»Geh nur ruhig«, meinte Doris »ich bleib noch ein bisschen hier…bei Carla.«

Beide nahmen sich zum Abschied noch einmal in den Arm.

»Wir halten immer an der Hoffnung fest, dann wird sie uns nie verlassen, versprochen?«

»Versprochen.« Jan stand auf und stieg aus dem Boot auf den Steg und Doris warf ihm das Tau zu. Sie blickte ihm noch einige Zeit nach, bis er nicht mehr zu sehen war.

»Was für ein wundervoller Mensch und einfühlsamer Freund.« Sie mochte Jan sehr als Freund.

Sie kannten sich über Harald Wegmann und Doris war so glücklich gewesen, als Carla mit Jan zusammenkam.

Doris schloss die Augen und lauschte den Grillen und ihrem Zirpen, und der Ruhe über dem See und genoss es ebenso, wie Carla es zu Lebzeiten tat. Die Frösche quakten laut in den Abend hinein.

Als Doris spät ins Haus der Solbergs trat, war es so still und traurig zugleich, weil sie wusste, dass sie Carla ihr Leben lang vermissen werde, aber sie merkte auch, wie anstrengend der Tag mit all dem Erlebten war und sie fühlte sich müde und erschöpft. Die Eltern waren schon schlafen gegangen und Doris betrat Carlas Zimmer, dass ihr die Eltern angeboten hatten, und erblickte auf ihrem Schrank das Bild von allen am Silvesterabend. Sie nahm es zur Hand und setzte sich auf die Couch und fuhr leicht mit den Fingern über das Bild.

Es war so ein wunderschöner Abend gewesen und alle waren entspannt und glücklich, zusammen auf das neue Jahr anstoßen zu können. Sie hörte in sich wieder das Lied, das Carla an Silvesterabend so wunderschön sang. Diese Stimme würde sie niemals mehr in ihrem Leben vergessen. Doch heute erklang dieses Lied, und es schien Doris innerlich zu zerreißen.

»Hab Frieden, meine liebe Carla. Ich danke dir für all die wunderbaren Jahre, die wir gemeinsam hatten. Du fehlst mir so unendlich.« Die Tränen tropften auf das Bild und verwischten die Gesichter darauf. Sie wischte sie weg und sah Peter neben sich auf dem Bild. *»Peter«*, dachte Doris traurig, *»dass du nicht da sein konntest!«* Peter arbeitete in einem großen Forschungslabor in den USA und konnte nicht zur Beerdigung kommen. Beide würden sich erst in ein paar Tagen wiedersehen.

Doris hatte sich Urlaub genommen und wollte schon bald zu ihm fliegen. Sie freute sich auf ihn und wusste, dass er ihr guttun würde.

Ihre Beziehung war trotz der Entfernung harmonisch und liebevoll. Alle drei Tage telefonierten sie miteinander. Morgen würde sie ihn wieder anrufen.

Heute fehlte ihr einfach die Kraft dazu und so ging ein langer Tag mit Tränen, Schmerz und Trauer zu Ende.

Doris stellte das Bild vor sich auf den Tisch, nahm die Decke vom Sessel, deckte sich zu und war schon nach kurzer Zeit fest eingeschlafen.

Jan verließ das Anwesen der Solbergs und hatte in der Nähe ein Zimmer in einer Pension gebucht, und das mit der Pension hatte er so gewollt, obwohl ihm Hilde in ihrem Haus Platz zum Schlafen angeboten hatte. Er wollte allein sein.

Er dachte an Doris und war dankbar, so eine gute Freundin zu haben. Durch sie hatte er Carla kennen und lieben gelernt.

Und plötzlich hatte er das große Bedürfnis, noch einmal ganz allein mit Carla zu sein.

Er machte sich auf den Weg zum Friedhof, der nur knapp fünfzehn Minuten von der Pension entfernt war.

Als er vor dem gewaltigen Blumenmeer am Grab von Carla ankam, sank er noch immer tief erschüttert in seiner ganzen Verzweiflung davor auf seine Knie und weinte sehr lange.

»Warum muss Abschied so unendlich weh tun? Ist es ein Abschied für immer, oder sehen wir uns doch mal wieder, dort oben?« und schaute flehend in den Abendhimmel.

Nachdem er sich langsam beruhigt hatte, stand er auf und faltete die Hände: *»Lieber Gott, wenn es dich gibt, bitte nimm mir* *diesen Schmerz. Das Liebste, das ich hatte, ist nun bei dir. Pass gut auf sie auf und sag ihr, dass ich sie immer lieben und niemals vergessen werde, solange ich lebe. Bis wir uns wiedersehen.«*

Es war schon dunkel, als er sich auf den Weg zur Pension machte, als plötzlich sein Handy klingelte. Andreas war dran und fragte, wie es ihm gehe, und ob sie sich noch auf ein Bier in der Kneipe an der Ecke treffen wollten. Jan überlegte kurz und war einverstanden.

Als sich beide Männer wenig später vor der Kneipe trafen, nahmen sie sich schweigend in die Arme. Andreas kannte Carla besser als jeder andere und so fanden sie noch einigen Gesprächsstoff. Jan war froh, dass Andreas da war, denn er litt ja ebenso, aber eher gefühlt als Bruder.

Jan kam sehr spät zur Pension und schlich sich leise in sein Zimmer. Es hatte ihm gutgetan, mit Andreas zu reden.

Auf dem Nachtschrank stand das Bild, dass sich am Unfalltag in der Tüte befand, welches ein Polizist im Krankenhaus abgegeben hatte, nachdem Carla verunglückt war.

Er dachte daran, wie er sich an dem Unglücksabend auf die Bank auf seiner Terrasse gesetzt hatte und allein mit sich und dem immer wieder kehrenden grausamen Schmerz und der unendlichen Trauer war.

Er hatte die Tüte geöffnet und ganz vorsichtig einen Bilderrahmen herausgezogen. Das Glas war bei dem Unfall zerbrochen
und so streifte er vorsichtig die Glassplitter vom Bild.

Als er dann das Bild betrachtet hatte, nahm er die Hände vor
sein Gesicht und schluchzte laut vor sich hin.

So viel wie heute und die letzten Tage hatte er noch nie in seinem Leben geweint.

Er wischte die Tränen fort, schloss die Augen und sah Carla in
Gedanken vor sich. Ihr Bild auf dem Altar, ihre lieben Augen und
ihr sinnlicher Mund. Ihr Lächeln, mit dem sie ihn beim ersten
Treffen verzauberte, würde er nie vergessen. Er hatte sie nun
immer bei sich, in seinem Herzen auf Lebenszeit.

Spontan nahm er sein Handy, und als er es anschaltete, sah er
sie beide. Das Foto entstand beim Anstreichen des Kinderzim-
mers. Was hatten sie rumgealbert und gelacht! Carla hatte sich
ihr T-Shirt mit Malerfarbe bekleckert und wollte es ausziehen,
hatte es über den großen Bauch geschoben, und Jan hatte
spontan ein Herz darauf gemalt, als Doris dazu kam und den
Schnappschuss machte. Genau dieses Bild steckte nun in dem
Bilderrahmen. »Dreamteam« stand in bunter Schrift darauf.

Wieder liefen ihm die Tränen und gedanklich sprach er zu sich:
»Ach Carla, was hatten wir beide doch für ein Glück, und jetzt
bist du fort und kommst nie wieder. Ich vermisse dich so sehr,

mein Engel. Wo auch immer du nun bist. Was ist das für eine Welt ohne dich, ich liebe dich so sehr und es zerreißt mich, dass wir uns nie mehr sehen werden.« I

In sich versunken saß Jan die halbe Nacht in seinem Zimmer, unfähig zu reagieren, fühlte sich wie gerädert und legte sich kraftlos auf sein Bett, sein Handy mit dem Bild von beiden neben sich. Dann schlief er ein.

Wie schwer das Alles für die Eltern war, kann sich kaum einer vorstellen. Doch die Kraft der Freundschaft, die sie spürten, gab ihnen das Gefühl der Verbundenheit, dass sie mit dem Verlust nicht allein waren. Trauer ist nicht begrenzbar auf Tage, Wochen, Monate oder Jahre. Trauer muss verarbeitet werden in Gesprächen, in Gesten mit viel Verständnis für und miteinander und mit ganz viel Liebe.

Carlas Eltern hatten einen Weg gefunden, und so trafen sie sich regelmäßig mit Jan, Sonja und Doris dort, wo Carlas Weg sie hinführte, und sie blieb. Eltern und Freunde spürten durch das kleine Wunder, dass Carla ihnen hinterlassen hatte, immer wieder aufs Neue Carlas Gegenwart.

Da Nina geboren wurde, als ihre Eltern schon geschieden waren und ihr Vater keinerlei Anspruch erhoben hatte, konnte Nina nun glücklich bei ihren Großeltern aufwachsen. Sie entwickelte sich zu einem Sonnenschein, der jedem, der sie ansah, ein Lächeln entlockte.

Inge entdeckte immer wieder Ähnlichkeiten mit Carla, als diese klein war. Dann nahm sie ihr Enkelkind behutsam in den Arm und küsste ihm sanft auf die Stirn, so wie sie es auch damals bei ihrem Kind tat.

»Der Schmerz scheint nie zu vergehen«, dachte Inge dann traurig. Wenn sie aber in das Gesicht des kleinen Kindes blickte, sah sie ein sanftes Lächeln. Das half ihr Stück für Stück. Und sie wusste, dass Carla trotz allem immer da war und in diesem kleinen Wesen weiterlebte.

Ich danke allen, die mir auf der Reise meines Lebens bisher begegnet sind, mich geformt und inspiriert haben.

Ich danke:

-meiner Mutter, die mich zur Welt brachte und erzogen hat,

-meinen drei Kindern, René, Tim und Marika, die ich überwiegend allein großzog, auf die ich sehr stolz bin und die ich über alles liebe,

-meinen beiden Geschwistern Andreas und Maik und ihren Familien, wo ich immer herzlich willkommen bin,

-meinem Seelenverwandten, durch den ich erst meine Leidenschaft zur Poesie und zum Schreiben begriff und »Das Traumband unseres Zaubers« schrieb,

-meinen Kollegen und Freunden, auch wenn sie mich manchmal belächelten, mir aber nie den Mut nahmen,

-und den vielen liebenswerten Senioren bei meiner täglichen Arbeit, die mir Liebe und Wertschätzung entgegenbrachten, so wie ich es gleichermaßen tat.

Durch sie alle weiß ich erst, dass dies der richtige Weg für mich ist. Ich bin glücklich auf der Welt zu sein, um all das Wundervolle, manchmal magisch Berührende im Leben zu spüren und immer wieder besondere Momente mit besonderen Menschen erleben darf.

Nach dem tragischen Tod ihrer jungen Mutter Carla wächst Nina bei den Großeltern Heinz und Inge Solberg auf. Inge liebt ihre Enkeltochter abgöttisch, versinkt aber immer mehr in ihrer Trauer. Als sie beim Herbstfest auch noch unverhofft auf Carlas Ex-Mann Tom treffen, endet alles in einer Katastrophe. Inge erleidet einen Zusammenbruch und begreift langsam, dass sie dringend Hilfe braucht. Nach intensiven und aufklärenden Gesprächen mit Ärzten und Psychologen treffen Heinz und Inge eine Entscheidung, die nicht nur ihr Leben verändern wird.

Band II aus der Reihe

Halt immer an
der Hoffnung fest
bereits erschienen unter ISBN 9783741272431

Nina erlebt eine unbeschwerte Kindheit bei den Pflegeeltern. Nach dem Schulwechsel aufs Gymnasium begegnet sie dem Mädchen Selina, die ihr von da an das Leben zur Hölle macht. Als Nina ausgerechnet durch ihre Rivalin Selina vom Schicksal ihrer leiblichen Mutter Carla erfährt, verliert sie den Halt und fühlt sich tief in ihrem Innersten entwurzelt. Heimlich macht sie sich auf die Suche nach Tom Wildner, ihrem Vater. Als Tobias aus Angst um seine Schwester, endlich sein Schweigen bricht, beginnt eine dramatische Suche nach ihr. Inge Solberg befürchtet einen weiteren Schicksalsschlag und bittet in ihrer Verzweiflung ausgerechnet Selina um Hilfe.

Band III aus der Reihe

Halt immer an der Hoffnung fest

erscheint demnächst

© 2024 Senselia Blum
Verlag: BoD · Books on Demand GmbH, In de Tarpen 42,
22848 Norderstedt
Druck: Libri Plureos GmbH, Friedensallee 273,
22763 Hamburg
ISBN: 978-3-7583-2769-8